La doble esposa

La doble esposa

Alafair Burke

Traducción de
Arturo Peral Santamaría

Rocaeditorial

Título original: *The Wife*

© 2018, Alafair Burke

Publicado en acuerdo con G. Spitzer Agency a través de International Editors'Co.

Primera edición: febrero de 2020

© de la traducción: 2020, Arturo Peral Santamaría
© de esta edición: 2020, Roca Editorial de Libros, S.L.
Av. Marquès de l'Argentera 17, pral.
08003 Barcelona
actualidad@rocaeditorial.com
www.rocalibros.com

Impreso por EGEDSA
Sabadell (Barcelona)

ISBN: 978-84-17805-72-2
Depósito legal: B. 630-2020
Código IBIC: FF; FH

RE05722

Para el Puzzle Guild,
amistad y extravagancia para siempre

En un instante, me convertí en la mujer que ellos me habían creído desde el principio: la esposa que miente para proteger a su marido.

A duras penas, oí que llamaban a la puerta. Había quitado la aldaba de latón doce días antes, como si eso pudiera evitar que otro periodista apareciera sin avisar. Cuando comprendí el origen del sonido, me incorporé en la cama y pulsé el botón de silencio en el mando de la televisión. Luché contra el instinto de quedarme helada y me obligué a echar un vistazo. Separé las cortinas cerradas del dormitorio, entrecerrando los ojos por el sol de la tarde.

Vi la coronilla de una cabeza con el pelo negro y corto en la entrada de mi casa. El Chevrolet Impala aparcado frente a la boca de riego en la acera de enfrente parecía gritar «coche de policía de incógnito». Era la misma inspectora, otra vez. Todavía tenía su tarjeta de visita escondida en el bolso, donde Jason no la pudiera ver. Siguió llamando a la puerta y yo seguí observando cómo lo hacía, hasta que se sentó en los escalones y comenzó a leer mi periódico.

Me puse una sudadera por encima de la camiseta sin mangas y del pantalón de pijama y me dirigí a la puerta principal.

—¿La he despertado? —Su voz sonaba sentenciosa—. Son las tres de la tarde.

Quería haber dicho que no le tenía que dar explicaciones

por quedarme en la cama en mi propia casa, pero, en vez de eso, balbuceé que tenía migraña. Mentira número uno: pequeña, pero mentira, a fin de cuentas.

—Debería tomar vinagre y miel. Funciona siempre.

—Creo que prefiero el dolor de cabeza. Si quiere hablar con Jason, llame a nuestra abogada.

—Se lo he dicho antes, Olivia Randall no es su abogada. Es la de su marido.

Empecé a cerrar la puerta, pero ella la volvió a abrir de un empujón.

—Quizá piense que el caso de su marido está parado, pero yo todavía puedo investigar, sobre todo si tiene que ver con un cargo diferente.

Tenía que haber cerrado de un portazo, pero me había lanzado el anzuelo de la futura metralla. Prefería recibirlo de frente que esperar a que me diera por la espalda.

—¿Ahora qué va a ser?

—Necesito saber dónde estuvo su marido anoche.

De todas las noches, ¿por qué me preguntaba por esa? Podía dar cuenta veraz de cualquier otra fecha de nuestros seis años de matrimonio.

La abogada de Jason ya me había informado de que estas no eran las cosas que cubría el privilegio conyugal. Podrían arrastrarme a un gran jurado. Mi incapacidad de responder podría utilizarse como prueba de que estaba ocultando algo. Y había una detective en la puerta de casa con una pregunta aparentemente sencilla: ¿dónde había estado mi marido la noche anterior?

—Estuvo aquí conmigo. —Hacía doce años que un agente de policía no me hacía una pregunta directa, y mi primer instinto volvió a ser la mentira.

—¿Toda la noche?

—Sí, un amigo trajo suficiente comida para el día entero. No es precisamente agradable que ahora nos vean en público.

—¿Qué amigo?

—Colin Harris. Trajo comida para llevar de Gotham. Llame al restaurante si hace falta.

—¿Alguien más puede corroborar que estuvo aquí con usted?

—Mi hijo, Spencer. Llamó desde el campamento sobre las siete y media y habló con los dos. —Las palabras seguían brotando de mi boca, cada frase surgía en auxilio de la anterior—. Compruebe el registro telefónico si no me cree. Dígame, por favor, ¿de qué va todo esto?

—Kerry Lynch ha desaparecido.

Las palabras resultaron extrañas juntas. «Kerry Lynch ha desaparecido.» La mujer que había estado hostigándonos había desaparecido de repente, como el calcetín que nunca llega a salir de la secadora.

Por supuesto, todo esto tenía que ver con la mujer esa. Nuestra vida entera llevaba girando en torno a ella desde hacía dos semanas. Seguí moviendo los labios. Le dije a la detective que habíamos descargado *La La Land* antes de quedarnos dormidos, aunque en realidad la vi yo sola. Di muchísimos detalles.

Decidí pasar a la ofensiva, dejando claro que me disgustaba mucho que la policía hubiera venido directamente a nuestra puerta cuando Kerry podría estar en cualquier sitio. Incluso le sugerí con indignación que entrara a echar un vistazo, pero en realidad tenía la mente acelerada. Me dije a mí misma que Jason podría hablar de la película si alguien le preguntara. La había visto en el avión la última vez que voló desde Londres. Pero ¿y si le preguntaban a Spencer por la llamada telefónica?

A la detective no le importó en absoluto mi exasperación.

—¿Cuánto sabe de su marido, Angela?

—Sé que es inocente.

—Usted es algo más que una espectadora. Le está encubriendo, y eso significa que no la puedo ayudar. No deje que Jason los hunda a usted y a su hijo.

11

Esperé a que el Chevrolet Impala se fuera para buscar el teléfono. Jason estaba en una reunión con clientes, pero contestó a mi llamada. Por la noche le había dicho que no iba a hablar con él hasta que yo tomara algunas decisiones.

—Me alegra mucho tu llamada.

Una estúpida conversación había bastado para acomodarme al estereotipo. Ya era cómplice. Estaba metida de lleno.

—Jason, Kerry Lynch ha desaparecido. Por favor, dime que no lo has hecho por mí.

I

Rachel

1

*E*l primer problema fue una chica llamada Rachel. Bueno, una chica, no. Una mujer llamada Rachel.

Incluso a las adolescentes las llaman mujeres jóvenes hoy en día, como si hubiera algo de lo más banal en ser una chica. Todavía tengo que corregirme. No sé en qué momento pasé de ser una chica a una mujer, pero, cuando eso me pudo haber importado, tenía otras cosas de las que preocuparme.

Jason me contó el incidente con Rachel el mismo día en que ocurrió. Estábamos en Lupa, sentados en nuestra mesa favorita, un remanso de paz que habíamos descubierto en un rincón en las profundidades del abarrotado restaurante.

Yo solo tenía dos cosas que contar de mi jornada. El empleado de mantenimiento había arreglado la bisagra del armario del baño de invitados, pero había dicho que la madera se estaba deformando y que tendríamos que cambiarla con el tiempo. Y la presidenta del comité de subasta del colegio de Spencer había llamado para ver si Jason podría donar una cena.

—¿No lo acabamos de hacer? —preguntó antes de comerse un trozo grande de la *burrata* que compartíamos—. Tú ibas a cocinar para alguien.

Spencer está en séptimo curso en el Friends Seminary. Cada año, la escuela nos pedía que donáramos no solo dinero, que se suma a la extraordinaria matrícula que pagábamos, sino también un «artículo» que pudieran vender en la subasta anual. Seis semanas antes, opté por nuestra contribución habitual a esa actividad anual: me encargaría de un *catering* para ocho en la vivienda del mayor postor. Muy pocas personas de la ciudad me relacionaban con las fiestas estivales que organizaba en los Hamptons, así que Jason acrecentaba mi ego pujando para que subiera el precio. Le convencí de que parara cuando mi «artículo» superara los mil dólares.

—Hay una nueva presidenta en el comité para el año que viene —expliqué—. Quiere tener las cosas avanzadas. Es una mujer con demasiado tiempo entre manos.

—¿Tratar con una persona tan aburrida que planea por adelantado hasta el último detalle de cada mes? Ni me imagino lo horrible que debe ser eso para ti.

Me miró con una sonrisa de satisfacción. En la familia, yo era la que hacía los planes, la que tenía hábitos diarios y una larga lista de lo que Jason y Spencer llamaban las Normas Maternas, diseñadas para que nuestras vidas fueran rutinarias y absolutamente predecibles. Como suelo decir, vidas buenas y aburridas.

—Créeme: a su lado parezco desordenada.

Fingió un escalofrío y bebió un trago de vino.

—¿Sabes qué le hace falta a esa gente de la subasta? Una semana en el desierto sin agua. Un catre en un refugio para indigentes. O al menos un polvo en condiciones. Haríamos millones.

Le expliqué que el comité tenía otros planes.

—Al parecer, te has vuelto lo bastante importante como para que la gente esté dispuesta a sacar la cartera por respirar el mismo aire que tú. Propusieron una cena para tres invitados, y, cito textualmente, en un restaurante «con compromiso social» de tu elección.

Tenía la boca llena, pero puso los ojos en blanco y pude leer los pensamientos que había detrás de tal gesto. Cuando conocí a Jason, nadie había oído hablar de él aparte de sus alumnos, compañeros de trabajo y un par de docenas de académicos que compartían con él sus pasiones intelectuales. Nunca me habría imaginado que mi querido empollón llegara a convertirse en un icono político y cultural.

—Mira el lado bueno. Eres una celebridad declarada. Yo, en cambio, no puedo hacer nada sin que me rechacen.

—No te han rechazado.

—No, pero han dejado muy claro que tú eres el miembro de la familia Powell que quieren en el folleto del año que viene.

Al final acordamos un almuerzo, no una cena, con dos invitados, no tres, en un restaurante, y punto, sin menciones a su responsabilidad social. Y acordé convencer a otra de las madres de que comprara el artículo cuando llegara el momento y que lo pagaríamos nosotros si fuera necesario. Jason estaba dispuesto a pagar un montón por evitar comer con desconocidos.

Cuando pactamos las condiciones, me recordó que al día siguiente, por la tarde, se iría a una reunión con una empresa de energía renovable afincada en Filadelfia. Pasaría dos noches fuera.

Por supuesto, no necesitaba el recordatorio. Había introducido las fechas en el calendario —también conocido como la Biblia Familiar— cuando me lo dijo por primera vez.

—¿Te gustaría venir conmigo? —¿De verdad quería que lo acompañara o mi cara me había delatado?—. Podríamos buscar una canguro para Spencer. O incluso podría venir con nosotros.

La idea de volver al estado de Pensilvania era suficiente para revolverme las tripas.

—Mañana hay campeonato de ajedrez, ¿te acuerdas?

Se le notaba que no se acordaba. Spencer tenía pocos *hobbies* organizados. No tenía una naturaleza atlética y compartía

17

la aversión de Jason por las actividades en grupo. Por ahora lo único que le enganchaba era el club de ajedrez.

El tema de Rachel, la becaria, no surgió hasta que el camarero trajo la pasta: una ración de *cacio e pepe* dividida en dos cuencos.

Jason lo mencionó como si nada:

—Por cierto, ha pasado algo raro hoy en el trabajo.

—¿En clase? —Jason todavía daba clases en la Universidad de Nueva York durante el segundo semestre, además de trabajar en su propia empresa de consultoría y de participar con frecuencia en debates en la televisión privada. Además, presentaba un *podcast* muy popular. Mi marido tenía muchos trabajos.

—No, en la oficina. ¿Te he contado lo de los becarios? —La universidad estaba cada vez más molesta (celosa, según Jason) por sus actividades externas, así que había aceptado crear un programa de prácticas en el que su consultoría se encargaba de supervisar a un puñado de estudiantes cada semestre—. Al parecer, una cree que soy un cerdo sexista.

Sonreía, como si aquello fuera gracioso, pero en eso éramos muy distintos. Para Jason, el conflicto era divertido o, como mínimo, curioso. Yo lo evitaba a toda costa. De inmediato apoyé el tenedor en el borde del cuenco.

—Por favor —me dijo, moviendo ligeramente la mano—. Es ridículo, y demuestra que los becarios dan más trabajo de lo que valen.

No dejó de sonreír mientras me contaba el incidente. Rachel estaba en el primer o segundo año de su máster. No estaba seguro. Era una de las alumnas más flojas. Sospechaba, aunque no tenía la certeza, que Zack —el socio al que había encargado la tarea de seleccionar a los candidatos— la había elegido por razones de paridad sexual. Rachel entró en la oficina de Jason para entregar un informe que había escrito ella misma sobre una cadena de supermercados. Soltó de un modo abrupto que su novio le había pedido matrimonio ese mismo fin de semana y alzó la mano izquierda para presumir del enorme diamante.

—¿Por quién me ha tomado? —preguntó Jason—. ¿Por una colega de su hermandad?

—No le dirías eso, ¿verdad?

De nuevo puso los ojos en blanco, esta vez con menos vehemencia.

—Claro que no. De verdad que ni me acuerdo de lo que le dije.

—Pero...

—Ella dice que fue sexista.

—¿A quién se lo ha dicho? —Estaba convencida de que tenía que haber hecho hincapié en el «quién»—. ¿Por qué dice algo así?

—Se lo ha contado a Zack. Así son los estudiantes que estamos admitiendo hoy en día: alumnos de posgrado que no entienden la jerarquía de la empresa en la que trabajan. Da por hecho que Zack tiene algún tipo de poder, porque ha sido él quien la ha contratado.

—Pero ¿de qué se queja? —Observé que la mujer de la mesa de al lado miraba hacia nosotros, así que bajé la voz—. Según ella, ¿qué ocurrió?

—No lo sé. Empezó a dar la lata con eso de que se iba a casar. Le contó a Zack que yo había dicho que era demasiado joven para eso. Que antes tenía que vivir más.

¿Qué había de malo en eso? Yo no había tenido un empleo de oficina. Ese comentario podría resultar maleducado, pero no ofensivo. Le dije a Jason que, si se estaba quejando, había algo más.

Hizo otro gesto de desdén.

—Los milenials son así de ridículos. Se considera abuso sexual hasta preguntar a alguien por su vida personal. Pero si entra en mi despacho y me cuenta que está comprometida, yo no puedo decir nada sin derretir a ese copito de nieve tan especial.

—Pero ¿qué le dijiste? ¿Que era demasiado joven y tenía que vivir un poco más, o la llamaste copito de nieve especial?

—Ya me sabía hasta las opiniones más severas de Jason sobre sus estudiantes.

—Por supuesto que no. No sé. De verdad, toda la conversación me resultaba muy molesta. Creo que dije algo del tipo: «¿Estás preparada para atarte así?». O algo por el estilo.

Era una metáfora que le había oído usar otras veces, no solo sobre el matrimonio, sino sobre cualquier cosa tan buena que quieres conservarla para siempre. «Atar.»

Conseguimos un precio ventajoso para vender la casa. «Es un buen precio de venta. Tenemos que dejarlo atado.»

Un camarero nos dice que en la cocina solo quedan dos lubinas. «Nos quedamos con una. Átenosla.»

Me lo imaginaba en la oficina mientras una becaria a quien hubiera preferido no supervisar le interrumpía. Ella parloteaba sobre la pedida de mano. A él le daba absolutamente igual. «Todavía estás estudiando. ¿De verdad estás preparada para atarte así?» Jason tenía la costumbre de hacer comentarios provocadores.

Volví a preguntar si eso había sido todo, si de verdad no había algo más que pudiera malinterpretarse.

—No te imaginas lo susceptibles que son estos universitarios. —Las palabras sonaban enardecidas aunque no se lo hubiera propuesto. Yo nunca había ido a la universidad—. Si Spencer sale como estos lloricas estúpidos que viven obsesionados con las microagresiones, le castigo hasta que cumpla cuarenta.

Al ver la expresión de mi cara, me dio la mano. Spencer es muy especial, pero no es un copito de nieve especial. No es como esos chicos a quienes les meten en la cabeza que son extraordinarios aunque sean extraordinarios. Jason dijo que estaba de broma, y yo sabía que era cierto. Me sentí culpable al comprender que yo —al igual que Rachel, la becaria— era demasiado susceptible, que me estaba sintiendo demasiado especial.

—Bueno, ¿y ahora qué? —pregunté.

Jason se encogió de hombros, como si le estuviera preguntando qué quería donar a la subasta.

—Zack se encargará. Menos mal que el semestre está a punto de terminar. Pero va lista si se cree que le voy a hacer una carta de recomendación.

Mientras me echaba un poco más de vino en la copa, de verdad pensé que lo único que estaba en juego en la interacción entre Jason y Rachel era, precisamente, que una universitaria obtuviera una carta de recomendación.

Pasarían cuatro días hasta que me diese cuenta de lo ingenua que había sido.

2

Departamento de Policía de Nueva York
Sistema Omniform: Denuncias
14 de mayo

Lugar del suceso: Avenida de las Américas, 1057
Nombre del local: Consultoría FSS

Declaración: La víctima afirmó que el sospechoso la había «animado» a tener contactos sexuales durante una reunión de trabajo.

Víctima: Rachel Sutton
Edad: 24
Sexo: Femenino
Raza: Blanca

La víctima acudió a comisaría a las 17.32 y pidió presentar una denuncia. Declaró que un compañero de trabajo, Jason Powell, la había «animado» a tener contacto sexual con él. La víctima se mostró tranquila y no parecía turbada.

Cuando le pregunté qué tipo de contacto sexual, respondió: «Sugiere que tenga relaciones sexuales con él».

Cuando le pedí que explicara a qué se refería con «animado» y «sugiere», no respondió. Pregunté si había habido contacto físico entre ellos, si la había amenazado o forzado a hacer algo que ella no quisiera hacer. Ella me acusó abruptamente de no creerla y se fue de la comisaría a pesar de que yo insistí en que se quedara a acabar la denuncia.

Conclusión: Remitir el informe a la Unidad de Víctimas Especiales para que evalúen futuras acciones.

Firmado: L. Kendall.

3

La mujer que llamó para preguntar si Jason donaría una comida en la subasta del año siguiente era Jen Connington. Yo ya no usaba nombres cuando le contaba a Jason lo que ocurría en la parte de nuestras vidas que él no veía, porque sabía que no se iba a acordar. Jen era la madre de Madison y Austin, estaba casada con Theo. Una de las tres competidoras por el puesto de abeja reina de las Madres del Friends Seminary y acababa de ser elegida presidenta del comité de la subasta.

Cuando respondí al teléfono, me dijo:

—Hola, Angie.

Yo no me llamo Angie. Si alguna vez he tenido un apodo, ha sido Gellie, y solo lo usaban mis padres. Supongo que las mujeres que transforman Jennifer en Jen asumen que las Angelas son Angies.

—¡¡Muchas gracias por ofrecerte a donar otra cena!! —prosiguió. Con signos de exclamación incluidos—. Pero hemos pensado que lo mismo queréis hacer un descanso el año que viene.

Hablaba en plural. De inmediato me pregunté qué otras madres tenían que ver con los cambios que se habían decretado.

—En serio, Jen, es lo menos que podemos hacer. —En mi caso, hablar en plural parecía algo menor.

Me la imaginé de pronto diciéndole a Theo en un cóctel

esa misma noche: «¿Cuántas veces nos va a recordar que solía organizar cenas para ricos y famosos en los Hamptons?». Era el único trabajo de verdad que había tenido. En aquella época, estaba muy orgullosa de mí misma, pero las mujeres como Jen Connington no dejaban de considerarme una persona que había salido de las labores de servicio.

—Quizá te parezca una feminista radical, pero hemos pensado que podría ser el momento de que los padres hagan su parte igualitaria. —Se rio con la alusión que acababa de hacer al título del libro más vendido de Jason, *Igualitarionomía*—. ¿No crees que deberíamos convencer a Jason de que salga de su escondite?

Le dije que ojalá estuviera en su escondite, porque así lo vería más a menudo.

La idea característica de Jason era que las empresas podrían maximizar sus beneficios realizando decisiones corporativas basadas en el principio de igualdad. Aquello era el pienso perfecto para los liberales de Manhattan: mantén tus beneficios de multimillonario siendo al mismo tiempo una persona buena y moral. Su libro estuvo casi un año en la lista de *best sellers* de no ficción del *New York Times*, hasta que apareció la edición de bolsillo, y entonces gozó de otras cuarenta semanas en la lista. Durante ese tiempo, las apariciones en los medios para promocionar el libro dieron paso a intervenciones frecuentes en programas de opinión y después al *podcast*. Y, siguiendo el consejo de su mejor amigo, Colin, creó una consultoría independiente. Yo me alegraba por él —me alegraba por nosotros—, pero ninguno de los dos nos habíamos ajustado a aquella fama recién creada.

Que yo organizara una cena ya no sería suficiente en una subasta. Jen intentaba suavizar el rechazo insistiendo en dejar que Jason hiciera su parte del trabajo:

—Todos los años, las madres se desloman en esta subasta. El año que viene queremos que lo hagan los padres.

Era la segunda vez que hablaba de Jason como el padre de Spencer. No la corregí. No había ninguna necesidad de hacerlo.

Cuando Jason y yo, para mi sorpresa, nos tomamos la relación más en serio el verano que nos conocimos, me di cuenta del esfuerzo que hacía por incluir a Spencer. Le enseñó a esquivar las olas buceando en Atlantic Beach, jugó con él al tenis en las canchas de Amagansett y subió con él a lo alto del faro que hay al final de Montauk, una aventura veraniega pensada para turistas que solo van una vez, pero de la que Spencer nunca se cansaba.

Con la llegada del otoño, Jason nos propuso que nos mudáramos con él en la ciudad. Dios, estaba deseando decir que sí. Yo solo tenía veinticuatro años y no había vivido más que en dos sitios: en la casa de mis padres y en una casa en Pensilvania a la que nunca volvería, incluso si el ayuntamiento no la hubiera echado abajo. No había tenido una relación de verdad con un hombre que me hubiera conocido de adulta. Había salido con varios tipos que llevaban ahí desde mi infancia, pero aquello no habría conducido al matrimonio. Lo último que quería era pertenecer a otra generación de habitantes del East End que sobrevive a duras penas, sobre todo si no estaba enamorada.

Y Jason no solo era un buen hombre que me quería. Era culto, intelectual y refinado. Tenía un buen trabajo, un apartamento en Manhattan y, al parecer, el dinero suficiente como para alquilar durante el verano una casa en los Hamptons. Quería cuidar de mí. Por fin podía salir de casa de mi madre. Podría trabajar todo el año en la ciudad en vez de deslomarme todos los días del verano para intentar acumular dinero suficiente con el que sobrevivir en temporada baja.

Pero no podía. Yo no era la protagonista de un cuento de hadas, dispuesta a que me salvara el Príncipe Azul. Era la madre de un niño de seis años que hasta los tres no dijo ni una palabra. Un niño del que los médicos dijeron que podría ser autista basándose solo en su silencio y en su tendencia a evitar el contacto visual, un niño que necesitaba apoyo adicional en la guardería para «prepararlo» para la clase «especial» que sugería su maestra, y no para la clase «normal» que decía yo. Spencer ya estaba en primero en un colegio donde tenía amigos y vivía en el único hogar estable que recordaba. No podía arrancarlo de ahí para llevármelo a la ciudad por un hombre al que había conocido tres meses atrás. Cuando le dije a Jason que no podía mudarme, estaba preparada para decir adiós, tanto a él como a nuestro apasionado romance. Intenté convencerme de que las demás chicas de mi edad seguro que ya habían tenido un amor de verano.

De nuevo, Jason me sorprendió. Venía en tren cada dos semanas y se quedaba en la habitación más barata del Gurney's, con vistas al aparcamiento. Ayudaba a Spencer con los deberes. Incluso se granjeó la simpatía de mi madre, a quien no le gusta nadie. En diciembre acepté su invitación de llevar a Spencer a la ciudad a ver el árbol de Navidad del Rockefeller Center. Fuimos a patinar. Parecía una película. Por primera vez desde que Spencer y yo fuimos a vivir a casa de mis padres, mi hijo pasaba una noche bajo un techo diferente.

Jason apareció sin avisar el fin de semana antes del Día de los Caídos. La temporada iba a empezar oficialmente una semana después. Ya me habían contratado para veintisiete fiestas. Estaba en la cocina enrollando tiras de beicon en cientos de dátiles para dejarlos congelados y usarlos más adelante, cuando sonó el timbre de la puerta. Hincó una rodilla en el porche de mi madre, abrió la caja del anillo y me pidió que me casara con él. Grité tan fuerte que, del susto, a un ciclista que andaba por ahí casi se lo lleva por delante un coche.

Tenía planeado hasta el último detalle. Nos mudaríamos a la casa que había alquilado durante el verano. Yo contrataría ayudantes para trabajar en los *caterings* que ya había reservado y dejaría de aceptar más trabajos. En otoño volveríamos juntos a la ciudad. Había pedido a sus amigos que nos ayudaran a encontrar un buen colegio para Spencer. Quería que nos casáramos ese mismo verano, en Gurney's, siempre que no fuera demasiado apresurado. En octubre del año anterior había hecho un depósito para reservar una fecha en julio.

—Estás zumbado —le dije—. Sé lo que cuesta ese sitio. Apuesto a que te has gastado una fortuna.

—Yo no apuesto. Cuando eres economista, todo es investigación y juego con el mercado.

—Cuando eres un ser humano normal, eso es hacer el idiota.

—Por si sirve de algo, me hicieron un descuento cuando les expliqué para qué era. Te quieren mucho. Casi tanto como te quiero yo. Cásate conmigo, Angela.

Le pregunté por qué tenía tanta prisa.

—Porque no quiero verte cada diez días. Te quiero a mi lado todas las noches. —Me envolvió en sus brazos y me besó el pelo—. Además, no quiero que otro veraneante te ponga los ojos encima en la fiesta de algún amigo y me deje sin ti.

—¿Y Spencer?

—Quiero que tenga un padre. Quiero ser su padre. Jason, Angela y Spencer Powell. Suena bien, ¿verdad?

En esa época, Spencer se apellidaba como yo: Mullen. No se había contemplado ninguna otra opción. Ahora que Jason hablaba de matrimonio, veía las ventajas de que pasáramos a ser Angela y Spencer Powell en una ciudad grande y abarrotada. Mi hijo seguiría viendo a sus abuelos. Se había adaptado a la guardería y al primer curso. Podría afrontar la transición a un colegio nuevo. Las ventajas harían que valiera la pena.

Todavía recuerdo a Jason, la misma noche que le dije que sí, diciéndome lo mucho que les habría gustado a sus padres.

Nos casamos en Gurney's en la fecha que había reservado Jason, pero a petición mía no hubo ceremonia, solo una cena para doce. Nada de vestido abombado, nada de velo, nada de anuncios en la sección de sociedad del *New York Times*. Un pastor no denominacional que encontramos en Internet apareció durante el cóctel para oficiar la ceremonia. Colin, el abogado y mejor amigo de Jason, rellenó el papeleo para cambiar el apellido de Spencer al lunes siguiente. La adopción legal tardaría más, pero Spencer y yo nos llamábamos oficialmente Powell.

Dos años después, sentados a una mesa en Eleven Madison Park, le pregunté a Jason si Colin seguía trabajando en hacerlo oficial. Su rostro se desencajó de repente, como si hubiera interrumpido la cena para pedirle que sacara la basura.

—¿De verdad quieres hablar de esto el día de nuestro aniversario?

—Por supuesto que no. Es por la fecha… Me lo ha recordado. —Yo no era abogada, pero me resultaba impensable que tardara tanto. No había otro padre a la vista—. ¿Te ha dicho Colin por qué se está retrasando tanto? Puedo conseguir informes policiales si hace falta. Estoy segura de que el inspector Hendricks puede explicar…

Jason apoyó el tenedor en el plato junto a la media pechuga de pato que le quedaba y alzó una mano.

—Por favor —susurró, mirando a su alrededor por si alguien le oía—. Tú siempre dices que no te gusta pensar en eso. Que el pasado no importa. ¿Podríamos no hablar de esto en nuestro aniversario?

—De acuerdo. —Era una petición razonable. Sus palabras tenían sentido. Había ido a ver a un terapeuta varias veces nada más volver a casa, pero no llegó a ser una terapia de verdad. Había sido como empezar la vida de cero a los diecinueve años. No necesitaba terapia. Lo único que necesitaba era que la gente entendiera que estaba bien. Es que estoy bien. El par de veces en los que Jason sugirió que «hablara con alguien» corté esa posibilidad, y no con delicadeza. Sacar el tema de pasada en una cena era injusto por mi parte.

Pero no podía obviar mis sospechas de que algo había cambiado. Lo que dos años antes parecía un montón de papeleo ahora se había convertido en un auténtico obstáculo, una línea que Jason ya no estaba dispuesto a cruzar. Quizá dos años antes había sido más fácil imaginar que iba a ser el padre permanente de Spencer, cuando los dos dábamos por hecho que juntos tendríamos un bebé, un hermanito o una hermanita para nuestro hijo.

Me quedé embarazada a los dos meses de casarnos. Dos meses después de eso, ya no lo estaba. Fue la primera vez que vi a Jason llorar. Esa noche, en la cama, dijimos que volveríamos a intentarlo. Yo seguía siendo joven. Tardamos cuatro meses en volver a ver el signo positivo en el predictor. Otros dos meses después: nada. Dos abortos en un año.

La tercera vez casi llegué a cumplir el primer trimestre. Me estaba haciendo ilusiones de dar la noticia. Pero luego le perdimos… o la perdimos. Los médicos seguían siendo optimistas, diciendo que mis posibilidades de tener un embarazo con éxito seguían siendo de más del cincuenta por ciento. Pero mi sensación era que ya había probado suerte bastantes veces y que el resultado siempre era negativo. Yo, más que nadie, necesitaba algo predecible. Necesitaba saber qué iba a ocurrir, y, conociéndome, solo tenía una opción: rendirme. Pedí que me insertaran un DIU para controlar de nuevo mi cuerpo.

Jason hizo lo que pudo para no mostrar su decepción. Dijo que, en cualquier caso, teníamos a Spencer, que él era suficiente. Pero se le notaba que, sobre todo, estaba intentando convencerse a sí mismo. Y me di cuenta de que yo era quien le estaba cuidando. Era yo quien le consolaba. Porque los dos sabíamos que, de algún modo, la pérdida era más suya que mía, porque Spencer siempre sería más mío que suyo. Jason no tenía un hijo propio.

Y Spencer todavía no había sido adoptado.

—Pensé que quizá habría alguna novedad —dije en voz baja.

Alargó el brazo sobre la mesa y me dio la mano. Cuando me miró a los ojos ya no parecía disgustado.

—Quiero a nuestro hijo. Y eso es lo que es: nuestro hijo. Ya lo sabes, ¿verdad?

—Por supuesto. —Sonreí—. Hace dos años que lo dejaste bien atado.

—La mejor decisión de mi vida.

—Pensé que a estas alturas también tendríamos atado legalmente lo de Spencer.

Me apretó la mano.

—El tiempo vuela cuando estás contento. Mañana llamo a Colin. Te lo prometo.

Y cumplió. Cuando me senté con Colin y me explicó el proceso, dijo que sería fácil. Solo teníamos que notificar al padre biológico de Spencer para que nos permitiera terminar sus derechos paternos.

—O bien —explicó—, si no ha llegado a establecer lazos con Spencer, podemos alegar abandono y quizá incluso evitar una notificación, si es que te parece que esto puede ser un problema.

Intenté que mi voz resultara de lo más natural:

—Está muerto.

—Oh, todavía mejor. —Ofreció de inmediato una disculpa incómoda, y yo le aseguré que no pasaba nada—. Mi más sentido pésame. En fin, lo que necesitamos en ese caso es el certificado de defunción.

—Pero el padre no figura en el certificado de nacimiento.

—No expliqué que ya estaba muerto, ni que Spencer tenía

dos años cuando se emitió el certificado de nacimiento, ni que en él solo figuraba yo como su madre.

—Bueno, vale. —Se notaba que Colin esperaba una explicación más detallada, pero no se la di.

—Entonces quizá sea un poco más complicado. Puede que el juez te pregunte si sabes quién es el padre, en cuyo caso podemos presentar el certificado de defunción. Tienen que comprobar que no hay nadie por ahí a quien le estás quitando el niño. No debería ser un problema.

Asentí, a sabiendas de que Spencer no llegaría a tener legalmente un padre. Cuando Jason volvió a casa aquella noche, le dije todo lo que había aprendido sobre el proceso de adopción. Fue la última vez que hablamos del tema.

El papeleo no es importante. Spencer sabe quiénes son sus padres. Tenemos el apellido de Jason. En lo que respecta a los demás, Jason es el padre de Spencer, y eso es lo importante, ¿no?

4

El día después de que Rachel Sutton entrara en la comisaría de Midtown South, la inspectora Corrine Duncan recibió una copia de un breve informe firmado por un agente de oficina. No pudo evitar hacer un leve meneo con la cabeza mientras lo leía.

Fue al final del documento para ver quién lo firmaba. «L. Kendall.»

Corrine no conocía directamente a nadie con el apellido Kendall, pero se hizo una imagen mental de cómo sería. Un hombre, casi con seguridad, no solo por los datos estadísticos puros, sino por los propios detalles del informe. Las prejuiciosas comillas alrededor de «animado» y «sugiere». El modo en el que había apuntado «la víctima se mostraba tranquila y no parecía turbada», como si todo el mundo supiera que las víctimas buenas lloran.

Corrine se imaginaba incluso la conversación que habría seguido si Rachel Sutton no hubiera salido de comisaría. «¿Qué llevaba puesto? ¿Por qué estaba usted a solas con él?»

Vieja escuela. L. Kendall podría haber escrito «NO HAY QUE CREER TODO LO QUE DIGA» en el documento en letras mayúsculas. La policía solía marcar así los informes cuando pretendía señalar a la acusación que no se molestara. Como mínimo, le daría munición a un abogado defensor si al final se demandaba al acusado.

Corrine quería pensar que nunca había escrito un informe similar.

Su carrera no había empezado en el Departamento de Policía de Nueva York. Pasó sus primeros años de patrullera en Hampstead, en Long Island, condado de Nassau. Allí ser policía era distinto. Con menos de ciento veinte hombres, el departamento esperaba que los agentes investigaran sus propios casos, excepto los crímenes graves. De ese modo aprendió, por ejemplo, por qué una víctima de abuso infantil acusa a una persona inocente (para proteger al pariente culpable), o por qué las demandantes en casos de violencia doméstica a menudo no quieren denunciar (por miedo o incluso por amor), o por qué las denuncias de abuso sexual tienen más capas que una cebolla. Con el término «vergüenza» no había ni para empezar.

Pero en el Departamento de Policía de Nueva York, un agente como L. Kendall no necesitaba saber todo eso. Escribía el informe y se lo enviaba a la unidad especial de turno para que se encargara.

Corrine ya había buscado a Jason Powell en Google. Su nombre no le había sugerido nada en el contexto de un informe policial, pero los resultados de búsqueda le refrescaron la memoria de inmediato. Según su biografía de la web de la Universidad de Nueva York, había obtenido una licenciatura y un máster en Stanford, un doctorado en Harvard y era presidente de no-sé-qué de inversiones en derechos humanos y profesor de Economía. A pesar de lo impresionante de su currículo, aparecía por los pelos en la primera página de búsqueda de Google. Powell era más famoso como autor y orador. La primera frase de su entrada en Wikipedia decía: «Jason Powell es el autor del superventas titulado *Igualitarionomía*, presidente de Consultoría FSS y comentarista televisivo habitual».

Personalmente, Corrine prefería la narrativa de ficción,

pero hasta ella había oído hablar de *Igualitarionomía*. Hacía unos cuatro años había sido uno de esos libros que todo el mundo estaba leyendo —o, según opinaba Corrine, fingía leer— para parecer estar al día.

Ahora, según la web de Powell, presentaba un *podcast* llamado igual que su libro más vendido. Su cuenta de Twitter —una mezcla de noticias económicas, política liberal y sarcasmo— tenía 226.000 seguidores. La *Cosmo* lo había nombrado uno de los pelirrojos más sexis.

Recordaba haber visto al escritor en el programa *Morning Joe* hacía un par de años. Los tertulianos adulaban a Powell, le preguntaban si estaba interesado en meterse algún día en política. Probablemente no le perjudicaba ser guapo: esbelto, aseado, con un toque astuto. Demasiado guapo para Corrine, pero a cada uno lo suyo.

Después buscó en Google «Consultoría FSS». Estrategias equitativas. Hizo clic en la página «Quiénes somos». La empresa ofrecía «diligencia debida en materia de derechos humanos y justicia social» a inversores y grupos de inversión.

Luego movió el ratón para hacer clic en «Nuestro Equipo» y avanzó en la página. La lista era corta, solo había dos nombres además del de Powell: Zachary Hawkins, director ejecutivo, y Elizabeth Marks, investigadora.

No iba a averiguar nada más con el ordenador. Así que tomó el teléfono.

La voz que contestó parecía inquieta, incluso algo molesta.

—¿Diga?

Corrine preguntó si estaba hablando con Rachel Sutton —y así era— y luego se identificó como la inspectora que estaba siguiendo la denuncia presentada la víspera.

—Oh, claro —dijo Rachel en tono de disculpa—. Me alegro de que haya llamado. Da la impresión de que nadie me hace caso. Estaba convencida de que el agente de comisaría iba a archivarla en el fondo de la papelera.

—Ahora va todo por ordenador, así que...

—Claro. Bueno, ¿ahora qué pasa?

—Ahora, si no le importa, puede repetirme lo que le contó al agente Kendall. Empecemos por ahí.

Rachel se rio suavemente.

—¿Va a poner los ojos en blanco y a interrumpirme cada pocos segundos para que parezca que estoy mintiendo?

—¿Tuvo esa impresión en comisaría?

—Era un capullo. O sea, que ya me esperaba eso cuando informé de ello en FSS, porque Jason es el jefe. Por eso fui a la comisaría, pero al final fue aún peor...

—Bueno, podemos hablar de todo esto, pero en persona. —La mayoría de los inspectores convocaban las entrevistas en comisaría, que en el caso de la Unidad de Víctimas Especiales era en la comisaría de la calle Ciento Veintitrés, en una zona de East Harlem, y muchas víctimas tenían miedo de entrar. Corrine, en cambio, creía que las casas decían mucho de sus habitantes. Además, estar en el salón de una víctima era una forma de ganar su confianza—. ¿Está en casa ahora?

—Sí. ¿Me da una hora para ordenar?

Corrine ya había descubierto algo sobre Rachel Sutton. Era el tipo de persona que colocaba las cosas antes de hablar con la inspectora sobre su denuncia de abuso sexual. El hecho en sí mismo no significaba nada, pero Corrine hizo una nota mental, porque a Corrine le gustaba pensar que se fijaba en todo.

El apartamento de Rachel estaba en Chelsea y era uno de esos edificios insustanciales que habían ido apareciendo por todo Manhattan, de esos acristalados del suelo al techo. Para Corrine eran peceras sórdidas. Corrine, en cambio, tenía una casa —como Dios manda, con su patio y su entrada para el coche— porque se la había comprado en Harlem antes de que los hípsters decidieran que Harlem estaba de moda. Estar a cinco minutos andando del trabajo era una de las razones por las que Corrine había solicitado volver a la Unidad de Víctimas Especiales tras cuatro años en homicidios.

Le dijo al portero que venía a hablar con Rachel Sutton y señaló la placa que llevaba colgada de una cadena al cuello. Hacía años, cuando no llevaba más que dos semanas de investigadora de paisano, eligió llevarla así. Con el uniforme azul nadie la había confundido con la niñera o con la empleada del hogar.

Rachel abrió la puerta del apartamento con unos vaqueros anchos y una camiseta de tirantes negra. Tenía el pelo largo y castaño oscuro recogido en una coleta a la altura de la nuca, y estaba maquillada de tal forma que parecía no llevar maquillaje. Cuando Rachel le indicó que tomara asiento en el salón, Corrine se dio cuenta de una mancha de tinta en el dorso de la mano, como un tatuaje temporal, unos centímetros por encima del anillo solitario de Tiffany al que Corrine le echaba dos quilates.

—Qué casa tan bonita —observó Corrine, a pesar de que pareciera una foto de cualquier catálogo de muebles modernos.

—Gracias. Mi madre se ha encargado de todo. —Se encogió de hombros, como si reconociera su buena suerte—. Todavía no le he contado lo de Jason. Le va a dar algo. Y no me va a dejar seguir trabajando allí…

—¿En FSS?

—Sí. Es una oportunidad increíble para mí. Jason es básicamente una autoridad sobre la confluencia entre las finanzas y los derechos humanos internacionales. Y va y pasa esto. No quiero cargarme mi vida profesional nada más empezar.

Corrine sugirió que hablaran de lo ocurrido antes de pensar en lo que vendría después.

Rachel explicó que estaba estudiando un máster de Economía en la Universidad de Nueva York y que tenía una beca que le convalidaba créditos en la consultoría de Jason. Había entrado en el despacho de él para entregar un informe que había redactado ella misma.

—No estaba en su mesa, pero creo que me oyó, porque me dijo que entrara en su spa.

—¿Su qué? —preguntó Corrine.

—Así lo llaman los becarios. Tiene un cuarto de baño privado gigantesco con una ducha y un sofá cama al lado. A veces cierra la puerta, y creemos que se mete ahí a echarse la siesta. Algunos becarios dicen en plan de broma que en realidad vive en la oficina. En cualquier caso, entré, y él tenía los pantalones desabrochados. Me disponía a irme cuando me dijo que no iba a ver nada que no hubiera visto antes. Y siguió hablándome, como si nada. Pero parecía que se estaba tocando todo el rato.

—¿Sus genitales estaban expuestos?

Rachel negó con la cabeza.

—No, o al menos yo no los vi. Tenía las manos en los pantalones. No puedo describirlo. Fue muy rápido y yo estaba asustada. Entonces vio el informe que tenía y se fijó en mi anillo. Preguntó algo sobre si era un diamante de guerra.

Rachel debió de adivinar la confusión en el rostro de Corrine, porque hizo una pausa para explicarse.

—Son diamantes que llegan ilegalmente de zonas devastadas por la guerra. Algo así como «diamantes de sangre». —Corrine asintió para mostrar que sabía de qué hablaba—. Le dije que no tenía ni idea. Dejé la mano levantada como una idiota mientras le explicaba cómo fue la pedida la semana pasada.

—Enhorabuena —dijo Corrine.

—Bueno, pues él, como si nada. Estaba nerviosa, buscando un tema de conversación. Me quitó el informe, y yo me giré para marcharme, pero me agarró del otro brazo. No con fuerza, solo me sujetó, como para impedir que me fuera. Pensé que iba a revisar el informe y a hacerme preguntas de seguimiento mientras estaba allí. Pero entonces tiró de mí hacia él, y todavía tenía la hebilla del cinturón sin abrochar. Me dijo que era demasiado joven para casarme. Que todavía no había disfrutado suficiente. Estaba convencida de que iba a poner mi mano en su… ya sabe. Me aparté de inmediato.

Corrine preguntó qué ocurrió después.

—Nada. O sea, me aparté y quité la mano de golpe. No sabía qué decir. Entonces se dio la vuelta, se abrochó el cinturón y empezó a hojear el informe, como si no fuera para tanto. Me dijo que me haría saber si tenía alguna pregunta. Y luego me fui.

Corrine preguntó a Rachel si había contado el incidente a alguien.

—Se lo conté a Zack Hawkins. Es el director ejecutivo, el encargado oficial de los becarios. —Corrine recordó aquel nombre de la web de FSS. Rachel prosiguió—: Estaba tan conmocionada que acabé en su oficina contándole lo ocurrido.

Corrine preguntó si Zack le había dicho qué iba a hacer con respecto a su queja.

—Dijo que lo hablaría con Jason… Que estaba seguro de que se trataba de un malentendido. —Su tono transmitía consternación ante la posibilidad de que la conducta de Jason pudiera interpretarse así—. Seguía dándole vueltas después del trabajo, así que fui a la comisaría de policía.

—¿Habló con alguien más sobre el incidente? ¿Quizá con su prometido?

Rachel puso cara de sorpresa al oír que mencionaba a su prometido.

—Todavía tengo que acostumbrarme a esa palabra —explicó, mientras miraba su anillo con admiración—. No, no se lo he contado a Mike, por la misma razón que no se lo he contado a mi madre. No quiero darle más importancia de la que tiene…

—¿Te puedo tutear, Rachel? A ver, yo soy inspectora de policía. ¿Quieres decir que no vas a denunciar?

—Ya he dicho que no lo sé, pero se me hacía raro no decir nada. ¿Y si lo dejo pasar y acaba haciendo algo peor a otra mujer? Creo que quería poner la denuncia para que constara. ¿Es la primera vez que lo hace?

Corrine le dijo que en el Departamento de Policía de Nueva York no había quejas anteriores.

Rachel frunció los labios.

—No hay forma de que demuestre lo ocurrido, ¿verdad? Es mi palabra contra la suya. Lo típico de él-dijo, ella-dijo.

«Sí», pensó Corrine. Y aunque hubiera grabado el incidente entero en vídeo, obviamente no era un delito. Según Rachel, Jason no la había tocado en una zona «íntima» del cuerpo, ni le había enseñado a ella sus partes. Tras varias preguntas de seguimiento, Corrine confirmó que las alegaciones de Rachel —de poder ser demostradas— se podrían considerar un intento de cometer un «tocamiento físico ofensivo». Una falta de clase B. En teoría le podía caer un máximo de seis meses, pero lo más seguro era que acabase con libertad condicional y seguimiento psicológico.

—Y eso, asumiendo que podemos demostrar que su intención era poner tu mano en sus genitales —añadió Corrine.

—Entonces ¿tendría que haber mentido y haber dicho que sí lo hizo? —preguntó Rachel.

—No, porque eso no ocurrió, ¿verdad?

Rachel negó con la cabeza y se secó una lágrima.

—Disculpa, me siento frustrada.

—¿Has pensado en informar de ello en la universidad? ¿Las prácticas no se hacen a través de la facultad?

—En realidad es más bien un trabajo, y Jason es, por así decirlo, como una estrella del rock en la Universidad de

Nueva York. Además, es profesor titular, así que imagino que no harán nada. La verdad es que muchas otras estudiantes no se habrían apartado. No sé si quiero que me conozcan como «esa mujer» en el campus. —Bajó la mirada, como si pensara en sus uñas—. ¿Eso significa que no vas a hacer nada?

—En principio mi próximo paso sería hablar con cualquier testigo, pero ya has dicho que no hay ninguno. Hablaría con Zack para confirmar que informaste justo después… y para preguntarle por tu comportamiento. Y hablaría con el sospechoso antes de concluir la investigación. Eso siempre y cuando quieras que proceda. No puedo prometer que acaben condenándole, eso depende del fiscal, pero al menos el informe existirá.

Rachel asintió.

—¿Eso quieres?

Cuando Rachel respondió, ya no parecía una estudiante desconcertada y dudosa, preocupada por llamar la atención y por salirse de un camino profesional planeado cuidadosamente. Su voz fue tranquila y decidida.

—Sí, estoy segura. Solo quiero que admita lo que me ha hecho.

De camino al coche, Corrine pensó en todas las razones por las que ningún fiscal del distrito se acercaría a este caso para encargarse de la acusación. La tardanza de la denuncia. La actitud de autodefensa de Rachel ante el agente Kendall. La fugaz naturaleza de la interacción. La ausencia de cualquier tipo de fuerza. Por no hablar del sello de tinta en el dorso de la mano de Rachel, un resto de alguna discoteca, quizá de la noche anterior, pocas horas después del incidente.

Algo fallaba en la denuncia. Pero siempre fallaba algo. Era una verdad que cualquier investigador de delitos sexuales admitiría si no fuera totalmente inaceptable. Se supone que no puedes decir que las víctimas no dicen toda la verdad, porque parece que las estás llamando mentirosas. No lo son. Se están protegiendo a sí mismas. Se están preparando para que no las crean. Se están adelantando a las formas en las que los demás las atacarán y se están haciendo un escudo protector.

Dejando de lado todo lo demás, Corrine creía que a Rachel le había pasado algo el día anterior… O al menos Rachel así lo creía. ¿La razón por la que Corrine pensaba que Rachel decía la verdad? Porque una mentirosa habría contado algo mucho peor.

Llamó a su teniente desde el coche. Él no entendió por qué le llamaba por una estúpida falta hasta que ella le explicó quién era Jason Powell. Él respondió con una obscenidad de enojo.

Como era de esperar, jugó a la patata caliente y le dijo que llamara al fiscal del distrito.

Llamó a la Fiscalía de Nueva York, Oficina de Víctimas Especiales, y preguntó por el fiscal supervisor Brian King. Contestó después de tres tonos y medio.

—Dame un segundo. Perdón. Estoy engullendo el almuerzo antes de ir a la lectura de una sentencia. No pensaba contestar, pero he reconocido tu número.

—Me honras. —Le explicó a King lo que sabía de la denuncia de Rachel.

—*Schadendreude* —dijo—. Cada vez que mi exnovia lo veía en televisión, subía el volumen. ¿Ya le has interrogado?

—No. Hemos pensado que antes podríamos implicarte. Para asegurarnos de que hacemos las cosas bien. Una posibilidad es aparecer por ahí y hablar. Que nos dé su versión de la historia. Quizá admita algo… —Dejó que su voz se fuera apagando.

—Lo mismo te echa a patadas, llama a su abogado y contrata a un equipo de sustancias peligrosas para que limpie a fondo su guarida sexual.

—Muchos hombres tienen baños privados en la oficina.

—No veo que esto vaya a ninguna parte. Lo sabes, ¿verdad?

—No sería la primera vez. Yo solo investigo el caso. Creo que Rachel acabará retirando los cargos si es su palabra contra la de ella, pero no lo sabré hasta que al menos pregunte.

—Me parece bien. Qué emocionante es estar en esto tan pronto —dijo él con sarcasmo.

Corrine estaba a pocas manzanas de la oficina de FSS cuando sonó su móvil. Solo había marcado el teléfono de Rachel Sutton una vez, pero lo reconoció en la pantalla.

—Inspectora Duncan —contestó.

Rachel se identificó, pidió disculpas por molestar y dijo que había recordado algo.

—Su ropa interior. Eran unos bóxers con bastoncitos de caramelo rojos. Era tan ridículo que casi me río. ¿Ayuda en algo?

En un caso de él-dijo, ella-dijo, «ella» acababa de ganar un punto de ventaja.

Inspectora Corrine Duncan

Entrevista: 15 de mayo, 13.55
Ubicación: Avenida de las Américas, 1057, Consultoría FSS

Me presenté en la ubicación para contactar con Jason Powell en relación con la denuncia presentada por Rachel Sutton. Me informaron de que Powell no estaba en la oficina. Pregunté si podía hablar con Zachary Hawkins, director ejecutivo de FSS.

Me identifiqué ante Hawkins como inspectora del Departamento de Policía de Nueva York y le expliqué que una becaria había denunciado un incidente supuestamente ocurrido la víspera. Hawkins asintió como si supiera a qué me refería. Dijo que Jason Powell había salido pronto por un viaje de negocios a Filadelfia, a pesar de que todavía no le hubiera explicado que la denuncia de la becaria afectaba al señor Powell. Le pregunté sin miramientos: «¿Sabe por qué estoy aquí?», y contestó sin dudarlo: «Es por Rachel, ¿verdad?».

Hawkins explicó que había sido alumno de Powell en la Universidad de Nueva York y que empezó a trabajar en FSS después de unos años en un fondo de cobertura. Contó que es la primera vez que FSS tiene becarios supervisados, presionados por la universidad porque Powell sigue siendo profesor, aunque tenga otras actividades económicas. Rachel Sutton es una de las cuatro becarias, y pasa entre seis y diez horas a la semana en FSS investigando, sobre todo, inversiones potenciales.

Hawkins indica que Rachel Sutton fue a su oficina la víspera, pidió hablar con él y cerró la puerta de la oficina. Informó de que Jason Powell la había «acosado sexualmente». Afirmó que Powell había actuado de un modo «inapropiado» con ella. Según Hawkins, cuando le pidió más detalles a Sutton, ella contestó: «Quien tiene que dar explicaciones es él».

Pregunté a Hawkins qué había contestado a su queja. Reconoció que no tiene formación para dar respuesta a quejas en el lugar de trabajo y que FSS es demasiado pequeña para tener un Departamento de Recursos humanos. Dijo que habló con Jason Powell, que se mostró «totalmente sorprendido, incluso indignado» por la pregunta. Powell explicó que no se le ocurría nada que explicara la queja, salvo una breve conversación sobre el reciente compromiso de Rachel Sutton.

Le pregunté a Hawkins si podía proporcionar algo más de información sobre el incidente, y dijo que no. Afirmó estar «sorprendido» y «decepcionado» por ver la implicación de la policía, y explicó que creía que se había producido un malentendido entre las dos partes.

Tras salir de FSS, llamé a Jason Powell al número de teléfono móvil proporcionado por Hawkins. Me identifiqué como inspectora del Departamento de Policía de Nueva York (no especifiqué que era de la Unidad de Víctimas Sexuales) y le dije que quería hablar con él sobre una denuncia que habíamos recibido. Afirmó de inmediato que no respondería a ninguna pregunta si no era en presencia de un abogado.

Acción: Informes enviados al fiscal supervisor King, de la Oficina de la Fiscalía de Víctimas Especiales de Nueva York.

Tres días después

*A*sí fue como lo averigüé.

Estoy acostumbrada a despertar sola, aunque depende de qué momento consideres «despertar».

La primera vez suele ser a las tres de la madrugada. Jason no sabe de estos minutos de inquietud. Ni él ni nadie. Me digo a mí misma que no importan, que no son reales. No tienen nada que ver con mi vida de adulta en esta casa, con Jason y Spencer. Estos bloques de tiempo perdido pertenecen a una versión anterior de mí. Es como si el sueño me metiera en una máquina del tiempo y emergiera brevemente cuando era más joven: aterrada y sola, pero, sobre todo, aplastada. Así me sentía todo el tiempo. Ahora solo me despierto así la primera vez, en mitad de la noche, después de un sueño horrible. Me obligo a cerrar los ojos y hacer el «juego del alfabeto» que Jason le enseñó a Spencer cuando pasamos la primera noche bajo el mismo techo.

Spencer tenía casi siete años por entonces. Estaba acostumbrado a quedarse dormido en Long Island con el ruido del viento marino y el rumor de las cigarras. El cuarto de invitados de Jason estaba en la calle Setenta y cuatro, en el décimo quinto piso, pero Spencer no se adaptaba al *staccato* abrupto de las sirenas y los pitidos de los coches.

Entró en el salón con el pijama de Batman y frotándose adormilado los ojos. Pedí perdón a Jason con la mirada y me dispuse a llevar a Spencer de vuelta a la cama, pero Jason lo atrajo al sofá entre nosotros.

—Primero imagina algo que te gusta… Un dibujo animado, una serie de televisión, una asignatura del colegio…

No me sorprendió que Spencer eligiera Harry Potter. Era un lector avanzado para su edad, pero yo sospechaba que las películas —y mi madre— le habían ayudado a avanzar con los libros.

—Excelente —dijo Jason—. Ahora cierra los ojos. Empieza con la letra A. ¿Te sabes las letras?

Spencer sonrió y asintió con los ojos aún cerrados. Había empezado a leer a los cuatro años.

Jason le explicó el juego: empieza con la A y piensa en algo relacionado con Harry Potter.

—Azkaban.

Luego la B.

—Bellatrix Lestrange.

Por la cara de mi hijo supe que ya no tenía miedo de la calle. Mantenía la mente ocupada, inmersa en la historia de Harry Potter. Fue la primera vez que estuve segura de que Jason iba a querer a mi hijo, no solo a mí. Jason le prometió que, si volvía a la cama y seguía jugando, se quedaría dormido al llegar a la Z.

Así me paso los minutos de medianoche, recorriendo el alfabeto —nuestro Zolpidem familiar sin receta—, a menudo en el mundo de series televisivas que me resultan familiares, como *Scandal* o *Friends*. Lo que sea que me haga pasar el rato. Cualquier sitio es mejor que el sueño que me despierta y me lleva de vuelta a la casa de Pittsburgh.

La segunda vez que me despierto —apenas— es cuando suena la alarma de Jason, a las 5.30 en punto. Cuando lo conocí, su horario le obligaba a levantarse pronto para que pudiera escribir el libro que esperaba publicar algún día. Cuando el plan funcionó, el horario se quedó fijado para siempre.

En cuanto a mí, el día no empieza hasta que suena la alarma de las siete, que es el momento en el que comienza mi rutina diaria. Empiezo con el iPad. Reviso el correo. Entro en Facebook. Ojeo los titulares. Pero me doy un máximo de quince minutos, y después hago dos minutos de plancha y un par de ejercicios de flexibilidad para que la sangre circule. Paso por el dormitorio de Spencer para asegurarme de que se levanta y luego bajo a la cocina a preparar el desayuno. ¿Aburrido? Pues sí. Pero tengo mucha fe en la rutina. Lo predecible es reconfortante. Da seguridad.

Averigüé el apellido de Rachel la becaria en el iPad. En Facebook, para ser precisa. Jason no sacó el tema del incidente desde que me lo comentó en la cena. Había pasado dos días en Filadelfia. Para cuando volvió a casa, se me había olvidado. Supuse que si la becaria hubiera llevado su queja más allá de Zack, Jason me lo habría contado.

En el lado derecho de la pantalla —por debajo del nombre de un actor oscarizado que estaba en mitad de un divorcio muy reñido y del de un atleta al que apenas conocía— aparecieron las palabras «Jason Powell». Mi marido era «tendencia». Durante una décima de segundo me sentí emocionada, hasta que pinché en el enlace.

Después de leer por encima el artículo, agarré el mando a distancia de la mesilla de noche y busqué *New Day*, donde Jason iba a aparecer en una sección del programa de la mañana. Estaban en una pausa publicitaria.

Busqué el canal MSNBC, donde Jason también era un colaborador habitual. Los tertulianos del programa *Morning Joe* estaban entrevistando a un congresista del que no había oído hablar. Ni rastro de Jason en los rótulos de la parte inferior del programa.

Avancé tres cadenas hasta el canal que se centraba en asuntos financieros. Nada.

Un clic más me llevó a la principal cadena «conservadora». Había una foto de Jason en la esquina superior derecha, no lejos del atractivo rostro de la rubia que estaba pronunciando su nombre. Y entonces vi las letras en la banda de noticias de la pantalla. «Famoso economista progresista acusado de abuso sexual por becaria.»

El artículo estaba en *The Post* y 3 000 usuarios de Facebook ya lo habían compartido. El periódico había sacado una foto de la página web de la universidad. Jason salía muy joven. Su largo rostro estaba más relleno entonces, y todavía no lucía la barba de tres días que llevaba desde hacía varios años. Sus ojos verdes parecían mirar a través de la cámara, y sonreía como si se hubiera acordado de un chiste.

El artículo en sí solo ocupaba dos párrafos. Decía que una becaria anónima de la universidad había acusado «al economista convertido en comentarista e imán político» Jason Powell de «contacto sexual involuntario».

«Fuentes internas informan a *The Post* de que el lascivo profesor tiene una habitación secreta con una ducha y una cama al lado de su elegante oficina fuera del campus donde se ha estado forrando a base de recomendar a inversores cómo gastar su dinero según su ideología liberal. La misma fuente informa de que el Departamento de Policía de Nueva York está a punto de detenerle y que pronto sabremos más de los variados usos que el conocido economista ha dado a esa cama en cuestión.»

Tuve que contenerme para no tirar el iPad al suelo. Cuando nos mudamos a Downtown, Jason echaba de menos salir a correr por Central Park a diario. Gastar un dineral en aquella ducha cuando abrió FSS había sido la única forma de que volviera a correr. Y la cama no era una cama de verdad. Era el sofá cama que teníamos en el hueco del recibidor de nuestro apartamento antiguo. Yo propuse que lo llevara a la sala que llamábamos de broma «la *suite*» de la oficina. La habitación no tenía ventanas y era perfecta para que se echara una siesta rápida cuando los efectos del madrugón afectaran a Jason por la tarde.

Intenté llamarle al móvil, pero saltó directamente el buzón de voz.

—Jason, llámame en cuanto oigas esto. —Mandé un mensaje en el que le decía lo mismo.

Avancé en la página de mi iPad para ver los comentarios que acompañaban al artículo de *The Post*. Se estaba viralizando.

Sabía que lo de hacerse el bueno era falso.

¿La policía está a punto de detenerle? ¿Sigue dando clase a estudiantes? ¿Qué cojones?

Yo conozco a una chica de la uni que trabaja allí. Es la única mujer del programa de prácticas. Tiene que ser ella. Se llama Rachel Sutton. Está buena.

Había varios comentarios después de este que regañaban al autor por revelar información de la mujer que estaba arruinando ella solita la reputación de mi marido. Al parecer estaba bien decir el nombre de Jason, pero había que proteger la privacidad de ella. Hice una nota mental de su nombre y seguí leyendo los comentarios.

¿Qué clase de profesor se reúne con una estudiante a solas… en un dormitorio?

¡Dios! ¡Su hijo estudia en el colegio de mi hija! Siempre me ha parecido amable. Estoy hecha polvo.

La autora de ese último comentario era una mujer llamada Jane Reese. Abrí su imagen de perfil y reconocí a la adolescente que aparecía a su lado; la había visto en las actuaciones del coro de Spencer. Según Facebook, Jane y yo éramos «amigas». Y ella era la que estaba «hecha polvo». Hice clic para dejar de ser su amiga.

Spencer.

Dios, Spencer. Lo había protegido de tantas cosas, pero no tenía ningún poder para protegerle de esto.

Puse mi nombre y el de Spencer en Google —con los apellidos Powell y Mullen— en busca de cualquier mención en las últimas veinticuatro horas. Nadie nos había incluido en la historia. Al menos por ahora.

Pero, si un internauta cualquiera ya había colgado el nombre de Rachel Sutton, ¿cuánto tardaría en meterse la gente que creía saber algo de mí?

Spencer tenía una almohada encima de la cabeza para evitar la luz que se filtraba a través de la persiana. Emitió un gemido cuando me senté al pie de su cama. Mi hijo tenía la costumbre de afrontar cada mañana como si tuviera que pasar una audición de teatro.

—¿Tengo que recordarte que hay niñas en otras partes del mundo que han muerto, literalmente, por querer recibir una educación? Venga, señorito, es hora de ir a clase.

Me miró entornando los ojos bajo el pelo revuelto.

—Las madres normales dicen: «Levántate de una puta vez o te mato».

Esa es la idea de «normalidad» de mi querido hijo.

—Prefiero experiencias de culpa que amenazas de muerte. Levántate. Pero antes tenemos que hablar un segundo. Puede que algunos niños del colegio hablen de papá. —Spencer había empezado a llamar a Jason «papá» después de nuestro primer aniversario. Nunca preguntamos por qué. Nos sentíamos agradecidos.

—La madre de Loretta tiene un Óscar y el padre de Henry es un verdadero genio musical. En serio, nadie habla de papá.

Ah, las alegrías de un colegio privado en Manhattan…

—Hay una historia circulando por Internet. Le han acusado de algo. Todo se aclarará, pero necesito que intentes no hacer ni caso a lo que digan hoy en clase..

—¿Qué significa eso de que «le han acusado»?

Era imposible ocultarle los detalles a mi hijo, sobre todo con el ciclo mediático ininterrumpido las veinticuatro horas al día los siete días de la semana.

—Ha sido una estudiante de la universidad. A veces las universitarias exageran, Spencer.

A partir de ahí, empecé a hablar sin sentido. Le dije que algunas veces los estudiantes más perturbados acaban entrando en la universidad. Que su padre no había hecho nada aparte de intentar ayudarla supervisándola en unas prácticas. Que los profesores tienen conflictos con los estudiantes todo el tiempo, pero que papá tenía la complicación añadida de ser una figura pública. Era posible que la alumna estuviera buscando llamar la atención a expensas de él.

—¿Y qué va a decir la gente?

Escruté sus ojos castaños que asomaban entre mechones de pelo que teníamos que haber cortado hacía dos semanas. Mi hijo era demasiado mayor para que lo tratáramos como a un niño, pero era joven comparado con los chicos de su edad. Su amigo Henry, por ejemplo —el hijo del «genio musical»—, tenía dos niñeras, un chófer y un guardaespaldas a su disposición, pero solo veía a sus padres dos veces a la semana. Estos chicos no se cortarían lo más mínimo.

—Que una alumna ha acusado a tu padre de comportamiento inadecuado.

—¿En qué plan? O sea… ¿sexo?

Le dije que no lo tenía muy claro. Que había sido un malentendido. Que solo se lo decía por si acaso alguien lo mencionaba en clase.

—¿Y está en Internet? —Se empezó a incorporar, segura-

53

mente en busca del teléfono que yo le obligaba a dejar abajo, en la cocina, una de las Normas Maternas dedicadas a los teléfonos móviles, junto con la de que la contraseña fuera conocida, pedir permiso antes de compartir imágenes con otros y, lo más polémico, que los teléfonos estuvieran en modo avión cuando se viaja en coche.

Intenté no pensar en los demás padres, que ya estarían cuchicheando en sus cocinas sobre mi marido. O en los estudiantes de la Universidad de Nueva York, que se pasarían las clases enviándose el enlace unos a otros. O en mis conocidos del East End, regodeándose de que al final mi vida perfecta en la ciudad no había salido tan bien.

—Está claro que esta chica está mal, Spencer. Fatal. Y tu padre ha estado intentando ayudarla, ¿entiendes? —Estaba dando a entender hechos de los que no tenía ni idea, pero necesitaba dar algún tipo de explicación de lo que estaba ocurriendo. Por desgracia, la historia de la chica problemática que se obsesiona con su exitoso mentor parecía funcionar.

—Mamá, no puedo ir a clase. Deja que me quede en casa.

Avancé hasta el baño del pasillo y abrí el grifo de la ducha. Tardaba una eternidad en salir caliente.

—No puedes quedarte en casa, la gente dará por hecho que es culpable. Es tu padre, Spencer, y tú ya no eres un niño. Tenemos que proteger a la familia.

7

Mientras Spencer se duchaba, intenté contactar con Jason. Colgué en cuanto oí el «Ha llamado a Jason Powell...» de siempre. Ya le había dejado dos mensajes de voz en el contestador y tres mensajes de texto.

Encendí la televisión pequeña que colgaba debajo de la encimera de la cocina y bajé el volumen para apagarla si oía a Spencer cuando bajara las escaleras. Puse *New Day*. Jason había llegado a ser un semihabitual del programa gracias a nuestra amistad con una de las presentadoras, Susanna Coleman. Ahora que sus comentarios se habían convertido en un bien preciado, seguía apareciendo una vez a la semana, sobre todo por lealtad.

Susanna y su copresentador Eric estaban en la cocina del estudio en torno a un chef que me sonaba de uno de los programas de cocina de la televisión por cable. El cocinero decía:

—¿Veis? Están justo al dente, perfectos.

Mientras, Susanna y Eric probaban con gracia aquellos espaguetis supuestamente perfectos.

Susanna mostraba su acuerdo asintiendo hasta que su boca se despejó y pudo decir:

—Eres mi héroe. A mí siempre se me pasa.

¿Jason ya había salido esa mañana? ¿Tenía previsto aparecer? Me lo había contado la noche anterior, mientras yo intentaba leer el trabajo de Spencer sobre *Ve y dilo en la mon-*

taña, de James Baldwin. Mi hijo no estaba más que en séptimo curso, pero algunas de las tareas que le mandaban eran más complejas que cualquier trabajo que yo hubiera hecho en clase. Había dejado de leer para buscar la palabra «circunlocución» en el móvil justo cuando Jason me contó los planes que tenía para su espacio en televisión.

Lo acababa de recordar: siete tiendas que estaban cambiando el mundo de formas pequeñas. No hacía falta ser economista, y mucho menos tener el currículo de Jason, para publicitar zapatillas de deporte y mantas, pero había aceptado estas cosas a cambio de poder expandir su «plataforma».

¿Habría estado ya en pantalla para abundar en su inocencia sin reconocer la acusación contra él? Imposible. Twitter habría sido inclemente. Hoy en día el público se cree que merece una explicación inmediata.

Cogí el teléfono y busqué en Google «Jason Powell New Day» y después reduje la búsqueda a publicaciones en las últimas horas. Descubrí la respuesta a mi pregunta en una web que trataba de celebridades desde una perspectiva feminista.

A los siete minutos de que empezara *New Day*, el copresentador Eric Jordan ha interrumpido abruptamente una de las anécdotas de Susanna Coleman sobre su querido perro. «Lo siento, Susanna. Pero a nadie le importan las historias de Frannie. Hablemos del tema candente de hoy.» Ha identificado como tema candente el reportaje del *New York Post* de aquella mañana según el cual una becaria de la universidad había acusado al doctor Jason Powell —«nuestro doctor Jason»— de «conducta inapropiada».

La ironía de que un hombre interrumpa a una mujer para insistir en que se traten alegaciones de mala conducta sexual no pareció pasar desapercibida a Coleman. «¿Me estás diciendo ahora mismo lo que puedo y lo que no puedo decir?»

Jordan procedió a leer lo que tenía pinta de ser una declaración preparada. «Como periodistas, sabemos que todo individuo es inocente ante la ley hasta que se pruebe su culpabilidad más allá de la duda razonable. Pero, como esto es un programa de televisión, *New Day* también sabe que las acciones fuera de pantalla de personalidades que aparecen en directo distraen de los contenidos de calidad. Por tanto, la sección que anunciamos ayer del doctor Jason Powell para hoy ha sido cancelada.»

El programa hizo una pausa publicitaria y a partir de ahí volvió a la normalidad.

En otras palabras, todo el mundo es inocente a no ser que pensemos que puede dañar nuestra cuota de audiencia.

Al oír los ruidosos pasos de Spencer por la escalera, apagué la televisión y dejé el teléfono en la encimera con la pantalla hacia abajo.

—¿Tortitas con pepitas de chocolate? —preguntó con tono seco cuando le puse tres discos perfectos en un plato—. Pensaba que habías dicho que ya no podía comer como un niño.

Odiaba la voz que usaba mi hijo cuando me imitaba, de arpía punzante. Lo dejé pasar por ese día y no le di el contexto de aquel sermón en concreto: que estuvo picoteando antes de la cena de la noche anterior y al final pidió pizza dos horas después.

Me encogí de hombros y le di el plato y una botella de sirope. Las tortitas no formaban parte de la rotación habitual de desayunos entre semana.

—Si una zorra acusa a papá de asesinato, ¿me compras un coche?

—No hables así —dije, señalándolo con severidad, a pesar de que estaba sonriendo mientras lo hacía. Buscar humor era la forma de mi hijo de enfrentarse a la mayoría de las situaciones sin humor, y él sabía que hablar así me hacía efecto—. Además, yo me niego a que crezcas tanto como para conducir.

No protestó cuando le seguí hasta la puerta de entrada

después del desayuno. A petición suya, había dejado de acompañarle al colegio desde hacía ya un año, pero todavía había días en los que «iba de todos modos en la misma dirección».

Jason había sido inflexible en cuanto a pagar «un buen colegio» para Spencer. Yo pensaba que el Colegio Springs había sido lo bastante bueno. Era el mismo colegio de primaria al que había ido yo. Era la escuela primaria a la que iban casi todos los niños de East Hampton, no los multimillonarios de la zona, sino los que vivían al norte de la autopista, es decir, la gente normal. La gente como mi familia. La gente como Spencer y yo antes de conocer a Jason.

Manhattan era distinto, explicó Jason. No podíamos meter a Spencer en un colegio cualquiera. Los padres que tenían que confiar en la educación pública elegían sus códigos postales según la calidad de las escuelas primarias, y a partir de ahí los chicos tenían que competir para obtener plaza en las mejores escuelas. Las familias que se lo podían permitir optaban por centros privados y contrataban a consultores que reunían paquetes de solicitudes y adulaban a posibles autores de cartas de referencia. El proceso entero resultaba nauseabundo, pero Jason sabía más de educación de lo que yo sabría nunca, así que hice una gira por los «posibles» colegios privados. El único en el que imaginé a Spencer a gusto fue en el Friends Seminary. Sí, había hijos de estrellas de rock y de actores oscarizados, pero también había niños normales. Y era cuáquero. Eso debía significar que la gente era buena, ¿verdad?

Supuse que Jason se opondría al ver el precio, pero el principal problema era la dirección del colegio, en la calle Dieciséis. El trayecto desde su apartamento en Upper West Side hasta Village era de unos cinco kilómetros, pero era un montón teniendo en cuenta el tráfico de hora punta en Manhattan. Jason decidió que nos mudáramos hacia el sur.

—¿Qué pasa con el parque? —Él había elegido el apartamento de la calle Setenta y Cuatro por su acceso a Central

Park, donde disfrutaba de espacio abierto para mantener su régimen de correr cuarenta kilómetros a la semana.

—Seré el bicho raro que da veinte vueltas a Washington Square. Además, puedo ir andando a la universidad. Tenía que haberme mudado hace mucho.

A duras penas podíamos permitirnos un piso de dos dormitorios en Waverly cuando decidimos mudarnos a The Village. Pero después, gracias a los ingresos extra de Jason, nos hicimos propietarios de nuestro propio hogar en la calle Doce —una antigua casa con cochera, entera para nosotros, con aparcamiento a pie de calle— a menos de diez minutos andando del colegio de Spencer.

Sentí que los pasos de Spencer se ralentizaban cuando nos acercábamos al colegio. Como de costumbre, llevaba los ojos fijos en el teléfono.

—¿Estás cazando Pokémons?

—De eso hace ya dos años, mamá. Y ya sabes lo que estoy viendo.

—Todo va a ir bien, Spencer. Sabes que tu padre no haría algo así, ¿verdad?

—Ya, bueno. Pero eso da igual. La policía incrimina a gente todo el tiempo. La gente va a la cárcel, en plan, toda la vida, y luego se descubre que eran inocentes. Hay un sitio llamado el Proyecto Inocencia. ¿No lo conoces?

Mi hijo se está empezando a dar cuenta de que no tengo tanta formación como los demás adultos de su vida. Odio la sensación de decepcionarle.

—Sí, lo conozco, pero eso da igual. Tu padre no va a ir a la cárcel. No es más que un malentendido. No ha ocurrido absolutamente nada. —De nuevo, intenté sonar como si supiera más de lo que sabía—. A papá todo le va a ir bien.

—Sí, lo sé —dijo—. Somos ricos. —Odio que mi hijo ya sepa tanto del mundo—. Además, esto no es ni de lejos tan malo como muchas de las cosas que han pasado otros chicos.

El padre de Seth ha estado desintoxicándose desde que él entró en secundaria. Y la hermana mayor de Karen hizo una cinta sexual con Little Pony.

—¿My Little Pony?

—No, mamá. ¡Little Pony! Jolín, es un rapero.

—No es culpa mía que tenga un nombre ridículo. —Estábamos en la esquina antes de la entrada al colegio. En esa época no quería que lo acompañara más allá de ese punto. Me dejó darle un buen abrazo. Cuando abrí los ojos, vi a Jane Reese, de pie junto a un Cadillac Escalade negro en medio de la manzana, mirándonos. Se dio la vuelta rápidamente. Me pregunté si se habría dado cuenta de que ya no éramos amigas de Facebook.

—Gracias, Spencer. Eres un buen chico. Recuerda: cuando ellos se rebajan...

—Nosotros alzamos el vuelo. —Le di además un buen choque de puños—. ¿Tú vas a estar bien? O sea, ¿qué pasa si la gente descubre... ya sabes, lo nuestro? A mí no me importa, pero...

Sentí un nudo en la garganta. Mi hijo, que se enfrentaba al colegio para fingir que no le asustaba que su mundo entero se fuera a desmoronar, estaba preocupado por mí.

—La policía no tardará en aclararlo todo. Todo va a ir bien. —Aparté la mirada para que no pudiera ver la inseguridad en mis ojos. Ni siquiera él sabía lo poco que me fiaba de la policía ni por qué.

Casi estaba en casa cuando sonó el móvil. En la pantalla apareció «AMC». American Media Center, el canal que controla *New Day*. Quizá Jason me estuviera llamando desde la sala de espera del estudio.

—¿Jason? —Ya era hora.

—No, soy yo —susurró Susanna—. Te llamo desde el plató, estamos en los anuncios. ¿Estás bien?

—Pues no, no estoy bien. No sabía nada. Me he enterado por Internet. ¿Hacía falta que se leyera una declaración? ¿En base a lo que dice una... —la palabra zorra me vino a la cabeza, pues Spencer me la había metido en el lóbulo frontal hacía unos minutos— estudiante?

—Si yo te contara... Los del estudio han acudido a Eric a mis espaldas. Pensarían que no lo habría hecho para defenderle.

Ha habido muchas personalidades televisivas que han ido y venido desde que Susanna ocupó su cargo en *New Day*, y pocas mujeres mantienen su carrera pasados los cuarenta, pero Susanna era prácticamente una institución en AMC. Durante un breve periodo, hace años, fue presentadora principal de las noticias de la tarde, pero acabó prefiriendo la charla desenfadada de los programas de entretenimiento. Se acercaba a los sesenta y todavía la querían mucho. Pero, por otro lado, ninguna mujer es inmune a la realidad. La cadena había tenido la decencia de mostrar a Susanna y a Eric como copresentadores iguales, pero ella sabía que Eric tenía doce años menos que ella, ganaba el doble y se le consideraba el heredero natural del estilo del canal.

Habría pasado la mañana fingiendo que todo era normal por el bien de Spencer, pero ahora, al quedarme sola y oír los asustados susurros de mi amiga, mi cuerpo entero empezó a temblar.

—¿Has visto a Jason esta mañana? —pregunté—. No contesta a mis llamadas.

—Un microsegundo. He entrado en la sala de espera para decir hola, pero no podía quedarme. Estaba de lo más normal. Después oí a uno del equipo cotilleando fuera de mi camerino. Así me enteré del artículo de *The Post*, pero la verdad es que no tuve ni un minuto antes de empezar el directo. Y antes de que me diera cuenta, Eric le estaba dando una puñalada trapera en televisión. ¿Es posible que Jason no viera las noticias antes de llegar al estudio?

Era más que posible. Su rutina matinal era el colmo de la eficiencia. Ni un minuto para el periódico o Internet.

—No lo sé. Y no tengo ni idea de dónde está. Estoy haciendo lo posible para no perder los nervios. —Oí a alguien hablando con insistencia de fondo.

—Vaya. Tengo que irme. Te llamo cuando no esté en directo.

Seguí el ejemplo de mi hijo y procuré no llorar buscando algo gracioso que decir.

—Por cierto... ¿Le has dicho al cocinero que siempre se te pasa la pasta?

—Hipotéticamente, en mi imaginación. *Ciao!*

Me constaba que Susanna nunca cocinaba nada. Por eso nos hicimos amigas. Y conocí a Jason.

8

*E*ncontrar trabajo a jornada completa en el East End es difícil. Por más que la ganadería y la pesca hayan sido sustituidas por la construcción de nuevos megahogares, sigue siendo un trabajo que no sé hacer. Las tiendas y restaurantes están hasta arriba en verano, pero solo contratan a media jornada o directamente cierran en temporada baja. A los diecinueve estaba buscando trabajo sin poder presumir más que de un título de GED recién obtenido, título que en teoría era «equivalente» al bachillerato, pero no en la práctica. Tampoco ayudaba que la razón por la que no había acabado los estudios reglados fueran los tres años que había estado fuera del East End. Cuando por fin llegué a casa, oí secretos a voces del «infierno» que había hecho sufrir a mis padres.

Al final me contrataron en las Granjas Blue Heron, un negocio familiar con tres generaciones de historia donde los hombres van a pescar y cuidan del ganado mientras las mujeres cocinan y venden la comida. Lo que empezó como una granja al lado de la carretera creció hasta convertirse en un mercadillo veraniego para pijos. Antes de que el lema «de la granja a la mesa» se pusiera de moda, Blue Heron había estado proporcionando deliciosa comida recién hecha a los visitantes que pasaban por los Hamptons sin ganas de cocinar.

Empecé de cajera. Después de proponer algunas recetas que había estado probando en los fogones de mis padres, me incluyeron en el equipo de cocina. A mí se me ocurrió la idea de crear un negocio paralelo de casitas para viajeros de fin de semana. Mi madre se encargaría de limpiar la casa. Yo procuraría que estuviera provista de comida fresca y de bebida. Para encontrar clientes, puse publicidad en los parabrisas de los coches más lujosos de Main Beach.

Susanna fue mi primera clienta habitual. A mediados de verano estaba tan contenta con la comida que le preparaba que me propuso organizar el *catering* de un cóctel modesto. Así conseguí más clientes. Y, en algún momento, Susanna y yo nos hicimos algo así como cuidadoras la una de la otra. Yo cuidaba de su casa. Ella cuidaba de mí. Incluso me ofreció que ocupara su casita de invitados en la temporada baja.

Mi madre y mi padre me dejaron claro que no querían que me mudara. Al principio me pregunté si tendrían sus propias razones. Parecía normal que quisieran que Spencer y yo estuviéramos a salvo en el nido. Y mi padre padecía de problemas de espalda, o eso pensábamos, lo cual le dificultaba el ir a trabajar. Más tarde falleció de un infarto y descubrimos que su problema no era la espalda, sino la obstrucción de las arterias de sus piernas. Pero en esa época, mis ingresos ayudaban a cubrir los gastos.

Al final, mi madre me convenció de que no me fuera, alegando que acabaría siendo demasiado «dependiente» de Susanna.

—Tu hijo no puede crecer en el patio trasero de la casa de una desconocida, como Dobby, el elfo doméstico. —Y tenía razón.

Estaba acostumbrada a que los invitados intentaran ligar conmigo durante los servicios de *catering*. Tenía veintipocos, llevaba el pelo, de color rubio oscuro, largo y ondulado, y tenía el moreno perfecto para esos vestiditos negros de cóctel que la alta sociedad de los Hamptons elige para el personal de sus fiestas. Cuando me preguntaban lo que iba a hacer después del trabajo, mi respuesta comodín era: «Voy a casa con mi hijo». No hay nada como un niño para librarse de un hombre que está intentando ligar.

Pero Jason fue distinto.

Susanna celebraba la fiesta del Día de los Caídos, su mayor festejo del año. Dos de mi equipo —el ayudante del camarero y el asistente de cocina— no se habían presentado. Este era uno de los riesgos de contratar a veraneantes en los Hamptons como trabajadores complementarios: su prioridad principal era salir de fiesta, y aquel era el fin de semana que daba comienzo a la temporada.

La guinda del pastel la puso el repartidor de la empresa de alquiler de material festivo, un paisano a quien le caía mal por «mi actitud arrogante» desde mi regreso a casa. Cuando vio que era yo quien gestionaba la elegante fiesta, decidió dejar tiradas todas las sillas y las mesas en el acceso para coches, renunciando a la costumbre de colocar y montarlo todo a cambio de propina. Yo me encargué de todo en vez de decirle a Susanna que no todo el mundo en el pueblo me apreciaba tanto como ella.

Estaba haciendo lo posible por no defraudarla, pero la tarea resultó menos imposible de lo que me temía. Me giraba y la bandeja de cócteles de gambas medio vacía de repente estaba llena. El montón de platos de degustación que se acumulaba junto a la barra había desaparecido. Supuse que una de las dos chicas que había contratado para pasar las bandejas por la fiesta estaba echando una mano, hasta que entré en la cocina y me topé con un hombre que pretendía sacar de la nevera un plato de huevos rellenos rematados con caviar.

Me miró sorprendido cuando se dio la vuelta.

—Me has pillado. —Su sonrisa revelaba una mezcla de orgullo y culpa.

—Venía justo a buscar eso. Lo siento. —Cuando trabajas en verano en los Hamptons, te acostumbras a pedir disculpas por cosas por las que no deberías disculparte.

—¿Por? Hasta ahora, eres lo mejor de la fiesta. —Pensé que no sería más que otro tipo que intentaba ligar conmigo hasta que quitó el plástico que envolvía el plato y se metió un huevo en la boca de un solo bocado—. Esta comida es deliciosa —dijo después de tragar—, y toda esta gente es gilipollas.

—Y, sin embargo, tú estás con esa gente.

—Cierto. —La sonrisa de nuevo—. Así que cualquiera que no esté en la cocina es gilipollas. Excepto Susanna. Ella… me encanta. Seré un buen chico y no le diré a nadie que todos me caen mal. Todos, excepto la amable mujer que está trabajando sin parar para alimentarnos.

Cogió la bandeja de huevos rellenos especiales de entre un montón de fuentes de la isla de la cocina.

—¿He de suponer que estos van ahí?

—Ninguna otra cosa en el mundo podría ir ahí.

Empezamos a colocar los huevos en las fuentes, de dos en dos, en silencio. Al acabar, tomó la bandeja y se fue, haciéndome un leve guiño mientras cruzaba la puerta oscilante de la cocina.

—Nadie me ha visto todavía. Me siento como un ninja.

Cuando la fiesta se iba acabando, reapareció en la cocina mientras yo estaba guardando las sobras para que Susanna las congelara. Incluso me ayudó a llevar el equipo a la camioneta que tenía aparcada detrás de la casita de invitados de Susanna.

—Menudo bólido —dijo. No le conté que me la había dejado un hombre llamado Matt Miller. Ni que Matt y yo teníamos algo.

Al terminar, cerró la puerta por mí y la cosa casi acabó. Había dejado el camino de entrada a casa de Susanna y estaba ya a mitad de la manzana cuando le vi por el retrovisor encendiéndose un cigarrillo y avanzando hacia uno de los coches aparcados en la parte más alejada de la calle. Di marcha atrás y bajé la ventanilla del pasajero.

—Pensaba que te quedabas en casa de Susanna el fin de semana.

—Pues no. Lo que pasa es que me he quedado hasta tarde.

Él ya estaba en el asiento del conductor y a punto de cerrar la puerta cuando le dije:

—Por cierto, me llamo Angela.

—Yo soy Jason. Gracias por una fiesta estupenda.

Al final no pude más y, dos días después, le pregunté a Susanna por su apellido. Me contó que era profesor de Economía en la Universidad de Nueva York.

—Está soltero, ¿sabes? Le llamé el año pasado para que me diera información para una noticia que preparamos sobre el comercio global y le mencioné que tenía una casa aquí. Él estaba buscando una de alquiler. En cualquier caso, es estupendo. ¿Quieres que os ponga en contacto?

No quería poner a Susanna en el aprieto de sugerir a su amigo, un profesor universitario, que saliera con una madre que solo tenía un título de GED, así que le hice prometer que no diría nada.

—Tenía curiosidad, eso es todo.

Cuando Jason me llamó una semana después, no me lo podía quitar de la cabeza. Hasta hoy, tanto él como Susanna juran que ella no intervino.

9

Cuando volví de acompañar a Spencer al colegio, pronuncié el nombre de Jason, pero la casa estaba en silencio. Me senté en el sofá del salón y abrí mi ordenador portátil.

Si pones en Internet «la mujer de Jason Powell», descubrirás que se llama Angela Powell. Verás exactamente una foto de nosotros juntos en un acto benéfico de un candidato a alcalde. Jason no cuelga fotos de mí o de Spencer en las redes sociales, mientras que mi página de Facebook tiene el nombre de Angela Spencer y la uso solo para estar en contacto con otras madres del colegio. Si buscas a Angela Mullen, verás que era una proveedora de *catering* muy solicitada en varios artículos sobre el verano en el East End, pero no hay nada sobre ella en los últimos seis años.

Si rebuscas mucho, quizá encuentres alguna noticia archivada —no en periódicos nacionales, sino en el *East Hampton Star* y el *Newsday* de Long Island, justo en la época en la que buscar en Google se estaba popularizando— sobre una chica desaparecida con ese nombre. La policía declaró que no había nada sospechoso, y «fuentes» sin citar especulaban que la chica se habría ido por su propia voluntad. Pero su madre, Virginia Mullen, insistía en forrar el condado de Suffolk con panfletos y juraba que no dejaría de buscar a su hija.

Lo malo es que, con mis habilidades de búsqueda en Internet, no podrías asegurar que la chica y la proveedora de *catering* fuera la misma persona, ni que Angela Powell antes era las dos chicas, ni adónde fue Angela Mullen al desaparecer, por no hablar de si era una persona de cierto interés.

¿Cuánto tiempo podría circular el «escándalo» de Jason antes de que alguien se preguntara por qué su mujer era tan discreta?

Volví a llamar al teléfono de Jason. Seguía apagado. «¿Estará en el metro? ¿Lo habrán detenido? ¿Estará con alguien? ¿Quizá otra mujer?» Mi imaginación recorrió todos los escenarios posibles. No iba a poder hacer nada más hasta que tuviera noticias suyas.

Cuando mi teléfono sonó por fin, acepté la llamada arrastrando el dedo hacia la derecha sin molestarme en leer la pantalla.

—¿Jason?

—Soy Colin. Yo también estoy intentando contactar con él. ¿Sabes algo de estos artículos que estoy viendo? ¿Necesita un abogado defensor? Tengo algunos nombres para él.

Además de ser el mejor amigo de Jason, Colin Harris es abogado y una de esas personas a quienes les gusta solucionar problemas. Cinco años antes, cuando tuve problemas de salud, me bombardeó con recomendaciones para especialistas que podrían ayudar. No descansaría hasta que mis problemas se solucionaran. Así es Colin.

—No contesta al teléfono —dije—. Hablo en serio, Colin, si Jason no está en la cárcel, la que acabará en la cárcel soy yo, porque le voy a matar.

—¿Sabía que se avecinaba esta denuncia?

—Ni idea. Bueno, me dijo que una becaria se había quejado porque él había dicho algo sexista. Parecía irritado por el asunto, pero no dijo nada de la policía. Salió esta mañana a hacer su sección en *New Day*. Lo han cancelado, como si Jason fuera Ted Bundy o algo así. ¿No te ha llamado?

—No —confirmó Colin.

Intenté encontrar consuelo en aquel hecho. Colin era un abogado defensor de seguros con muchas conexiones en un bufete de abogados que representaba a grandes corporaciones. Si Jason pensaba que tenía problemas legales, habría llamado sin duda a Colin.

Ahora que estaba al teléfono con otra persona, me pareció mal por mi parte estar repasando la página de Facebook de Rachel Sutton. Seguro que no tenía ni idea de que uno de sus compañeros de clase había publicado su nombre en un comentario en línea, y que otros tantos lo estaban repitiendo después en otras páginas mucho menos respetables.

Graduada con menciones en la Universidad Rice de Houston, líder de la Sociedad Medioambiental. Era voluntaria en Personas por el Trato Ético de los Animales y estudiaba un posgrado en Economía en la Universidad de Nueva York.

La semana anterior había subido una foto de dos manos entrelazadas sobre una mesa. La mano femenina llevaba un anillo solitario de diamante. El texto que acompañaba la imagen decía: «He dicho que sí». A continuación había setenta y dos comentarios de enhorabuena a Rachel y al novio, que al parecer se llamaba Michael Logan.

Colin me preguntó si había probado a llamar a las dos oficinas de Jason, la de la universidad y la de FSS.

—No contesta —dije, avanzando en busca de más fotos de Rachel. Tenía el pelo castaño oscuro, la piel pálida y ojos almendrados y bonitos. Parecía mestiza. Nada que ver conmigo.

—¿Has llamado a Zack? —preguntó Colin.

Me di cuenta de que Colin conocía a los amigos profesionales de Jason mejor que yo misma, lo cual era consecuencia de que yo evitara sus guateques laborales, porque en ellos me sentía totalmente fuera de mi elemento. No me interesa socializar con adultos que parecen empezar todas las conversaciones con la misma pregunta: «Y tú, Angela, ¿dónde has estudiado?».

Cuando le dije que no había intentado hablar con el protegido de Jason, Colin me explicó que llamaría a Zack y que se pondría en contacto conmigo en cuanto tuviera alguna noticia. Antes de colgar, me pidió que le hiciera saber a Jason que le había encontrado un «peso pesado» preparado para actuar. También me aseguró que todo saldría bien.

Me puse a mirar una foto de Rachel con un hombre y una mujer despampanantes, probablemente también veinteañeros. De acuerdo con lo que ponía en «la recepción» de fondo, la foto era de un sitio llamado Le Bain, al parecer un bar en la azotea del Standard Hotel. Muy pijo.

Pinché en el nombre del joven etiquetado en la foto: Wilson Stewart. Tenía los dientes blancos y perfectos y el pelo revuelto de color castaño claro. Era muy activo en redes: publicaba artículos políticos, reseñas de comida y muchas fotos. A esas alturas, yo ya estaba navegando con el panel táctil del portátil sin ton ni son para mantener la mente ocupada.

Seguía observando la imagen pública en línea creada por este desconocido —el amigo joven y guapo de Rachel, Wilson Stewart— cuando volvió a sonar el móvil. La pantalla decía que era Jason.

—¿Dónde estás?

—En la facultad. Joder, te has enterado ya, ¿verdad?

—Sale en las noticias —dije—, al menos en Internet. Y ha llamado Susanna. Y Colin. Dice que quiere que hables con un abogado que te ha buscado. ¿Qué coño está pasando, Jason? ¿Rachel dice que la has agredido sexualmente? Me dijiste que había sido un comentario desafortunado.

—Es complicado, ¿vale? No pensé que llegara a esto...

Cuando lo contó en la cena, nada más ocurrir, parecía que le divertía. Ahora se había vuelto complicado.

Le oí suspirar al otro lado de la línea.

—Me llamó una policía cuando estaba en Filadelfia. Le dije que no hablaría sin un abogado. Iba a llamar a Colin si

71

insistía, pero no lo hizo. Supuse que estaría regañando a Rachel por sacar las cosas de quicio. Y ahora me vienen con esto.

Le repetí que llevaba toda la mañana intentando hablar con él.

—¿Dónde estabas?

—En el despacho del decano. Su secretaria me estaba llamando antes incluso de que saliera del estudio de televisión. Me he sentido como un niño al que le convocan en la oficina del director del colegio. Me ha dicho que la universidad va a llevar a cabo su propia investigación. Si pretenden utilizar esto para joderme, pueden acabar con todo.

Yo sabía que, cuando decía «todo», no estaba siendo literal. Siempre nos tendría a Spencer y a mí. Además, ya me había explicado lo difícil que era quitarle la titularidad a un profesor. Jason se refería a las demás cosas que eran importantes para él en ese momento: su nuevo papel como intelectual público y sus planes de futuro.

Su voz se apagó. En unos pocos años, había visto como el decano había pasado de tratarle como su niño prodigio favorito a mostrarse como un desconocido. Cuando el *Wall Street Journal* publicó que Jason había firmado un acuerdo de siete cifras por su libro, sus compañeros lo acusaron de ser un vendido. Lo preferían cuando escribía artículos llenos de notas a pie de página que nadie leía.

—Jason, ¿estás seguro de que no hay nada más que deba saber? —Cerré los ojos, temiendo la respuesta. Quizá hubieran flirteado. Un instante entre una joven estudiante deslumbrada y su atractivo profesor. Me imaginé a las chicas que soñaban despiertas con el profesor Harrison Ford en la película *En busca del arca perdida*, y una de ellas con las palabras «*love you*» escritas en los párpados.

Yo me enamoré de Jason aproximadamente a la misma edad. ¿Por qué no iban a caer ellas?

Contestó de inmediato:

—Te juro por la tumba de mi madre, Angela, que no ha pasado nada. Fue… Joder, cuando entró en mi oficina yo me estaba cambiando. Se habrá pensado…

Me llevé a la cara la mano que tenía libre.

—Dios, Jason.

—¿Qué? Había salido a correr a la hora de comer y me había dado una ducha. Ni que hubiera estado desnudo. Me estaba metiendo la camisa en el pantalón, creo. Casi había terminado cuando entró; si no, le hubiera dicho que volviera más tarde. La chica está loca. Maldita sea, quiero un puto cigarrillo.

—Ni se te ocurra. —Cuando Jason preguntó a Spencer qué quería por su décimo tercer cumpleaños, Spencer le dijo a su padre que dejara de fumar. «Quiero que vivas para siempre, papá.» Jason se opuso al principio, explicando de broma que le gustaba la cara que ponía la gente cuando se encendía uno después de una buena carrera. Pero al final lo dejó en Nochevieja, y usó chicles para sustituir los cigarrillos que había empezado a consumir cuando estaba acabando su doctorado.

No me di cuenta de que seguía avanzando en la página de Facebook de Wilson Stewart hasta que paré de pronto al ver una foto. Estaba bebiendo de un vaso alto, algo oscuro, quizá whisky. Tenía los ojos vidriosos, tratando de enfocarlos en la pantalla para hacerse un *selfie*. Había un brazo delgado que le rodeaba la cintura desde atrás. Se veía una cabeza con la melena brillante tras su hombro; piel pálida contra su cuello, y unos labios que habían encontrado el lóbulo de su oreja. Todavía no llevaba el anillo. Era Rachel Sutton.

Hice clic para ver más información del perfil del amigo de Rachel. También era un estudiante de posgrado en la Universidad de Nueva York. Ocupación actual: Fair Share Strategies (FSS).

—Jason, ¿conoces a alguien llamado Wilson Stewart?

—Es uno de los becarios. ¿Por?

Υ

Corrí hacia la puerta cuando oí las llaves en el cerrojo. Jason me envolvió en sus brazos con tanta fuerza que sentí una punzada debajo de las costillas. Creo que le oí reprimir un sollozo. Cuando al fin me soltó, apoyó ligeramente la frente contra la mía y me puso la palma de la mano en la nuca.

—No te preocupes, cariño. Todo va a ir bien.

Me di cuenta de que no se lo acababa de creer y de que lo decía por mi bien. Sabía que lo único que yo quería era que tuviéramos una vida agradable y tranquila juntos.

10

Al abrirle la puerta principal cuarenta minutos después, Colin me dio un abrazo apresurado.

—¿Cómo lo llevas?

Me encogí de hombros.

—¿Dónde está? —preguntó Colin con la mirada puesta en las escaleras.

—En la cocina. Comiéndose un helado. —Por lo general, ese hábito nervioso era mío, no suyo.

—¿Cómo está el hombrecito?

—Le he llevado al colegio esta mañana, porque pensé que se vería mal que se quedara en casa. Ahora me siento una egoísta.

—Has hecho bien. No vale la pena que se quede en casa preocupado por sus padres.

En la cocina, encontramos a Jason a la mesa de desayuno. Saludó a Colin con un «Qué hay, colega» y le señaló la caja alargada de helado de chocolate y mantequilla de cacahuete.

Colin rechazó la oferta.

—Una abogada defensora llamada Olivia Randall está de camino.

Yo ya la había buscado en Google. Según los numerosos artículos periodísticos sobre sus clientes célebres y los importantes casos en los que había trabajado, parecía, en efecto, un peso pesado.

—¿Contratar a una abogada tan rápido no hace que Jason parezca culpable? ¿Sobre todo una defensora tan famosa?

Al parecer, Jason tenía la misma preocupación:

—Es como si admitiera que he hecho algo mal.

—Hay una chica intentando destruirte, Jason, y tú estás aquí comiendo Häagen-Dazs como la *Cathy* del tebeo.

—No te pases —dijo Jason, levantándose para guardar el helado.

—Tienes que abrir los ojos, amigo. Esta chica ha empezado una guerra contra ti. Hay que aplastarla como a un bicho. Olivia Randall se encargará.

Había visto fotos de Olivia en Internet. Pelo negro, intensa. Guapa. No muy distinta de Rachel Sutton. Alejé ese pensamiento. Lo importante eran sus dotes de abogada, y ahora mismo eso era lo que Jason necesitaba.

Llegó quince minutos después, con una falda ajustada negra y una blusa de seda verde claro. Tras unas rápidas presentaciones y unos apretones de mano profesionales, se saltó las formalidades y fue directa al grano.

—Lo siento mucho, Angela, pero no puedes quedarte…

Jason la interrumpió de inmediato.

—Ya le he contado todo a Angela.

—No es una cuestión de confianza. Para proteger la confidencialidad entre abogado y cliente, Colin y yo tenemos que hablar a solas con Jason. Y no, no importa que seas su mujer. De hecho, que Colin o yo estemos aquí mientras vosotros dos habláis destruye la confidencialidad que compartís el uno con el otro.

En esos momentos me sentía la persona más estúpida de la sala. Abrí la boca, pero no salió nada.

Colin me puso una mano protectora en el hombro.

—Angela ha encontrado algo en Internet sobre la tal Rachel que quizá nos ayude. ¿Por qué no vemos eso primero y después hablamos los tres en privado?

Abrí el portátil sobre la mesa de centro cuando todos tomamos asiento. La página de Facebook de Wilson Stewart ya estaba abierta.

—Este es otro de los becarios en la consultoría de Jason. Lo he encontrado porque aparece etiquetado en una foto reciente del perfil de Rachel.

Olivia se inclinó para verlo de cerca.

—La foto en el perfil de Rachel no tenía nada de especial: salían los dos con una amiga. Tenían un aspecto de lo más profesional. Pero en la página de él he encontrado esto. —Bajé con el cursor hasta la foto en la que salía sosteniendo un cóctel y en la que alguien que se parecía mucho a Rachel Sutton le daba un beso en el cuello—. No la ha etiquetado, así que es posible que ella ni siquiera sepa que la ha subido. Pero es de hace dos semanas, y se supone que ahora está prometida. Todo ha surgido a partir de esto: Jason le ha dicho algo que la ha ofendido relacionado con su compromiso.

Vi un destello en los ojos de Olivia. Una idea. Algo bueno, como si hubiera conectado la información que yo ofrecía con un hecho que solo ella sabía. Me había preocupado que una mujer dedicada a la abogacía tuviera reservas por atacar a la supuesta víctima, pero mi descubrimiento parecía complacerla.

—De acuerdo, esto ayuda mucho. Por desgracia, ahora necesito que nos dejes un rato. Angela, te prometo que voy a hacer todo lo posible por ayudar a tu marido.

Me sentí como una niña a quien le dicen que se vaya porque los mayores quieren hablar. Al pasar junto a Jason, este articuló un «gracias» silencioso y me agarró de la mano para darme un beso rápido. Sus labios estaban calientes sobre las yemas de mis dedos.

Veinte minutos después, oí pasos en la escalera. Abrí la puerta del dormitorio y vi a Colin en el rellano.

—Vaya, pensaba que sería Jason.

—Siguen hablando. Quería ver cómo estabas. Yo no sé nada de derecho penal...

—¿Soy una estúpida?

Me miró, claramente confundido por mi pregunta.

—Por creer a Jason. ¿Soy una estúpida? Según él, le hizo un comentario sarcástico sobre casarse demasiado joven, y ella transforma eso en una denuncia por acoso sexual. ¿Qué se me ha escapado?

Sentí que empezaba a temblar. Él avanzó hacia mí, pero se paró antes de tocarme.

—No eres estúpida. Jason no ha hecho nada, ¿de acuerdo? Creo que hay una explicación.

Echó la vista hacia la planta de abajo. No quería contarme demasiado.

—Mira —prosiguió, bajando la voz. El pelo de Colin, negro y cortado al rape, estaba empezando a encanecer, pero seguía teniendo el mismo rostro definido con forma de corazón que me hizo ponerle el mote de Boy Scout cuando le conocí—. Olivia hizo unas llamadas antes de venir. Ha averiguado que no hay pruebas, aparte del testimonio de la chica, y lo que le ha dicho a la policía es mucho peor que lo que le contó a Zack justo después del incidente.

—Esto es bueno, ¿verdad?

—Es muy bueno, pero al parecer la chica dijo que podía describir la ropa interior de Jason. Bastoncitos de caramelo o algo así.

Me llevé una mano a la boca.

—Según él, se estaba metiendo la camisa dentro del pantalón.

—Espera —dijo, intentando calmarme—. La foto que encontraste de ella sorbiéndole el cuello al tipo ese podría ser una explicación mejor. Jason dijo que hay urinarios en el servicio de caballeros del departamento de Economía.

Fui capaz de unir los demás puntos. Los becarios se emborrachan. Rachel y Wilson se enrollan. Wilson cuenta algo de ver los sorprendentes calzoncillos de su héroe en el servicio de caballeros. Rachel se aprovecha de ese dato para reforzar su endeble acusación, a saber por qué.

—¿Eso es lo que ha ocurrido? ¿Olivia ha llamado ya a Wilson?

—No necesitamos que diga nada. Jason no tiene que demostrar su inocencia. Ellos tienen que demostrar que él es culpable. Eso nos da una explicación alternativa para lo que ella afirma haber visto en la oficina. Nos da una razón legítima para poder utilizar la foto que encontraste.

Una razón legítima. Pero todos sabíamos la verdadera razón por la que esa foto era todo un hallazgo. Hacía que Rachel pareciera «ese tipo de chica».

Oí el taconeo rítmico en el suelo de madera y entonces vi a Olivia Randall mirándonos desde abajo.

—Casi hemos terminado, Angela. Te pido disculpas otra vez. Colin, ¿podrías bajar para hablar un momento antes de que me vaya?

Volví a nuestro dormitorio y abrí el cajón más alto de la cómoda. Unos calzoncillos tipo bóxer de algodón adornados con bastoncitos de caramelo rojos brillantes estaban doblados al fondo del cajón, detrás de una fila uniforme de bóxers negros, los preferidos de Jason. Los bastoncillos de caramelo eran un regalo de broma, algo con lo que llenar los calcetines de Navidad. Recuerdo la primera vez que le vi con ellos al meterse en la cama. Dijo que mis carcajadas estaban desafiando la estabilidad del colchón y su hombría.

Los saqué del cajón y los metí al fondo de mi bolsa de deporte. Buscaría un cubo de basura al día siguiente.

11

Corrine Duncan estaba llamando por quinta vez al fiscal Brian King después de ver la primera noticia sobre Jason Powell aquella mañana. De nuevo, no obtuvo respuesta.

King había rechazado el caso prácticamente de inmediato después de que Corrine le entregara los informes. Corrine había esperado que él le diera la noticia a Rachel en persona, pero al parecer no lo había hecho. Cuando Rachel la llamó la víspera para que le pusiera al día, Corrine tuvo que informarla: era la palabra de una persona contra la de otra en un sistema en el que el Gobierno tenía que demostrar la culpa más allá de toda duda razonable. Era un discurso que había recitado cientos de veces.

La respuesta de Rachel todavía le ardía en la memoria.

—Así que no hay forma de probar algo así, ¿verdad? —había preguntado, con la voz una octava más aguda—. En vez de apartarme, ¿tenía que haber esperado a que me violara y así tener pruebas científicas?

Corrine tuvo que admitir que tenía razón. En un mundo en el que las pruebas de ADN podían resolver o invalidar un caso, los agresores sexuales podían palpar, sobar, frotarse y regodearse siempre y cuando no dejaran pruebas físicas.

En teoría, montones de personas podían haber filtrado la queja contra Jason Powell. Los empleados del archivo. Su propio teniente. Los amigos de Rachel. Rachel, por supuesto.

Pero ella ya había llamado a Corrine dos veces aquella mañana preguntando cómo era posible que *The Post* hubiera descubierto su denuncia.

Corrine tenía otra teoría.

Era por el modo en el que había terminado la última conversación que había tenido con Brian King. Después de que
King concluyera que no tenían en absoluto las suficientes
pruebas para ir a juicio, Corrine sugirió que siguieran investigando. King rechazó cada una de las vías propuestas.

—Sería una pérdida de tiempo —insistió—. Ya sabemos
cómo funciona esto. Es su palabra contra la de él, y no hay
forma de cumplir con nuestra labor. La palabra de ella no basta.

«La palabra de ella no basta.»

Esa fue la frase que recordó cuando vio el nombre de Jason Powell en la alerta del *New York Post* del móvil aquella
mañana.

Volvió a llamar a King, y esta vez contestó.

—King —respondió, como si no supiera quién llamaba.

—Podrías haberme avisado —dijo ella.

Se hizo el silencio al otro lado del teléfono. Ella estaba
acostumbrada a este tipo de situaciones: a los fiscales del distrito les gustaba actuar como si estuvieran por encima de la
policía. Había algo en Corrine —una mujer negra, mayor y
directa— que los sacaba de sus casillas.

—No estás enfadada conmigo, ¿verdad?

—Hace dos días parecías totalmente dispuesto a dejar el
caso.

—Llamé a una amiga de la facultad de derecho que trabaja en la oficina de servicios laborales de la Universidad de
Nueva York. Preguntó por ahí. No hay quejas oficiales, pero
sí rumores.

—¿De qué?

—De algo raro. Quizá no sea más que un profesor atractivo con el que sueñan las alumnas, pero a algunas personas

les da mala espina. Demasiado mono, demasiado ligón. Un tipo al acecho.

Corrine pensó en aquel comentario que hizo King sobre su exnovia enamorada del célebre Powell.

—¿Ya has oído algo? —preguntó.

—Solo han pasado unas horas —contestó él.

Ya había visto esto cuando se presentaban cargos poco fundamentados contra alguien que podría encajar en el perfil de criminal en serie. King había filtrado el informe policial por si cualquier otra mujer decidía presentarse ante la policía y denunciar incidentes que había querido olvidar por no ser más que «malentendidos».

—¿A ti te ha llamado alguien? —preguntó King.

Gracias a una secuela de la serie *Ley y orden*, se había dado un aumento en el número de víctimas de delitos sexuales que llamaba directamente a la Unidad de Víctimas Especiales.

—Todavía no —confirmó ella—. Debería llamar a Rachel... Y no, no le diré que has sido tú. Me aseguraré de que esté accesible. Es posible que Powell intente silenciarla.

King no contestó y Corrine pasó un segundo pensando si se había roto la conexión.

—¿Sigues ahí?

—Sí, perdón. He recibido un mensaje de Olivia Randall. —Corrine reconoció el nombre, era una de las abogadas defensoras más tocapelotas de la ciudad—. Dice que representa a Jason Powell y que tiene información que podría interesarnos. ¡Qué divertido!

—El que andaba buscando problemas eras tú. Parece que has encontrado uno de los gordos.

—Bah. Avísame si recibes algo de otras mujeres.

12

*E*staba haciendo la distribución mensual de la ropa de la tintorería —pasando las prendas de perchas de alambre a perchas de verdad— cuando Jason me vino a buscar al dormitorio.

—¿La abogada ya se ha ido? —pregunté.

Asintió.

—No quería explicarle a Spencer quién era —añadí. Llegaría a casa en cualquier momento.

Al colgar la última camisa de Jason dije:

—¿Sabes que cuando buscas en Google «Jason Powell», la quinta búsqueda recomendada es «la esposa de Jason Powell»?

—Es normal. La gente tiene curiosidad por la vida de los escritores. Quieren saber si estoy casado.

Negué con la cabeza y cerré la puerta del armario más fuerte de lo necesario.

—Lo siento, Angela. Te lo prometo: no voy a dejar que te metan en esto.

Ojalá me hubiera hecho caso hace cuatro años cuando decidió que no le bastaba con ser profesor y autor de un libro superventas. Tenía que maximizar la experiencia, y yo no tenía más remedio que acompañarlo.

—¿Y si lo averiguan? La gente publica cualquier cosa hoy en día. Quizá no salga en el *New York Times* o los periódicos de verdad, pero sí en un blog. Basta con eso. Por ejemplo, el

New York Post no ha publicado el nombre de Rachel, y, sin embargo, está por todo Internet. Me ha bastado un par de minutos para descubrir que está engañando a su novio con el otro becario. Dentro de nada los trols empezarán a buscar secretos de ti y de mí.

—¿Sería para tanto? —preguntó Jason—. Sé que tus padres tenían sus razones para protegerte, Angela, pero no tenía por qué ser así. No tienes por qué sentirte avergonzada por nada.

Recogí las perchas de alambre y salí de la habitación sin decir palabra. Ya le había dado mi opinión la última vez que hablamos de este tema y ahora no iba a cambiar de parecer.

Habían pasado cuatro años desde la última vez que Jason me había animado a «salir del armario». «Quizá te ayude hablar del tema. Podrías ir a un psicólogo. O ir a lo grande y escribir el libro con el que Susanna se ofreció a ayudar. O dar una entrevista. Podrías ayudar a la gente, Angela, incluso a ti misma.»

Me sorprendió que sacara el tema. En esa época me preguntaba si estaba pensando en sí mismo más que en mí. Que le conocieran como el hombre que se casó con la «pobre chica» le ayudaría en la venta de sus libros y mejoraría su creciente imagen pública.

Mi respuesta —un «no» rotundo— había sido más clara que el agua. No necesitaba ayuda y, por supuesto, no necesitaba ayudar a nadie.

Tampoco puedo cambiar el mundo.

Cada vez que leo un artículo sobre un niño desaparecido o una mujer secuestrada, me acuerdo de las razones por las que mis padres decidieron que era mejor proteger mi privacidad cuando volví a casa que contar al pueblo que no me había escapado. Admitámoslo. Cuando te enteras de que un chico ha desaparecido o de que una mujer ha sido asesinada, rebuscas en el artículo en busca de pruebas. No pruebas sobre el responsable. No, buscas pistas sobre lo que hace a la mujer o al chico distintos de las mujeres y los chicos que conocemos y queremos. La madre tenía una aventura. El chico se metía metanfetamina. Necesitamos una explicación, algo que nos deje claro que las cosas horribles que les ocurrieron a ellos no nos pueden ocurrir a nosotros.

En mi propio caso, no te habría costado encontrar hechos reconfortantes.

Empecé a faltar a una clase con frecuencia en el noveno curso. Mis profesores y padres culpaban de ello a mi mejor amiga, Trisha Faulkner, porque era lo más fácil. Varios Faulkner estaban o habían estado en la cárcel. Vendían droga, conducían ebrios, se peleaban con la gente por cualquier afrenta. Igual que te sientes mejor cuando descubres que el niño desaparecido iba con malas compañías, resultaba cómodo pensar que la hija querida de los Mullen había «cambiado» por la influencia de una niña difícil de la familia más problemática de la zona.

Yo no era una niña especialmente mala. Sacaba buenas notas en clase, a pesar de que a veces me castigaban. Me expulsaron dos veces por contestar a profesores, pero estaba justificado y todavía hoy creo que hice bien en los dos casos. Cuando me acababa de sacar el carné de conducir, me paró la policía con cerveza en el maletero del coche de mi padre. El poli se portó bien y me hizo verter la cerveza, lata a lata, en el arcén de Old Stone Highway en vez de llamar a mis padres.

Cualquier rastro de rebeldía pasaba desapercibido hasta la noche de verano en la que Trisha y yo íbamos en coche con un tipo de la ciudad que estrelló su BMW. Mi padre hizo que pareciera que yo era una especie de rehén bajo el control de un cocainómano que «solo quería una cosa». En realidad, Trisha y yo pensábamos que el tipo era un capullo. Nos había comprado vino, nos había dejado poner música nueva para él, a todo volumen, nos había contado historias de tratos comerciales y dinero. Era más bien como un familiar borracho al que solo hay que aguantar una noche, no un depredador.

Después de que mis padres fueran a comisaría, mi padre estaba decidido a que no me metiera en más líos, y entonces las cosas se pusieron feas de verdad. Porque, claro, el hecho de que los adultos convirtieran al tipo del BMW en el hombre del saco me hizo creer que no existía el hombre del saco. Era como Pedro y el lobo, pero con otra vuelta de tuerca. Eran mis padres, y no un niño, quienes abusaban de las falsas alarmas. Como aquel hombre era inofensivo, supuse lo mismo de todas las demás personas que quisieran tontear los fines de semana de verano con las chicas de la zona. Y, como mi padre me había prohibido quedar con Trisha, mi amiga adquirió una importancia renovada en mi vida. Nos hicimos inseparables. Si ella faltaba a clase, yo también. Si viajaba en tren a la ciudad, yo la seguía. Pero a menudo Trisha estaba dispuesta a escaparse varios días seguidos, y esa era una línea que yo no crucé nunca. Llegar varias horas tarde era una cosa, pero dormir en la casa de un desconocido porque cualquiera era mejor que tu familia era otra.

Resulta irónico, pero la razón por la que estaba sola la noche en que me secuestraron fue que rechacé la invitación de Trisha para ir a pasar unos días con un amigo que había conocido hacía unas semanas en Brooklyn. En un fin de semana de verano, era fácil encontrar algo que hacer sin ella. Fui a la playa con un porro y me uní a una fiesta en torno a una hoguera. Por lo general me juntaba con gente conocida, pero esa noche no. Solo había gente de la ciudad. Me marché cuando se puso el sol y empezó a hacer frío.

Me dirigía a la estación de autobús cuando un utilitario Lexus se paró y bajó la ventanilla del copiloto.

—¿Te llevo a alguna parte?

—No hace falta —dije. El autobús 10B tenía un circuito circular por todo Springs. Era casi un servicio de puerta a puerta.

—¿Segura? Ir sola a oscuras por la carretera no es demasiado seguro.

Tenía razón. Hacía apenas unas semanas una furgoneta había virado para evitar un coche que estaba girando y se llevó por delante a Corey Littleton, que iba en bicicleta. Se iba a pasar el verano entero con la pierna escayolada.

Insistió con suavidad.

—Además, ya no hay hoguera. —Hizo un gesto de frío.

Fue la primera de muchas cosas inteligentes que hizo para meterse en mi mente. Todavía hoy no sé si lo vi junto al fuego. Pero ese comentario asentó mi impresión de que él también había estado allí.

Me metí en el coche y, así, sin más, desaparecí.

No sé por qué ninguno de los de la hoguera se acordaba de mí. Quizá todos se habían ido del pueblo para cuando mi madre empezó a forrar South Fork con fotos mías. O puede que yo no fuera digna de recuerdo.

Pero, como mis padres no sabían que había ido a la playa, no sabían a qué hora había desaparecido. Lo único que pudieron decirle a la policía era que no estaba en casa cuando volvieron del trabajo. No ayudó que, cuando la policía quiso hablar con Trisha para ver si sabía algo, su madre dijera que llevaba tres días sin verla. Cuando Trisha regresó, dijo que «no pensaba» que yo me escapara sin decírselo, porque era el tipo de cosas que Trisha habría contado.

No volví a casa hasta pasados tres años y, cuando lo hice, no solo tenía que explicar mi reaparición, sino a Spencer, que ya tenía un año. Mi madre pasó de ser la mujer que busca a su hija desaparecida a la señora que le dice a todo el mundo que la identidad del padre de Spencer «ni te va ni te viene». Los Mullen habían tomado una decisión: mejor que me vieran

87

como otra de tantas madres solteras que como un bicho raro de por vida. Tal y como le había explicado a Jason demasiadas veces, estaban protegiendo mi privacidad. Pero sobre todo me estaban protegiendo a mí.

Yo fumaba marihuana. Salía de fiesta. Me portaba mal. Me metí en el coche de un desconocido. Y pasé tres años con él en esa casa.

Si un bloguero intrépido revelaba mi pasado, me imaginaba la lectura que tendría la historia. Sé que culpar a la víctima es parte de la naturaleza humana. A fin de cuentas, ¿no era yo la mujer que estaba ayudando a la abogada de su marido a retratar a Rachel Sutton como «este tipo de chica» que mentiría sobre su profesor, a pesar de que Jason tuviera unos calzoncillos que ahora estaban escondidos en lo más profundo de mi bolsa de deporte? Yo, mejor que cualquiera, no quería ser la Rachel de la historia.

13

*C*uando a la mañana siguiente la alarma de Jason rasgó el silencio a las 5.30, no estaba segura de si me había llegado a quedar dormida. Cada vez que me giraba hacia Jason, lo veía dormir tranquilo, pero no tenía forma de saber si era por despreocupación o por la pastilla para dormir que se había tomado antes de apagar la luz.

Le dio al botón de repetición y se volvió sobre el costado. Tiró de mí para que nos colocáramos en postura de cucharita, muy apretados.

—Estás despierta —susurró—. ¿Has conseguido dormir?

—Creo que sí. ¿Te vas a levantar ya? —Había asumido que se quedaría en casa, dadas las circunstancias.

—No voy a dejar que una boba me convierta en un recluso. Colin cree que la abogada cerrará este asunto bastante rápido. Mientras tanto, tenemos que seguir con nuestras vidas.

A sabiendas de que estaba decidido, le dije que tenía razón. Pero, a diferencia de la mayoría de los días, se quedó en la cama conmigo durante dos ciclos de despertador completos. Cuando la alarma sonó por tercera vez, me besó en la nuca, me dijo que me quería y se fue a la ducha.

Estaba buscando en Google su nombre con el iPad cuando su teléfono emitió un zumbido único y abrupto desde la mesilla de noche. Nunca miro, pero aquella mañana lo hice. Era el calendario, que le recordaba una cita a mediodía, marcado sencillamente como «Kerry».

Se estaba abotonando los puños de la camisa cuando fingí despertar de nuevo.

—Sigues en casa —dije, con una sonrisa somnolienta.

—Perdón por el ruido.

—No, me gusta saber que estás aquí. ¿Qué tienes previsto hoy?

—Poca cosa. Voy a hacer una demostración de intenciones yendo a la universidad. Si los cabrones esos se creen que voy a esconderme, nos rodearán como una jauría de lobos. Tienen que saber que contraatacaré si intentan librarse de mí.

Le sugerí que encontrara el modo de recordarle al decano que al menos tres de los colegas de Jason con más experiencia estaban casados con exalumnas.

—¿Tienes algo en la agenda o vas a poder venir a casa pronto?

La pausa siguiente fue larga, pero podría haberlo imaginado, como la rápida ojeada que le había echado al teléfono que había vibrado unos minutos antes. Se metió un Nicorette de la mesilla de noche en la boca.

—Solo una comida con alguien de Oasis.

Aquel nombre me resultaba familiar, pero por la expresión de mi cara se dio cuenta de que me faltaban datos.

—¿El mundo necesita agua? —dijo para darme una pista. Su eslogan.

En su momento, la investigación de Jason aplicaba principios de filosofía moral a las prácticas de dirección de empresas. Yo desarrollé el hábito de leer sus artículos, pero me costaba mucho entenderlos. El libro que le hizo famoso fue una versión pop de su trabajo ideal, en el que trenzaba política liberal, escándalos políticos y anécdotas de toda la historia y de diversas culturas para demostrar la correlación entre la salud económica y el trato igualitario de los ciudadanos. Su consultoría, FSS, era un vástago de su trabajo académico. En teoría, era asesor corporativo: enseñaba a maximizar los beneficios siguiendo los principios rectores de la moral y la igualdad. Pero también emparejaba a clientes corporativos con clientes financieros, básicamente promocionando a entidades privadas con ánimo de lucro entre inversores que apoyaban sus teorías.

Tal y como yo lo entendía, Oasis era especialista en llevar agua potable a distintas partes del mundo. Pocos meses antes, Jason había estado trabajando casi a jornada completa en el asesoramiento y la búsqueda de financiación para Oasis, hasta que pasó algo que le hizo darse un descanso.

—¿La reunión es por el problema que mencionaste? —pregunté.

—¿Lo he mencionado?

—Bueno, sin mucho detalle.

Alzó la mirada de la hebilla que estaba abrochando.

—¿Te interesa de verdad?

—Por supuesto.

Se sentó al borde de la cama.

—Quizá no sean tan puros como piensa la gente.

—Eso no es bueno. El agua tiene que ser pura, ¿no?

—Sí, pero el problema no es el agua en sí misma. Oasis es una de las grandes compañías recién llegadas a las listas de la RSC por la naturaleza misma de su actividad: tratar y transportar agua. Están a la última en el desarrollo de sistemas de seguridad para el agua a nivel mundial, es decir, en conseguir que el mundo entero tenga acceso a agua potable. Es algo realmente revolucionario. Pero, como de costumbre, demasiados guardianes de la RSC son idiotas.

Hasta ahí, me estaba enterando. Las listas de la RSC ordenaban las empresas según su «responsabilidad social corporativa». El libro y el *podcast* de Jason habían popularizado estas listas y habían mostrado al público general su existencia, pero también había demostrado el modo en que muchas compañías manipulaban las listas de la RSC por cuestiones de marketing. Por ejemplo, un minorista podría promocionar operaciones «verdes» —bolsas reutilizables, alimentos de agricultura ecológica, acciones para ahorrar energía— al mismo tiempo que reducía las horas de sus empleados para no tener que pagarles cobertura médica. Jason se había hecho famoso por avergonzar en público a varias empresas de la lista Fortune 500, así como a los supuestos analistas que las apoyaban sin la diligencia debida. El sello de aprobación de Jason se había convertido en la estrella de oro en el mundo de la RSC. Su consultoría ayudaba a las empresas a desarrollar políticas de RSC y las emparejaba con empresas valiosas con un enorme respaldo financiero.

92
     —¿Qué se les ha escapado a los demás? —pregunté.

—La tecnología en sí misma no vale nada si no se pone en marcha en los lugares que más lo necesitan —explicó—. Producir agua potable en Arizona está genial, pero lo revolucionario es que llegue a granjas y pueblos de lugares remotos. Ni que decir tiene que las posibilidades de corrupción en el proceso son enormes.

—¿Y has encontrado corrupción?

Levantó las cejas.

—No estoy seguro. Pero sí, eso creo. Las cuentas no cuadran. Hay pagos incoherentes a vendedores locales que no encajan con el trabajo real ni el equipamiento. Apesta a que están haciendo sobornos a diestro y siniestro… Se diría que están pagando a cualquiera con el poder de abrirles la puerta al territorio.

—¿Y eso es tan malo, si al final consiguen que la gente tenga agua?

—Pero es que el trabajo de mi vida entera gira en torno a no hacer ese tipo de acuerdos. No contaminamos para generar empleo, ni usamos mano de obra esclava para dar Internet a las naciones en desarrollo. Lo siento, te estoy sermoneando. En este caso concreto, no es solo el típico intercambio. Dada la región de la que estoy hablando, el dinero puede haber ido a parar a terroristas y señores de la guerra.

Jason estaba más animado de lo que había visto en los últimos días.

—¿Qué vas a hacer al respecto?

—No lo sé. No puedo demostrar mis sospechas, pero tampoco puedo mirar para otro lado. En resumen, tengo un conflicto de intereses. Oasis es mi cliente, pero también lo son los inversores con los que los he emparejado. Además, tengo que considerar mi propia reputación.

—Tu imagen de «marca» —añadí haciendo comillas en el aire, porque sabía lo mucho que aquella palabra le irritaba.

—Precisamente. Al final, lo más importante es que tengo que ser capaz de mirarme en el espejo y saber que he hecho lo correcto. Así que, sí, lo que tengo en la cabeza es esta montaña de mierda, no la tontería de cómo-se-llame la tipa esta.

«Rachel Sutton», me dije a mí misma. Tenía nombre.

—Espero que la reunión de la comida sea útil. Llevo un mes y medio intentando que uno de mis contactos en Oasis diga la verdad y haga lo correcto.

Le dije que sentía mucho que tuviera tanto que hacer.

—No lo sientas. La decisión de cargar con todo esto es mía. Si fuiste tú quien me avisó de que eso pasaría. —Me besó en la cabeza—. Qué bien hueles. —Me besó de nuevo en la mejilla y se levantó—. Intentaré volver a casa para cuando Spencer salga del colegio. Quizá podamos ir juntos a buscarlo y hacer una parada en Agata de camino a casa para comprar chuletas de cordero.

—Suena genial. —Nos imaginé a los dos en la puerta del colegio de Spencer, dándonos la mano delante de todas las madres cotillas. Tenía razón en lo de ir de frente con los lobos que nos rodeaban. Él tenía una jauría, yo otra.

Cuando oí que se cerraba la puerta principal, toqué la parte superior de la pantalla del iPad y escribí «Oasis Agua Kerry».

En cuestión de unos pocos clics, confirmé que la vicepresidenta de marketing de Oasis Inc. era una mujer llamada Kerry Lynch. Mi marido tenía una comida de trabajo con ella, tal y como me había dicho.

Me sentí tonta por comprobarlo.

14

*S*pencer ya estaba haciendo huevos revueltos en la cocina cuando bajé. Tenía dos platitos en la encimera y un bote de salsa.

Recuerdo la primera vez que me di cuenta de que mi hijo era una persona más fuerte que yo. Estaba en una guardería de mañana. Yo me había confundido en el tiempo de cocción de una remesa de miniquiches para el cóctel de un cliente y no podía irme. Mi madre estaba limpiando una casa. Como tantas otras veces, le pedí a mi padre que fuera a buscar a Spencer al colegio. Entonces las piernas ya le estaban mortificando y andaba muy despacio. Yo habría llegado siete minutos antes que él.

Cuando los dos volvieron, Spencer tiró la mochila en la mesa de la cocina, afirmó que estaba preparado para sus «deberes de catador» y luego calificó mis últimas creaciones como «papeo cinco estrellas». Se fue a nuestro cuarto —el que compartíamos aún en casa de mis padres, el mismo en el que crecí— como si todo fuera normal.

Mi padre me dio la noticia. Cuando aparcó frente al colegio, vio a Spencer en el suelo con dos chicos sobre él. Le dio tiempo a salir del coche y oír lo esencial de los comentarios de los chavales. ¿Por qué tenía el mismo apellido que el de su madre? ¿Por qué no tenía padre? «Todo el mundo sabe que tu madre se escapó y volvió con un bebé bastardo.»

Los chicos echaron a correr en cuanto vieron que mi padre avanzaba hacia ellos.

—Me parece que tienes que saberlo —explicó mi padre—. Sigo pensando que hemos tomado la decisión correcta, pero depende de ti. Ah, y, por si sirve de ayuda, he reconocido al chaval más grandote, es el hijo de Tony Faulkner. Estoy tentado a ir al cuchitril ese donde viven a decirle cuatro cosas.

—No es buena idea, papá.

Mi padre hizo un gesto negativo, pero no insistió. El cuchitril en cuestión era una parcela de varios kilómetros cuadrados en las afueras de Three Mile Harbor, donde residían varias generaciones de Faulkner. Por todo el East End se odiaba a esa familia, pero en mi casa el tema de esa familia era especialmente delicado. Mi madre y mi padre todavía creían que mi vida podría haber sido distinta de no haberme hecho amiga de Trisha, o, como decían ellos, «la chavala esa».

Tony Faulkner era el tío más joven de Trisha, así que el abusón que estaba molestando a Spencer era su primo. Si me basaba en mi conocimiento de lo que los hombres de la familia Faulkner les hacían a los niños, no me sorprendía que el hijo de Tony estuviera ya jodido.

Cuando por la noche le pregunté a Spencer por lo ocurrido, se encogió de hombros e insistió en que no era para tanto.

—Si quieres decirles a otros chicos dónde has nacido y por qué te apellidas Mullen, puedes.

En contra de la voluntad de mi madre, le había contado a Spencer la verdad sobre las circunstancias de su nacimiento la primera vez que me preguntó, cuando cumplió cinco años. También le había dicho que tiempo atrás mis padres habían decidido por mí no contárselo a nadie. Lo único que decían a los que se atrevían a preguntar era que yo había vuelto a casa y que estaban contentos de tener a su nieto Spencer también en casa. La mayoría de la gente rellenaba el espacio vacío suponiendo que me había escapado, que me había quedado embarazada y entonces había vuelto. Era una forma de proteger mi privacidad, y así empezar de nuevo sin que la gente me preguntara «qué pasó» el resto de mi vida, pero a ninguno se nos ocurrió pensar en cómo acabaría afectando a Spencer. Al principio, yo era la niña que necesitaba protección. Spencer no era más que una extensión de mí.

—Se han metido conmigo por culpa de Luis —dijo Spencer.

—¿Quién es Luis?

—Es un chico mexicano de clase. Le estaban diciendo que sus padres trabajan gratis, que le están quitando el trabajo a la gente que ha nacido aquí, que no hablan bien inglés y cosas así. Y luego, cuando me ha tocado ser capitán del equipo de *kickball*, elegí a Luis el primero y no he querido elegirlos a ellos. Que te elijan es muy importante.

Mi hijo de seis años, después de todo lo que había pasado, había dado la cara por otro niño.

—Además —añadió—, a ellos ni les va ni les viene. —Hablaba igual que mi madre.

—Cierto, pero a ti sí. No quiero que pienses que tienes que guardar un secreto o mentir. Lo único que te pido es que, si se lo cuentas a alguien, me lo digas, ¿vale?

Para entonces ya llevaba en casa cinco años, y en ese tiempo solo le había contado a una persona dónde había estado, y había sido a Susanna. Si las decisiones de Spencer iban a cambiar la situación, tenía que estar lista.

—No es secreto ni es mentira —dijo Spencer—. No es nada, porque yo no recuerdo no vivir aquí. Y me da igual de dónde viene mi otra mitad. Yo soy un Mullen. Yo vengo de ti. Y de la abuela y del abuelo. —Y, sonriendo, añadió—: Además, les iba a dar su merecido justo cuando el abuelo les ha salvado.

Siete años después, mientras llevaba un plato de huevos y un bote de salsa a la mesa, Spencer volvió la cabeza y me vio leyendo en el iPad una web llamada *Puntúa a mi Profesor* donde aparecía un chile picante junto al nombre de mi marido para indicar que era muy «caliente».

Spencer tenía que saber por qué estaba viendo aquello. Ya era el segundo día, y *The Post* había seguido publicando. Como no había nada nuevo que contar, habían publicado un artículo titulado «Quién es Jason Powell» y lo habían completado con citas de las reseñas de estudiantes de aquella web. «Está tan bueno que no hay quien estudie.» «Lo mismo se deja ligar.» «Está más bueno que el pan. ¡Me puede enseñar lo que quiera!»

Todos hemos leído algún libro y visto alguna película en que un gran hombre en potencia se ve derrocado por la amenazante sombra de un escándalo. Posibles presidentes mancillados por relaciones extramatrimoniales. Famosos incapaces de encontrar trabajo después de que aparezca una cinta con sus comentarios más odiosos. Empresarios boicoteados por estar en el lado malo de la marea cultural.

Me imaginé a Jason flotando junto a otros náufragos. Visualicé ejemplares de su libro devueltos al almacén, la pérdida de clientes en su consultoría y la universidad intentando quitarle la titularidad. ¿Qué sería de Spencer y de mí? ¿Qué diría la gente de nosotros?

Pero, si Spencer estaba preocupado, no lo parecía.

—Papá es inocente —afirmó—. Todo el mundo se dará cuenta pronto. Y entonces todo volverá a la normalidad. —No había ni rastro de duda en su voz.

Le apreté la mano y dije:

—Lo sé.

Después esperé a que se fuera al colegio para seguir leyendo.

Estaba sola cuando oí que llamaban a la puerta una hora después.

Me asomé por la mirilla y vi a mi madre fulminando con la mirada la aldaba de latón que yo llamaba la Gárgola Vomitona, la que quería cambiar desde que dejamos atado el contrato de la casa hacía tres años. Tardé un segundo en procesar que estaba realmente allí, plantada en la escalera de entrada. Ginny Mullen no aparece sin más en la puerta de una casa de Greenwich Village.

Podía contar con una sola mano las veces que había venido de visita a la ciudad. Aunque en realidad no estuvieran emparentados con los Bonacker, las familias del siglo XVII que poblaron la zona de Springs, mi madre y mi padre eran isleños de pura cepa, con al menos cuatro generaciones ligadas a la región por ambos lados. Pero, mientras sus tatarabuelos trabajaban con orgullo como pescadores y granjeros, mis padres trabajaban proporcionando servicios (mi padre, como empleado de mantenimiento; mi madre, en limpieza del hogar) para veraneantes ricos con la esperanza de ahorrar suficiente dinero con el que sobrevivir en la temporada baja. Mi madre asociaba la ciudad a la gente que la trataba como un ser inferior. Todo el mundo recordaba que rechazó la oportunidad de acompañar a mi clase de sexto curso a un espectáculo de Navidad en Radio City Music Hall, alegando que Nueva York olía a sudor, a orina, a basura y a dinero sucio. Cuando le dije que me iba a casar con Jason, me dijo, en este orden, que se alegraba por mí, que Jason era un buen hombre y que «más vale que mi nieto no se vuelva gilipollas».

Fui abriendo los cerrojos sin albergar dudas de que su repentina aparición en la ciudad estaba relacionada con los mensajes sin contestar que me había dejado en el móvil desde que Jason se había convertido en la comidilla el día anterior.

—Hola, mamá —dije al abrir la puerta de par en par—. ¿Qué haces aquí? ¿Has venido en tren?

Estaba en el vestíbulo antes de que hubiera terminado mi pregunta.

—No, si te parece le he pedido al mayordomo Jeeves que me pida una limusina.

—¿Por qué has venido hasta la ciudad?

—Venga ya, Angela, que no eres el centro del universo.

Tengo una cita con un especialista. Había pensado pasar a saludar a mi hija mientras el Gobierno deshace la reforma sanitaria de Obama.

Por un instante no supe qué pensar. ¿Estaba mintiendo sobre la cita con el médico para ver cómo estaba, o me había estado llamando para contarme un problema de salud y su hija no había contestado a sus llamadas?

—¿Qué clase de especialista? ¿Qué te pasa?

—Soy vieja —dijo ella, y sus palabras sonaron como si se encogiera de hombros. Tomé su respuesta como confirmación de que no tenía ningún problema serio de salud. Tenía sesenta y cinco años y nunca se había descrito como «vieja» hasta que mi padre falleció hacía cinco años. Lo de la cita con el médico podía ser una mentira o algo sin importancia.

—¿Te has enterado del incidente de Jason y la alumna? —La conduje hasta la cocina, metí una cápsula Nespresso en la máquina y esperé que ella se burlara de la ausencia de una cafetera auténtica.

—Pero ¿lo ha hecho?

—Pues claro que no, mamá. Le hizo un comentario inocente sobre lo joven que era para casarse. Ella lo interpretó como una insinuación y después todo se ha exagerado.

Mi madre me quitó la tacita de cafeína, poniendo de paso los ojos en blanco, luego fue al frigorífico para echarse un chorro de la leche entera que guardo para Spencer.

—Hasta los comentarios más inocentes pueden estar cargados —dijo—. En mi época se hablaba de indirectas.

No quería ni imaginarme a mi madre contándome lo que ella consideraba «indirectas», pero, sin necesidad de incitarla, me hizo los honores de una representación espontánea.

—Eres demasiado joven para ser una novia —dijo con voz masculina—. Quizá tenga razón, señor Powell —añadió con una voz ridícula de *femme fatale*—. ¿Por qué no me enseña lo que me voy a perder?

—Y... corten. «Gracias, damas y caballeros. No olviden dejar propina. ¡Estaremos abiertos toda la noche!»

—Angela, tú no eres tan tonta. No me cabe duda de que es un malentendido, pero no hay malentendidos cuando la situación es blanca o negra. Solo pasan cuando hay matices de gris, cuando podría haber dos versiones diferentes de la misma cosa. ¿Qué ha hecho Jason con esa chica?

—Nada, mamá. No ha pasado nada.

Le dio un trago al café, que, a juzgar por su cara, todavía no estaba a su gusto.

—¿Vosotros dos... estáis bien?

—Mamá, por favor...

—Un hombre de su edad tiene ciertas necesidades. Sé que no te gusta hablar de esto...

—Joder, mamá. No voy a hablar del tema contigo. Jason y yo estamos muy bien. No me puedo creer que me estés culpando de esto a mí. No tiene nada que ver conmigo.

Para cuando llegó a mi lado, mi mano temblaba mientras forzaba una cápsula morada en la máquina de Nespresso.

—Siempre puedes venir a casa, si esto es demasiado. Él ya te ha estado llevando al límite.

Otras mujeres estarían orgullosas de los logros de Jason. Pero mi madre sabía que, por mucho que yo no quisiera ser otro eslabón de la cultura del servicio en el East End, tenía todavía menos ganas de estar en el punto de mira.

—No quiero volver a casa, mamá. Colin ha contratado a una abogada y Jason dice que todo va a salir bien.

—Puede ser, pero por eso estoy aquí, ¿entiendes? Necesitas cuidar de Spencer y de ti. Vosotros dos vais primero. Si Jason ha liado todo esto, que lo arregle él solo. Yo ya he visto a esta gente echando la culpa siempre a los demás...

Nos pasamos los siguientes veinte minutos discutiendo si podíamos incluir a Jason en la categoría de «esta gente», y ella rememoró varios ejemplos en los que había percibido

101

los aires de superioridad de Jason. Cuando no pude más, le pregunté si tenía o no cita con el médico.

—Sí, tengo cita, ya te lo he dicho.

—¿Es algo serio? ¿Puedo acompañarte?

Llevó la tacita de Nespresso, tan pequeña que parecía ridícula, al fregadero, la aclaró y la dejó sobre un trapo de cocina que había en la encimera. Después se volvió con una sonrisa que le llenaba la cara ancha y plana.

—Tengo cita en la manicura, y tú vas a venir conmigo. Paga Jason.

—Eso suena fenomenal.

—Hablo en serio, Angela… Si la ha cagado, que lo pague.

Le repetí que todo iba a salir bien. No parecía convencida, pero dejó de presionarme durante un rato.

—Mira el lado bueno: lo último que querías era que se metiera en política. Ya no tienes que preocuparte por eso.

Hice un gesto negativo y sonreí, pero en parte sabía que tenía razón. Asumiendo que esta crisis iba a pasar, Jason tendría muchas razones para evitar aparecer en público durante mucho, mucho tiempo.

15

*L*a mujer tendría unos treinta y tantos años, con el pelo liso por los hombros y los labios gruesos. Iba elegante y sencilla, con un vestido azul marino con manga larga y zapatos de tacón. Miró a su alrededor con nerviosismo, como si supiera lo fuera de lugar que estaba.

Corrine se levantó para estrecharle la mano y con un gesto señaló a la silla que había junto a su mesa.

—¿Es usted la inspectora al mando? —Un oficial de paisano la había llevado hasta Corrine al presentarse en la Unidad de Víctimas Especiales preguntando sobre Jason Powell—. ¿Sigue investigando el caso de la becaria?

—Ese es un tema del que no puedo hablar. ¿Sabe usted algo?

La mujer negó con la cabeza.

—¿Qué puedo hacer por usted? —preguntó Corrine.

La mujer se miró las manos, que reposaban entrelazadas sobre sus piernas cruzadas, sin duda pensando algo. Cuando por fin habló, alzó la mirada para hacer contacto visual.

—Hace seis semanas me violó y no hice nada. Hoy ha venido a mi casa a ofrecerme cien mil dólares por mi silencio. He supuesto que tiene miedo de que me presente ante la policía, ahora que alguien más lo ha hecho.

—De acuerdo, vamos a hablar en privado. Soy la inspectora Duncan, pero puedes llamarme Corrine.

—Yo soy Kerry. Kerry Lynch.

II

Kerry

16

La abogada de Jason trabajaba rápido.

Solo treinta horas después de salir de nuestra casa, una página web de izquierdas dedicada a los cotilleos publicó la foto que yo había encontrado de Rachel Sutton besando a su compañero de clase y becario Wilson Stewart. Por debajo estaba la foto que ella había publicado varios días después para enseñar su anillo de compromiso. La página web había difuminado su rostro, pero en los comentarios que estaban a continuación aparecía varias veces su nombre completo, que ya era fácil de buscar en Internet.

Por la tarde había surgido una narración totalmente distinta. Una página web publicó una cita del novio de Rachel en la que decía que se sentía «herido y desconcertado» al ver la foto de Rachel y Wilson juntos. Y, para mayor beneficio de Jason, el novio le había declarado a un reportero que Rachel no le había contado nada sobre la denuncia contra Jason, y que le llamó para contárselo después de que la noticia se difundiera. Cuando le preguntó si seguían comprometidos, el novio dijo: «Lo dudo».

El novio no era el único que se distanciaba de Rachel. A la mañana siguiente, Wilson apareció en *New Day* con nada menos que Susanna Coleman para confirmar que había tenido «una relación breve y fortuita» con otra becaria —cuyo nombre todavía no se daba de forma oficial— una noche, después de beber en el bar de la azotea del Standard Hotel.

—Lo primero que me dijo la noche que nos enrollamos fue que Jason... o sea, el doctor Powell... «no estaba mal». Me dio la impresión de que le gustaba. A muchas alumnas les gusta. Pero él se encarga de recordar a todos que está felizmente casado.

Procurando mostrarse objetiva, Susanna preguntó a Wilson:

—Pero, en aras de la claridad, no puede decir con seguridad lo que ocurrió en la oficina del doctor Powell, ¿verdad?

—No lo vi con mis propios ojos, pero Jason Powell siempre se ha portado como un mentor profesional e inspirador. En cuanto a la denunciante, es una buena chica, pero se pone muy dramática y es un poco hipersensible. Tiende a sobredimensionar las cosas, así que...

La deriva de su pensamiento fue el momento perfecto para que Susanna le diera las gracias a Wilson por su tiempo e hiciera un corte publicitario.

El mensaje era claro: no hay que creer todo lo que diga esta chica.

Una hora después de que Susanna entrevistara a Wilson, mi teléfono móvil sonó. El número tenía el prefijo 631, del condado de Suffolk. Odiaba ese código regional.

—¿Diga?

—¿Eres Angela?

—¿De parte de quién?

—Soy Steve Hendricks.

El nombre de pila sonaba extraño. Hacía años, cuando él formaba parte de mi vocabulario habitual, lo llamábamos «Hendricks» o «el inspector». No contesté nada.

—He... he visto las noticias sobre tu marido. No sé cómo ayudar. Pero si puedo...

Colgué y después pulsé «Bloquear llamada» por si acaso.

ϒ

Cuando Jason y yo ya estábamos en la cama por la noche, le pedí que me contara las preguntas que Olivia le había hecho a Wilson. Quería saber si él le había contado lo de los calzoncillos a Rachel.

—Olivia cree que es mejor no revelar ese detalle, puesto que todavía no se ha hecho público.

—Pero ¿no deberíamos averiguarlo? —Tal y como estaban las cosas, la foto de ella besando a Wilson se había utilizado solo y exclusivamente para que pareciera promiscua.

—Creo que Olivia prefiere las declaraciones de Wilson tal y como han salido, sobre todo la parte de que yo estoy bueno.

—Que no estabas mal —le corregí—. No entiendo por qué ni siquiera se lo ha preguntado en privado.

—Porque eso le daría información que ahora mismo no tiene.

—¿Y eso es tan malo? O sea, que Rachel podría haber visto algo. Dijiste que te estabas metiendo la camisa en el pantalón cuando ella entró.

—Lo que pasa es que la policía no sabe eso. Ha hecho que parezca que estaba exhibiéndome o algo así.

—Pero ¿podría haber visto más de lo que tú crees?

Apoyó el libro que estaba leyendo en su pecho y me miró directamente.

—Solo me alegro de que parezca que esto se está acabando. ¿Tú no?

—Claro que sí.

—Estupendo. —Me besó y siguió leyendo. Al cerrar los ojos, me pregunté dónde estaría Rachel Sutton y cómo se sentiría.

17

*C*orrine estaba esperando junto al mostrador a que llegara su comida cuando el teléfono del fiscal Brian King apareció en su móvil.

—Duncan —dijo.

—Bueno, ¿lo has visto?

Ya la había llamado el día antes para saber si había visto a un chaval llamado Wilson Stewart en *New Day*. Al parecer era uno de los becarios de Jason Powell y se había enrollado con Rachel Sutton. Corrine le había informado de que tenía un trabajo de verdad y que no podía seguir la programación matinal, pero que lo vería en cuanto tuviera tiempo.

Ahora que ya lo había visto, le dijo a King que no pensaba que aquello cambiara nada.

—Desde el principio has dicho que es un caso imposible, un delito menor en el mejor de los casos. Ahora el de Kerry es el importante, ¿verdad?

El viento mediático soplaba a favor de Jason Powell desde hacía dos días, pero Kerry Lynch sería más difícil de desacreditar. Era la vicepresidenta de marketing de Oasis Inc., uno de los clientes de Powell. Según Kerry, Powell había flirteado mientras trabajaban juntos. Cuando él la acompañó a su habitación de hotel después de una cena de negocios hacía seis semanas, él se lanzó. Ella le rechazó, y entonces él la agarró de repente, la tiró a la cama y le ató las muñecas con el cinturón.

Para King no era suficiente.

—Lo que yo he dicho es que el caso de Rachel era imposible de demostrar por sí mismo. Lo que quiero es unir estas dos denuncias para que quede claro que sigue un patrón.

—Todavía puedes hacerlo.

Kerry no había llamado a la policía de inmediato, pero se había hecho fotos de las marcas rojas en las muñecas. También tuvo la entereza de conservar el ADN, pues presentó la falda y las medias que llevaba durante el ataque en una bolsa de plástico para la colada del hotel. Le entregó la bolsa a Corrine como si contuviera material peligroso.

—Su... Bueno, ya lo verás —le había dicho Kerry—. Está ahí. Después estaba tan asqueada que lo iba a tirar, pero no quería que lo vieran las mujeres de la limpieza. Así que la bolsa esta ha estado al fondo de mi armario desde entonces. Quizá en parte supiera que tenía que conservarlo.

Al teléfono, King seguía desahogándose sobre la entrevista del día anterior en *New Day*.

—Te apuesto mil dólares a que Powell le consigue al chico ese cualquier puesto en fondos de cobertura cuando se gradúe.

Al otro lado del mostrador, un tipo con los brazos del tamaño de botellas de leche de cinco litros le entregó la bolsa de comida para llevar. La grasa ya empezaba a mancharla.

—¿Dónde estás? —preguntó King.

—Comprando comida.

—¿Dónde?

—En Lechonera La Isla.

—Ni siquiera te he entendido.

—Tienen el mejor chicharrón de la ciudad.

—¿Eso es una palabra inventada?

—Me gusta cómo te enorgulleces de ser tan blanco, King. Te pega. —Sacó doce dólares del bolso y los entregó en caja; con eso le daba para pagar la comida y dejar una propina

111

generosa. Siguió la conversación fuera, dando pasos cortos de vuelta a comisaría—. ¿Tienes ya una orden para el hotel? —Powell había agredido a Kerry después de acompañarla a su habitación en el W. La cámara de vigilancia no mostraría la agresión, pero podría situar a Powell dentro de la habitación de hotel con la demandante.

—Sí, se la he enviado al consejo general esta mañana. Te mandaré por correo electrónico la información de contacto para que puedas hacer el seguimiento. También he solicitado el registro telefónico de Powell.

—Genial. Por cierto, en el examen preliminar de la ropa de Kerry se confirmó la presencia de semen. Necesitamos una orden para hacerle un frotis a Powell. —Una muestra oral rápida les daría el ADN que necesitaban para la comparación.

—No sé. El caso es flojo. No lo denunció hasta seis semanas después —dijo King.

112   Corrine procuró mantener la voz tranquila al intentar explicar el error de su razonamiento.

—Filtraste la demanda de Rachel para ver si aparecían otras víctimas… Otras que, de otro modo, no se habrían atrevido a contactar con nosotros. Estábamos buscando un patrón. Bill Cosby. Trump. El profesor de gimnasia ese del año pasado en Queens. Los hombres que hacen esto una vez lo hacen a menudo. Pero ahora, después de que funcionara y nos llevara hasta Kerry, ¿estás recriminándole que no acudiera antes a la policía?

—Quiero que el caso sea mejor.

—La mayoría de las supervivientes de violación no llama a la policía. Y Kerry tiene una buena explicación. Sabía lo importante que era para su empresa el trabajo de Powell. Y no creía que la fueran a creer, porque él tiene una imagen perfecta.

—No hace falta que me eches el Sermón de los delitos sexuales 101, Duncan, pero el que tiene que convencer al jurado soy yo. Da lo mismo cómo funcione el mundo real; al jurado de un tribunal no le gustan las víctimas que esperan casi dos meses en llamar a la policía. Por no hablar de que estuvo con Powell en persona, en casa de ella, el mismo día en que le acusó de violación.

Según Kerry, Jason había insistido en quedar con ella a solas después de que la demanda de Rachel contra él apareciera en las noticias. Kerry aceptó verlo en su casa porque no quería que sus compañeros de trabajo oyeran lo que él tenía que decir. Le ofreció cien mil dólares por firmar un acuerdo de confidencialidad sobre la agresión del hotel. Ella le dijo que quería pensarlo, pero en vez de eso fue a la Unidad de Víctimas Especiales.

—No te estoy pidiendo que vayas a juicio de inmediato. Pero necesitamos la muestra de ADN.

—Pero es que los jueces no son inmunes a la atención mediática. Querrán saber su versión de la historia.

—Ya se ha buscado una abogada.

—Pero eso ha sido en el caso de Rachel, no de Kerry.

—Bueno, pero si se escuda en su abogada por delito menor, también lo hará por un cargo de violación.

—Para saber eso tendremos que preguntarle. Al menos, el juez verá que hemos hecho el trabajo preliminar antes de pedir una muestra de ADN. Podrías interrogarle como si fuera por lo de Rachel. Ahora mismo seguro que piensa que ya se ha librado.

—Pero ha guardado silencio sobre el caso de Rachel —objetó Corrine—. Solo puedo dirigirme a él porque hay una acusación nueva.

—Deja que yo me encargue de la parte legal, ¿vale? No tienes por qué notificarle lo del nuevo cargo. Dile que el nombre de Kerry Lynch apareció durante la investigación, o algo que no llame mucho la atención. Para ver cómo reacciona.

—¿Ahora me vas a decir cómo hacer mi trabajo?

—Tienes razón. Que disfrutes de tus chimichangas o lo que vayas a comer.

—Disfruta de tu bocadillo de pavo con pan integral.

—Dime que lo has adivinado por casualidad.

—Sí, sí —dijo ella, sonriendo antes de colgar.

18

Con el paso de las horas, casi podía sentir que el resto del mundo se preocupaba cada vez menos por Jason y por lo que fuera que aquella becaria hubiera dicho sobre él.

La abogada de Jason no había conseguido que le aseguraran oficialmente que no lo iban a acusar penalmente, pero explicó que aquello no era inusual. A veces te demandaban, a veces no.

Rachel había dejado de ir al trabajo, como era de esperar, pero habían pasado tres días desde que se conociera la noticia, y todavía no había presentado una denuncia formal en la universidad ni había dado ningún otro paso para seguir con el tema. Los tres becarios que quedaban —incluido Wilson Stewart— le dijeron a Zack que habían dado por hecho que Rachel se avergonzaba de que su denuncia se hubiera descontrolado tanto. El decano no había pedido más reuniones con Jason después de su conversación inicial sobre el informe de la policía. Jason no había perdido ningún cliente. Incluso había logrado grabar un episodio de su *podcast* sin mencionar el escándalo.

Para cuando acabé de recoger después de la cena, llegué a pensar que el incidente podría haber quedado en el olvido.

Echando la vista atrás, debí de sentir que estábamos volviendo con toda seguridad a nuestra vida normal, porque creía a Jason cuando me dijo que no tenía ninguna razón para preocuparme. Pero entonces, esa misma noche, la policía llamó a nuestra puerta.

De hecho, llamó con tres golpes. El sonido de la gárgola de latón contra la madera era intenso y agresivo, no se le podía ignorar.

Aquella noche había empezado pronto mi ritual nocturno, justo después de la cena. Parecía que cada año que pasaba en mi vida tenía que añadir un nuevo paso de cuidado femenino: desmaquillador, tónico facial, hidratante, crema de ojos, sérum para el cuello, enjuague bucal y cepillado de dientes. Me quedé helada de forma instintiva.

Me imaginé la mano sobre la aldaba. Me pregunté de quién sería la mano. Me pregunté si vendría solo.

Entonces oí a Jason, que dejaba entrar a alguien. ¿Había llegado a detenerse para preguntar quién era? ¿Se habría asomado por la mirilla para ver si la cara al otro lado del deformante ojo de pez era un hombre o una mujer?

Ya habíamos discutido al respecto. Había sido en la época en la que Jason seguía insistiendo en que «hablara con alguien» de los miedos de los que no lograba librarme. Le había dicho que no tenían nada que ver con el pasado. Es lógico que yo tenga más miedo que él.

¿Cómo será vivir sin miedo? Jason me ha intentado ayudar a ser más como él, a no tener miedo, a consolarme con las estadísticas que muestran que las posibilidades de que la «gente como nosotros» acabe siendo víctima de crímenes es muy pequeña. Yo intento que él entienda que su forma de ser es un lujo. El miedo no es racional, es primario. Y, si quería hablar de estadísticas, tendría que fijarse en dos factores: las probabilidades de que algo salga mal, sí; pero también la gravedad del daño en caso de que llegue a ocurrir. En el mundo real, Jason podría ser quien abría la puerta a un desconocido, pero quien sufriría de verdad —por estadística, al ser la única mujer de la casa— sería yo.

Así que, cuando le abrió a alguien la puerta de nuestro hogar, me quedé en el rellano, con el cepillo de dientes todavía en la mano y la boca llena de espuma, para escuchar con toda mi atención. No podía distinguir las palabras, pero la voz era femenina. Me asomé hacia abajo y vislumbré dos pantorrillas oscuras y rellenas. Llevaba zapatos planos negros y una falda azul marino hasta las rodillas. Fui a la ventana del dormitorio y miré hacia la calle. Un sedán de color suave y anodino bloqueaba el acceso a la casa. Supe de inmediato que era un coche de policía.

—¿Jason? —exclamé—. ¿Va todo bien? —Pensé en Spencer, en su cuarto, y deseé que tuviera puestos los auriculares Beats a todo volumen, como de costumbre.

Jason subió hasta la mitad de las escaleras para hablar conmigo. A diferencia de la casa donde crecí, en esta no nos gritamos de un cuarto a otro… Otra de las Normas Maternas.

—¿Qué ocurre? —pregunté.

—Creo que ha habido un incidente en la calle.

Debió de ver que me encogía al oír la palabra «incidente», porque no tardó en aclarar:

—Una pelea de algún tipo. Están recorriendo el barrio en busca de testigos. Les he dicho que hemos estado cenando en casa y que no hemos visto nada. Ya se han ido.

Me acarició el pelo por la parte de atrás de la cabeza y me dio un beso suave. Olía a jabón y a champú Pert. De hecho, me creí su explicación.

Pero más tarde aquella noche, cuando ya estábamos en la cama, volví a sentir algo en la boca del estómago. No podía dormir. Envolví la mano de Jason en la mía y respiré profundamente.

Se dio cuenta de que estaba nerviosa. Me dijo que todo iba bien. Me preguntó si quería jugar al juego del alfabeto.

—Podemos hacerlo pensando en vacaciones —me propuso. Sabe que es mi escenario favorito.

No pude evitar sonreír y empecé con la A: «Anguila, la isla». Él añadió «brisa», yo continué con «cóctel». La última palabra que recordé fue «iguana». Me quedé dormida con la mente en el Caribe.

Pero cuando me desperté a la mañana siguiente, comprendí lo que tenía que haber resultado obvio desde el principio: la policía no bloquea el acceso de una vivienda familiar con un coche de incógnito en una expedición en busca de testigos para una agresión cualquiera.

Cuando Spencer se fue al colegio, fui calle abajo a la cabina telefónica en la esquina de calle Octava con University, llamé a la comisaría de Sixth Precinct y expliqué que quería saber si habían identificado ya a los culpables del altercado de la noche anterior en el barrio.

—Soy madre. Quiero asegurarme de que mis hijos están a salvo —añadí por si acaso.

Cuando me preguntaron por mi dirección, les di la del bloque de apartamentos que había a dos portales de nuestra casa.

—¿Dice que esto ocurrió anoche? —preguntó la mujer.

—Sí, los vecinos no hablaban de otra cosa. La policía iba de puerta a puerta justo antes de las ocho en busca de testigos.

—No, no veo nada en esa zona anoche. Me parece que alguien del barrio ha empezado un rumor. Hoy en día la gente hace lo que sea para que le hagan caso.

Colgué el teléfono, sabiendo por primera vez en mi matrimonio con Jason que me había mentido en la cara como si nada.

19

*L*a joven de la mesa de recepción presentaba cierta ambigüedad racial, con el pelo muy corto y decolorado, ojos profundos y la piel de un tono marrón claro. Llevaba la camisa de cuello negro del uniforme medio desabotonada, y Corrine observó la línea curva de un tatuaje asomando por un lado de su cuello. Corrine mostró su placa con rapidez y dijo que quería hablar con el encargado de seguridad.

Se fijó en una pareja mayor junto a la recepción que intercambiaba miradas nerviosas.

—No tienen de qué preocuparse —les tranquilizó—. Bienvenidos a Nueva York.

El hotel en cuestión era el W Hotel de Midtown. La empresa de Kerry Lynch tenía sede en el condado de Nassau, en Long Island, pero ella se quedaba a menudo a pasar la noche en la ciudad para las reuniones. En respuesta a la citación, el consejo general del hotel había pedido al departamento de seguridad que proporcionara los vídeos de vigilancia de la noche en la que, según Kerry, Jason Powell la había agredido.

A Corrine le gustaban mucho las cámaras de vigilancia, pero podía prescindir de los guardias de seguridad privados que solían venir como parte del paquete. Se imaginaba las preguntas inevitables. ¿Cuánto tiempo llevaba trabajando de policía? ¿Qué había hecho antes de entrar en el cuerpo? Se dijo a sí misma que era la charla típica entre policías de verdad y quienes se quedaban con las ganas de serlo. Pero una parte de ella siempre sentía que la estaban interrogando por otra razón, como si fuera su obligación demostrar que una mujer negra se merecía llevar una placa de investigadora y una pistola en lugar del uniforme de poliéster de un guardia de seguridad desarmado.

Oyó una voz estridente detrás de ella.

—Me parece ver a Duncan Donut.

Su apellido siempre había dado juego para aquel mote, que resultaba ideal para una oficial de policía.

Corrine se dio la vuelta y vio un rostro familiar, un poco más redondo y viejo que la última vez que lo vio. Shane Fletcher había sido su sargento cuando ingresó en el cuerpo de investigadores.

—No me lo puedo creer. El vestíbulo este está perdiendo puntos por momentos.

—Y que lo digas. Los de recepción se meten conmigo porque no han visto nunca un hombre con pantalones de pinza con los plisados muy marcados.

—Siento decirte que también se estarán burlando de ti por usar la palabra «plisado». ¿Qué haces trabajando en un hotel tan pijo?

—Resulta que estar jubilado es más aburrido que un saco de piedras. A la parienta se le ocurrió que trabajar en un hotel nos podría conseguir chollos de viaje. El mes pasado estuvimos en la isla de Vieques y en agosto nos vamos a Indonesia. —Fletcher sacó una hoja doblada del bolsillo de su traje—. Casi te llamo al ver tu nombre en la citación. Pero luego he pensado que mejor te daba una sorpresa. ¿Preparada para ver unas pelis?

La calidad del vídeo de vigilancia estaba un poco por encima de la media, pero no era la mejor, lo cual significaba que las figuras que andaban buscando estarían a medio camino entre borrones grises y un vídeo casero sin enfocar.

Fletcher ya había explicado el proceso que había utilizado para acotar la grabación. Había empezado por buscar a gente que entrara o saliera de la habitación reservada por Kerry Lynch el 10 de abril, la noche en cuestión.

Cuando dio con Kerry, buscó cualquier aparición que hiciera ella o cualquier otra persona que la acompañara desde el momento en que pasó por recepción hasta su hora de salida. Por lo general, Corrine no habría dejado que un guardia de seguridad privado eligiera por ella los fragmentos de vídeo, pero Fletcher había sido un buen poli.

Resultó que la única persona con la que Kerry apareció en vídeo era un hombre al que Corrine reconoció: Jason Powell. Según Fletcher, Kerry entró sola poco después de las 16.30, salió poco después de las 19.15 y volvió con Jason a las 22.12.

—Y acción —dijo, pulsando el botón de *play*.

Las dos siluetas avanzaron por el vestíbulo, ambas con ropa de negocios: él, con el cuello abierto y un abrigo informal; ella, con blusa, chaqueta y una falda hasta las rodillas. Tras un cambio en la perspectiva de la cámara, se subieron al ascensor juntos, pero a una distancia decente. Tras otro salto, aparecieron en el pasillo del piso once.

Nada inusual hasta el momento, pero Corrine le enseñó los pulgares a Fletcher. Había hecho más de lo que le correspondía, pues había editado la grabación para que fuera una escena con transiciones suaves.

Él dio las gracias con un gesto e indicó que lo bueno estaba a punto de llegar.

Cuando Kerry sacó del bolso lo que Corrine imaginó que sería la llave del hotel, Jason Powell le puso la palma de la mano en la parte baja de la espalda y entró con ella en la habitación cuando la puerta se abrió.

Fletcher pausó el vídeo muy rápido.

—Eso era la espalda, ¿no? —preguntó—. ¿No el culo?

—Eso he visto.

Fletcher alzó las cejas. Aquel gesto, combinado con acompañarla a la habitación de hotel para tener una conversación privada, parecía más íntimo que profesional, pero era un movimiento rápido. Podría ser un gesto amistoso, tipo «pasa tú primero».

—Son las diez y catorce cuando entran —dice Fletcher—. Nada más hasta las diez y treinta y seis.

Veintidós minutos más tarde. La luz cambió en la parte izquierda del vídeo. Era la puerta, que se abría. Jason salía andando de espaldas. No llevaba el abrigo. Seguía hablando con alguien que estaba dentro de la habitación. Kerry aparecía de perfil, apenas cruzando el umbral de la puerta y dándole la chaqueta. No, insistiendo en que se la llevara. Parecía decirle que se fuera.

—Para aquí —pidió Corrine. Kerry seguía vestida, pero no llevaba la chaqueta. Lo mismo que los zapatos de tacón que tenía al entrar. Corrine hizo un gesto para indicar a Fletcher que volviera a ponerlo.

Jason seguía hablando, y Kerry seguía ofreciéndole la chaqueta, hasta que la lanzó en su dirección y cerró la puerta. Jason llamó, hizo una pausa y volvió a llamar. Dudó, miró a ambos lados como para comprobar que no había nadie más en el pasillo.

Se pasó los dedos por el pelo y avanzó rápidamente hacia el ascensor, poniéndose el abrigo al mismo tiempo. Pulsó repetidas veces el botón, oscilando su peso con impaciencia de una pierna a otra.

Ya solo en el ascensor, se apoyó en la pared y echó la cabeza hacia atrás.

—Mira, está hablando consigo mismo —susurró Fletcher—. ¿Lo has visto? Ha movido los labios.

La calidad de la grabación del ascensor era mejor que la del vestíbulo y la del pasillo. Había más luz. Un plano más cercano. Quizá un equipo mejor.

Fletcher rebobinó la cinta y volvieron a ver el movimiento en los labios de Jason.

—Lo he visto varias veces, pero lo dejé para montar los vídeos lo mejor posible. Lo único que se me ha ocurrido es que dice «queso».

Corrine soltó una risita.

—Solo los hombres con pantalones de pinza plisados pensarían en «queso».

Tras rebobinar la escena varias veces, ya tenía una teoría. Tras verlo dos más, estaba segura.

Pronunció las palabras en alto, en sincronía con la película muda. «¿Qué he hecho?»

Fletcher rebobinó y esta vez lo dijeron en alto los dos. Jason decía: «¿Qué he hecho?».

—¿Culpa? —dijo Corrine—. ¿O pánico?

—Sí, pero ¿por qué? —preguntó Fletcher—. El nombre de la huésped aparece en la citación, pero reconozco al hombre. ¿La becaria no es la única denunciante?

Corrine negó con la cabeza. Dudaba que Fletcher fuera a hablar por ahí del caso.

Él ofreció su primera impresión.

—¿La mano en la espalda al entrar? ¿Ella no ha dicho nada hasta ahora? Él alegará que fue algo consentido. Sostendrá que la discusión de la puerta fue por no quedarse a dormir. Y lo del «¿qué he hecho?», dirá que estaba enfadado consigo mismo por engañar a su mujer.

—Pero es que cuando le pregunté no me dijo eso. —Había estado en casa de Powell la víspera y le había preguntado por Kerry Lynch. Él había aclarado de inmediato que ella trabajaba para uno de los clientes de su consultoría. Ante la pregunta directa de si había tenido contacto sexual con

123

Kerry, él lo negó, acusando al Departamento de Policía de Nueva York de estar haciendo una «caza de brujas» a partir de la acusación de Rachel.

—Pues ahora solo necesitas una muestra de ADN —dijo Fletcher—. No es un mal caso. Tampoco es pan comido, pero los he visto peores.

Corrine ya tenía la grabación en la memoria USB del llavero cuando llamó a King desde el coche. La conversación fue rápida. Ya tenían el vídeo de seguridad, además de la declaración de Powell negando cualquier contacto íntimo con ella, así que podían proceder, pero la empresa telefónica AT&T acababa de confirmar que les mandaría el registro de llamadas de Powell al día siguiente. Un paso más para demostrar al juez que estaban siendo muy concienzudos. En cuanto tuvieran el registro de llamadas de AT&T en mano, pedirían una orden para recoger una muestra de ADN de Jason Powell. Si coincidía, tendrían suficiente para procesarlo.

Corrine estaba a medio camino de vuelta a Harlem cuando le sonó el teléfono.

—Duncan —contestó.

—Soy Kerry Lynch.

—Hola, Kerry. Iba a llamarte ahora mismo —mintió Corrine. Una de las pocas quejas que tenía sobre los casos de abuso sexual era que las víctimas tendían a pensar que el caso era «suyo», como si fueran demandantes privadas que contratan a la policía y a los fiscales.

—Por favor, no te enfades. Tenía que haber llamado antes.

—¿Enfadarme por qué? ¿Va todo bien?

—Sí, supongo. Pero Jason me ha llamado. ¿Fuiste a su casa anoche a preguntarle por mí?

Una parte de no tratar a las víctimas como si fueran tus jefes implicaba que Corrine no tenía que informar a Kerry de cada paso que daba la investigación.

—Necesitaba una declaración por su parte —dijo.

—Bueno, pues me ha llamado esta mañana.

Corrine pensó en el registro de llamadas que debía estar de camino desde la empresa telefónica. Con suerte serían lo bastante recientes como para capturar la llamada de la que Kerry estaba hablando.

—¿Qué te ha dicho?

—Que me matará si le cuento a alguien lo que ocurrió en el hotel aquella noche. Por favor, ayúdame. No es el hombre que parece.

125

20

*C*uando llegué a la oficina de FSS, Zack me dijo que Jason había salido a correr.

—¿Sabía que ibas a venir? —preguntó.

Me entraron ganas de decirle que no era asunto suyo, que podía presentarme en la oficina de mi marido sin avisar cuando me diera la gana. Y no, no había avisado. Estaba harta de que Jason me protegiera de la verdad. Necesitaba preguntarle cara a cara por qué me había mentido sobre el motivo de la visita policial a nuestra casa la noche anterior. En vez de eso, dije:

—Bueno, tenía que devolver algo en Barney's, así que pensé en darle una sorpresa. Le esperaré en su despacho.

Dos jóvenes evitaron mirarme cuando pasé por la sala. Los becarios. Reconocí a uno, era Wilson Stewart. Sabía que hablarían de mí en cuanto no pudiera oírlos.

No me levanté de la silla cuando entró. Su camiseta tenía un cerco de sudor en forma de V que le bajaba hasta el ombligo. Estaba más delgado que de costumbre. ¿Por qué no me había fijado antes?

Todavía estaba sin aliento.

—Hola. Zack me ha dicho que estabas aquí.

Me dio un beso rápido en la mejilla.

—Perdona que esté sucio. Sigue siendo mayo, pero ya parece que estamos a mediados de verano. Que no me vengan con que el cambio climático es mentira.

—¿Puedes cerrar la puerta?

Hizo lo que le había pedido y se volvió hacia mí.

—De acuerdo.

Esperaba que empezara a explicarse nada más verme. Tenía que saber por qué había venido.

—Dime la verdad, Jason.

—Cariño, ¿qué…?

—No me trates de idiota. Ayer no pasó nada en el barrio.

—¿En serio lo has comprobado?

—No. No puedes hacer eso, Jason. No puedes mentir a tu mujer y luego quejarte de que sea lo bastante lista como para darse cuenta.

—Joder, ¿me dejas que me duche antes?

Se encogió cuando la taza de porcelana donde guardaba los lápices y que tenía en frente de mí sobre la mesa —la que decía «Al mejor padre del mundo»— golpeó la pared a medio metro a su izquierda.

—Me cago en todo, Angela. Que te vuelvas contra mí es lo que me faltaba.

—¿Por qué vino la policía, Jason? Era por lo de Rachel, ¿verdad? —Volví a pensar en los becarios de la entrada. ¿Sabrían más que yo de lo ocurrido entre mi marido y esa chica de su oficina?—. Si no me dices lo que escondes, y ahora mismo, te juro por Dios que voy a buscar a Spencer al colegio y me lo llevo a casa de mi madre. Deja de mentirme.

Jason pareció derrotado cuando fue al baño a buscar una toalla blanca y pequeña. Se dejó caer en la silla que había cerca y apoyó la cabeza en la toalla con los codos en las rodillas.

—Me preguntaron si conocía a una mujer llamada Kerry Lynch.

Me alegró que no me mirara. Tengo una cara de póquer nefasta. No quería que supiera que ya me sonaba ese nombre.

—¿Por qué?

Movió la cabeza de un lado al otro.

—Era la misma inspectora que me llamó por Rachel cuando estaba en Filadelfia. Me dijo que había aparecido una testigo nueva. Me preguntó si la conocía. Le expliqué que Kerry es la directora de marketing de Oasis, la empresa de agua de la que te hablé. Le pregunté por qué le interesaba. Dijo que quería saber la naturaleza de nuestra relación.

—¿Qué le dijiste?

Se encogió de hombros.

—Que la conozco de mi trabajo en la consultoría.

Negué con la cabeza.

—¿No te reuniste con ella hace unos días?

Me miró impasible.

—¿Cómo sabes eso?

—Me lo dijiste tú, ¿no te acuerdas?

—No dije su nombre.

—No importa, Jason. Me hablaste de la reunión cuando me pusiste al día sobre esa empresa. La policía que vino a casa, ¿qué te preguntó exactamente?

—Que el nombre de Kerry había aparecido como posible testigo. Me preguntaron si la conocía y de qué la conocía. —Hizo una pausa, y supe que había más que contar—. Y también si teníamos una relación sexual.

—¿Y?

—Ya te lo he dicho: ella trabaja para uno de mis clientes. Eso es todo, lo juro.

—¿Por qué no te negaste a contestar, como hiciste cuando la investigadora te llamó por primera vez?

—Debí hacerlo. Pero es mucho más fácil hacerse el duro por teléfono que cuando una poli está en el vestíbulo y te hace una pregunta directa. No me pareció malo contestar. Rachel coincidió una vez con Kerry en FSS. Supuse que por eso me estaban preguntando por ella... Quizá Rachel mencionara a Kerry como posible testigo o algo así.

—¿Por qué me has mentido?

—No quería que te preocuparas. No ocurrió nada entre Rachel y yo. Y estoy seguro de que lo que sea que estén investigando en torno a Kerry se aclarará dentro de nada.

—Pero ¿qué pasa si no es sobre Rachel, Jason? ¿Qué pasa si esta mujer, la tal Kerry, va a acusarte también?

Él negó con la cabeza.

—Ella no haría eso.

—Rachel lo ha hecho —le corté—. ¿Por qué no lo iba a hacer esta mujer?

Vi un destello de preocupación recorrer su rostro.

—La he llamado esta misma mañana para preguntar.

—¿Cómo? Jason, es de locos. Tendrías que haber llamado a tu abogada.

—Trabajamos juntos. Hablo con ella a menudo. Le he preguntado si la policía se ha puesto en contacto con ella.

—¿Y?

—Ha dicho que no, y luego se ha ido corriendo a una reunión. La llamada ha durado menos de un minuto.

—Podría estar mintiendo, Jason. —Por lo que se ve en televisión, me costaba imaginar a la policía presentándose en nuestra casa para preguntar por la relación con esta mujer a no ser que ya hubieran hablado con ella—. Dijiste que había un problema con la empresa... Los sobornos o algo así. ¿Podría tener algo que ver?

—Quizá. —Su mirada se perdió a lo lejos al sopesar esta posibilidad por primera vez—. ¿Recuerdas que te conté que había estado intentando que uno de los empleados me ayudara a demostrar mis sospechas?

Asentí.

—Era Kerry. Cuando le conté mis preocupaciones, me di

129

cuenta de que sabía más de lo que parecía. Al final admitió que había encontrado documentos internos que podrían demostrar las irregularidades, pero me dijo que le daba demasiado miedo darme las pruebas. Estaba intentando convencerla de que me las diera. —Su voz se fue apagando.

—¿Por qué tienes que hacer tú eso, Jason? ¿No podías haber llamado, no sé, a la policía?

—Más bien al FBI o al Departamento de Estado. Pero joderíamos a mis inversores y me cargaría mi propia reputación. Pasaría de ser el señor Responsabilidad Social a Partidario de Señores de la Guerra. Pero, de haber conseguido pruebas, y no solo meras sospechas, tendría protección por muy chivato que fuera. Incluso podría recuperar los fondos de mis inversores.

—¿Por eso has quedado con Kerry esta semana?

—Llevo semanas intentando convencerla. Le dije que tendría protección si me ayudaba a exponer a Oasis. Pero entonces apareció la ridícula demanda de Rachel en la televisión. Me imagino que Kerry cambiaría de idea y les diría a sus jefes lo que estaba tramando. Me pueden dejar bien jodido.

Unos minutos antes, él estaba convencido de que no había de qué preocuparse. Ahora mi marido estaba aterrado.

—¿Qué pasa? —pregunté.

—La última vez que estuve con ella. Se suponía que me iba a dar los documentos. Quería ir a un sitio privado.

Mis ojos se abrieron como platos.

—Fui a su casa en Port Washington. Maldita sea, no había nadie más. Puede inventarse lo que quiera, y yo no puedo demostrar nada.

Cuando volví a casa, Spencer estaba tirado en el sofá, viendo algo en el móvil. Lo escondió a un lado en cuanto me vio cruzar la puerta. Al acercarme a él vi que había apagado la pantalla.

—¿Qué hacías?

Me acordé de unos chicos que se iban pasando una revista cuando yo tenía un par de años más que Spencer. Miraban por los pasillos del instituto para asegurarse de que no hubiera ningún profesor al acecho cuando realizaban las entregas a escondidas. Y así la revista iba a parar a otra mochila. Trisha y yo ideamos un plan para echar un vistazo a lo que nos estábamos perdiendo. Mientras Teddy Dunnigan hacía los deberes a la hora del almuerzo, Trisha se desabrochó el último botón de la blusa y se inclinó para preguntar si sabía qué tareas de matemáticas había que hacer para la sexta hora. Mientras él se la comía con los ojos, yo metí la mano en la mochila abierta que estaba en el suelo detrás de él y me fui con el botín.

Por entonces yo ya había visto muchas películas subidas de tono y un par de *Playboy*. Incluso había dejado que Bill McIlroy me tocara una vez debajo de la falda. Pero no había visto —ni me sonaba, ni siquiera había imaginado— las cosas que aparecían representadas en esa revista.

Aquellas imágenes serían bastante blandas en comparación con los vídeos que ahora abundan en Internet. Había leído artículos sobre el daño que hace la pornografía, especialmente a los jóvenes, y en particular a los chicos. Se suponía que teníamos filtros que evitaban que Spencer viera esas cosas, pero no tenía ni idea de lo eficaces que eran, sobre todo con un chico tan inteligente como mi hijo.

—Nada —dijo, quizá demasiado rápido.

—Spencer… —Alargué la mano hacia su teléfono, pero él lo agarró antes.

—Eso no está bien, hijo.

Cedió y me dio el aparato.

En el buscador tenía abierto un blog llamado *El punto rosa*. No me sonaba de nada.

La foto en lo alto de la publicación era la que más estaba circulando: la cara de Rachel borrosa acariciando con el morro a Wilson Stewart. Alguien había marcado la foto con una insignia de prohibido fumar.

Eché un vistazo a la publicación lo bastante rápido para entender que el autor se quejaba de la «victimización» de una «mujer valiente» que se había atrevido a cuestionar la «superioridad del varón blanco» encarnado en Jason Powell. Ese día todavía no había tenido tiempo de echar un vistazo a la actividad de Internet.

—¿Ahora es una cuestión racial? —pregunté, pero me sentí inmediatamente culpable por hablar con Spencer de esto. Se suponía que tenía que protegerlo—. No es más que una bloguera.

—Fíjate en los comentarios —me dijo sin mirarme a los ojos.

Ya había veinticuatro, no demasiados, comparado con las páginas web de mayor difusión, pero más que unos pocos. Al final encontré la que decía Spencer.

> Su mujer creció a cuatro manzanas de mi casa. Y tiene un tipazo que flipas. Siempre va a los restaurantes más exclusivos cuando viene de visita para recordarnos que «ha triunfado». La verdad es que se escapó de casa en el instituto y volvió tres años después con un crío. Lo único que tiene es al tipo este. Como sea culpable… ASÍ ES EL KARMA, QUERIDA!!!

Reconocí el nombre de la autora del comentario. Deb Kunitz, una chica del colegio dos años menor que yo.

Otro comentario incluía una consulta:

> Yo daba por supuesto que su mujer era también del mundo académico o de la política. ¿Esto añade otra capa a su historia? ¿Será que no puede estar con alguien de igual intelecto?

Otra respuesta continuaba:

Parece un punto de vista interesante. Escribidme en privado por Facebook si me queréis dar más detalles.

Me percaté de que esta respuesta provenía de la autora original del post. Le había pedido a Deb un «mensaje privado», un correo directo para recabar más información sobre mis antecedentes, que al parecer añadían «otra capa» a la «historia» de Jason.

—¿*El punto rosa*? —dije en voz alta.

—Es una página web chunga para mujeres. A mí me parece falso feminismo.

¿Por qué mi hijo sabía estas cosas?

—No pasa nada, Spencer. —Habría que acceder a los informes policiales para averiguar dónde había pasado esos tres años, y ni siquiera ahí estarían todos los hechos—. No te preocupes, ¿vale?

Observé que él estaba pensando en añadir algo, pero entonces me lanzó esa sonrisa dentuda desde su lado del sofá.

—Oye, mamá, ¿podrías decirme por qué se llama *El punto rosa*? Porque no lo entiendo.

—Quieres martirizarme, ¿verdad?

—No te enfades, pero acabas de sonar igual que la abuela. —Se puso a darle de nuevo a la pantalla en busca de algo que no tuviese nada que ver conmigo.

$\mathcal{K}$erry Lynch abrió la puerta vestida con la ropa del trabajo, pero tenía en la mano una copa de vino casi acabada. Un perrito blanco y peludo daba vueltas en torno a sus pies descalzos.

—¡Qué perrita tan mona! —dijo Corrine.

—Es macho, pero sí, es un amor. ¿Verdad, Copito de Nieve? Como nunca estoy en casa, le doy cualquier capricho para compensar. Siento que tengas una mamá de mierda, chiquitín.

Kerry parecía tan nerviosa al teléfono que Corrine había ido hasta Port Washington en coche para tomarle declaración. En realidad, también le venían bien las horas extra.

El día antes, al estar en el hogar de los Powell, se había fijado en las fotos de familia que adornaban las paredes: Powell con su mujer y con un chico que había pasado de no tener dos incisivos frontales a convertirse en una versión larguirucha de sí mismo. Ahora que volvía a ver a Kerry Lynch en persona, se dio cuenta de que por fuera Kerry no se parecía en nada a la mujer de Powell. Era delgada, pálida, con el pelo por los hombros, oscuro y liso como un cuchillo. Angela tenía más curvas y llevaba el pelo rubio oscuro largo y ondulado. Pero las dos mujeres tenían rasgos fuertes y angulosos, casi masculinos, si no tuvieran una naturaleza tan bella. Según Corrine, la gente describiría su aspecto como «patricio».

Corrine siguió a Kerry, que fue a la cocina a buscar una

botella abierta de vino que estaba en la encimera. Le ofreció un trago a Corrine, que ella rechazó, y luego volvió al salón, donde se rellenó generosamente la copa. La casa estaba ordenada con meticulosidad.

—Incluso después de lo que me ha hecho Jason, hoy al teléfono he oído una faceta de él que me ha aterrado. Creo que he cometido un error al hablar contigo.

—Sé que esto no sirve de consuelo, pero nunca he visto a un agresor cumplir sus amenazas verbales a una víctima. Si quieren hacerte daño, no te cuentan sus planes por adelantado.

—Tienes razón. No sirve de consuelo —dijo Kerry con una sonrisa triste. Dio un golpecito en el sofá para que Copito de Nieve saltara encantado a su lado.

Corrine no pensaba decirle a Kerry que el camino que tenía por delante iba a ser fácil. Se la iba a juzgar tanto como a Jason Powell. Al menos el caso contra él empezaba a tomar forma. Le contó a Kerry lo de la cámara de seguridad del W Hotel y que el registro de llamadas que habían solicitado corroboraría el hecho de que él la había vuelto a llamar esa misma mañana.

—El fiscal King pedirá una orden para tomar una muestra de ADN de Jason mañana.

—¿Todavía no lo ha hecho? Pensé que ya estaría en el laboratorio.

—Quería avanzar un poco más con la investigación.

—Os he dado fotos y pruebas físicas. Además, tenéis la historia de la otra mujer. ¿Qué más necesitáis?

—Sé que resulta frustrante, pero a los abogados les gusta seguir un orden concreto.

—Bueno, yo te digo que el ADN va a coincidir. Jason dirá que fue algo consentido. Será mi palabra contra la suya.

—En realidad, ya tenemos una declaración de él. Ha negado cualquier relación sexual contigo.

Kerry hizo un gesto de ira y le dio un buen trago al vino.

Corrine había visto esta reacción otras veces. Las víctimas se esperaban que los agresores dijeran que ellas habían participado de buen grado. Se esperaban que les cayera la culpa. Pero que él negara la relación era todavía más humillante. Si no había pasado era que no significaba absolutamente nada.

—Confía en mí, Kerry, es una buena noticia. Cuando el ADN coincida, estará atrapado en su propia mentira. Además, tenemos tus fotos de las lesiones en las muñecas. Y la grabación del hotel nos vendrá bien. Está claro que le echabas de tu habitación.

—Pero no llamé a la policía. No denuncié hasta que lo hizo Rachel. Y he seguido trabajando con él. Hasta le he visto esta semana, aquí, en casa, a solas. —Se puso el perro en el regazo—. Puede decir lo que quiera. ¿Cómo voy a demostrar que es culpable?

—En realidad —dijo Corrine—, el hecho de que te viera en tu casa contradice su historia de que nunca ha ocurrido nada inusual entre vosotros.

Corrine estaba pintando este factor de la forma más positiva. Sabía, de hecho, que al fiscal King le inquietaba la decisión de Kerry de ver a Jason en su casa en vez de en un lugar público.

—¿Cuándo le van a acusar? —preguntó Kerry.

—Imagino que King querrá pasar por un gran jurado en cuanto reciba los resultados de ADN. Aguanta un poco, ¿vale?

Kerry asintió. Corrine había cumplido por ahora: la denunciante seguía con ellos.

—Tengo que contarte algo más —dijo Kerry—. Porque va a salir. Lo sé.

Otra inspectora habría dicho que en realidad no era necesario. En cuanto acusaran à Jason, cualquier cosa que Kerry dijera que desautorizara el caso en curso podría convertirse en «material Brady», es decir, cualquier prueba potencialmente exculpatoria que tendría que entregarse a la defensa.

Corrine no dijo nada, así que Kerry prosiguió:

—Hace tres años tuve una aventura con Tom Fisher, el director ejecutivo de Oasis, mi empresa. Está casado. Su mujer leyó nuestros mensajes. Nos pilló. La gente del trabajo lo sabe. Supondrán que estaba haciendo lo mismo: liarme con un hombre del trabajo. En parte, no dije nada de lo ocurrido por esto.

—¿Tuviste una aventura con Jason Powell?

—No. Por supuesto que no.

—Entonces no veo ninguna relación entre tu aventura con Fisher hace tres años y esto. ¿No?

Kerry pareció aliviada. Abrazó a Corrine junto a la puerta y le dio las gracias antes de despedirse.

$\mathcal{A}$ la mañana siguiente, a Corrine le llegó un taco de unos tres centímetros con el registro de llamadas. El hogar de los Powell no tenía teléfono fijo, pero AT&T había enviado la información del móvil de Jason Powell, así como de los demás móviles asociados a su cuenta. Apartó los dos archivos adicionales —supuestamente de la mujer y del hijo— y se centró en el de Jason.

La citación cubría los dos últimos meses, desde unas dos semanas antes de la agresión hasta el día anterior.

Primero hizo una fotocopia y después empezó a subrayar cada vez que aparecía el número de Kerry. Tal y como esta había dicho, hablaban dos o tres veces a la semana, tanto antes como después del incidente. También aparecían otros números de empleados de Oasis.

Corrine marcó después las dos llamadas más recientes de Jason a Kerry. La primera era del día en el que *The Post* había publicado la noticia de la denuncia de Rachel Sutton. Según Kerry, en esa llamada Jason insistió en verla en persona antes de ofrecer pagarle a cambio de un acuerdo de confidencialidad. La segunda aparecía ayer por la mañana, cuando Kerry aseguró que Jason la había amenazado de muerte si seguía con la demanda.

King quería demostrarle al juez que no estaban escatimando en esfuerzos. Lo que se veía aquí era más que suficiente. Llamó a King y le hizo un resumen.

—Te voy a escanear las páginas más importantes y te las voy a enviar por correo electrónico.

—Me parece bien.

—¿Vas a conseguir una orden?

—Espera a que tenga una visión de conjunto.

—¿Estás de coña?

—Estoy siendo concienzudo.

—No. Concienzudo ha sido conseguir los registros de llamadas, los vídeos del hotel y la declaración de Powell. Tenemos más que de sobra para una causa probable.

—Eso no lo decides tú, Duncan.

—¿En serio?

Tras enviar las páginas relevantes a King, Corrine se puso a hojear las demás hojas del registro de llamadas para ver si sobresalía algún patrón. Las llamadas más frecuentes de los tres miembros de la familia Powell eran entre ellos. La cuenta de Jason era con diferencia la más activa, como era de esperar, dado su trabajo. Supuso que la siguiente más activa, con llamadas durante el horario escolar, sería de la esposa. El teléfono del hijo apenas tenía actividad. Nada sorprendente. Para los chicos de hoy una llamada telefónica estaba tan pasada de moda como el telégrafo.

Prestó especial atención a las llamadas realizadas después de que se divulgara la noticia de la demanda de Rachel. Con la ayuda de Google identificó dos números frecuentes como el de la abogada de Jason, Olivia Randall, y el de otro abogado llamado Colin Harris. No observó nada más que pudiera estar relacionado con el caso.

Se disponía a archivar el registro de llamadas cuando sus ojos cayeron sobre una llamada recibida cuatro días atrás en la línea que Corrine había identificado como la de la esposa. Tenía el código regional 631, condado de Suffolk, Long Island…

139

El East End. Había durado solo seis segundos; quizá se hubieran equivocado, pero el número le resultaba familiar.

Corrine miró el teléfono sobre su mesa y se imaginó el patrón de los dígitos en el teclado. Cuando se acordaba de un número, solía deberse a una combinación de las cifras y de la forma que estas hacían al teclearse. Por eso este le resultaba conocido. El 631 del código regional, además de los tres dígitos siguientes —796— formaban un cuadrado perfecto. Los demás dígitos no le decían nada.

Ahora la combinación cuadrada de los seis números se le había metido en el cerebro y sabía que no iba a poder librarse de ella hasta que averiguara dónde la había visto antes. Se sacó el teléfono móvil y repasó las llamadas recientes en busca del código regional 631. Nada. Sabía que los iPhone retenían físicamente la información de las últimas mil llamadas, pero solo mostraba las cien más recientes. Para Corrine, eso equivalía al último par de días. Empezó a eliminar llamadas de su historial para dejar sitio a datos más antiguos. Por este tipo de cosas su ex le decía que tenía TOC. «Eres como un perro con el hueso», le reprochaba meneando la cabeza.

Al final lo encontró cinco días atrás: cuatro llamadas en total. Ya se acordaba. Necesitaba los antecedentes de un sospechoso de violación que había sido acusado previamente de acosar a una mujer a quien había conocido durante unas vacaciones de verano. Las llamadas se habían dirigido a un detective del Departamento de Policía de East Hampton.

Buscó en el ordenador el teléfono central del departamento. Mismo código regional, mismo prefijo, distinta extensión.

Todavía no estaba dispuesta a dejar el hueso. Buscó el registro del permiso de conducir de Angela Powell, donde se veía un cambio de nombre efectuado seis años atrás por Angela Mullen. Buscó en los registros policiales del estado y encontró un informe de persona desaparecida de hacía quince años. Comprobó la fecha de nacimiento. Angela tendría en esa época solo dieciséis años. Vio otra entrada que mostraba que el informe había sido archivado a los tres años.

Cogió su teléfono, marcó el cuadrado de seis dígitos que ya había memorizado y después los otros cuatro números del teléfono en el registro de llamadas de Angela Powell.

La voz que respondió estaba ronca. Más vieja.

—Hendricks.

—Soy la inspectora Corrine Duncan, de la Unidad de Víctimas Especiales del Departamento de Policía de Nueva York. Me gustaría preguntarle por Angela Powell, antes Angela Mullen.

Hubo una pausa al otro lado del teléfono seguida de un suspiro profundo.

—Me encantaría ayudar a la pobre, pero el caso es que no conozco al marido.

«Quiere ayudarla a ella, a Angela, y no a ti, una colega de la policía.» Corrine estaba segura de que lo había oído bien.

—Pero sabe por qué llamo —dijo Corrine.

—Bueno, sé que el marido de ella está en las noticias por una becaria. Si quiere saber mi opinión, suena a mucho ruido y pocas nueces, pero, claro, usted sabrá más que los periódicos. Supongo que llama por lo de Franklin, pero dudo que la familia quiera que hable del tema. Una vez su padre obligó a los del restaurante de Harbor Grill a quitar un partido de los Pittsburgh Steelers sin dar explicaciones. Es que le tienen un odio ciego a esa ciudad. ¿Sabe qué? Si ella me da permiso, la llamo, ¿de acuerdo? Si no, lo único que puedo ofrecerle son los informes policiales.

—Me parece bien —dijo Corrine antes de colgar.

Buscó «Franklin» y «Pittsburgh» en Google y salió un condado llamado Franklin, además de montones de listas de diversos negocios. Probó de nuevo añadiendo los nombres de Angela Powell y después Angela Mullen en la búsqueda. Nada.

141

Escribió «Franklin... Pittsburgh... chica desaparecida».
Antes de pulsar la última tecla, empezó a intuir la relación.

«La madre que me parió.» De hecho, pronunció realmente
estas palabras al ver los resultados.

Comprobó las fechas del informe de desaparición de Angela Mullen, tanto la inicial como la final. Todo encajaba.

Charles Franklin. No habría sido capaz de recordar el
nombre, pero cuando se destapó aquel caso estuvo en todos
los noticiarios durante días. Una vecina no hacía más que oír
a un bebé llorar en la casa de Franklin, a pesar de que el tal
Franklin, un contratista discreto, vivía solo, o eso pensaba
todo el mundo. Cuando la vecina le preguntó al respecto,
él contestó que era la televisión, pero la vecina nunca había
oído ruido de televisión en otra casa. De pronto, las escasas
visitas de «las sobrinas» de él le parecieron a la mujer algo
turbias, así que llamó a la policía para estar segura. La llamada telefónica desencadenó el descubrimiento de una escena
escalofriante en el interior de la casa, seguida de una persecución de tres días.

El Departamento de Policía de Pittsburgh envió a un oficial —solo— a hacer una visita a la casa. Estaba llamando por
tercera vez y se disponía a darse por vencido cuando la puerta
del garaje se abrió y un Lexus utilitario salió en marcha atrás
a toda velocidad y huyó calle abajo.

En el interior de la vivienda, la policía encontró un dormitorio en la planta superior con una pared interior de ladrillo
construida justo por el lado interior de la ventana. Desde fuera, los vecinos solo veían cortinas y oscuridad. Los ocupantes
del interior estaban encerrados sin luz mediante una puerta
con candado. La habitación contenía dos camas gemelas y una
cuna. Por la aparición de pelo rubio oscuro en una almohada
y de pelo castaño oscuro en la otra, la policía dedujo que al
menos dos personas —probablemente chicas— dormían allí.
Y, por supuesto, el bebé.

Se emitió un aviso de busca y captura tanto para Franklin como para su utilitario. Tres días después, un par de excursionistas en Niagara Falls, en Nueva York, vieron a un hombre llevando agua a una tienda de campaña. Después de que la mujer oyera a un bebé llorando, cayó en que el hombre se parecía al retrato que habían visto en la emisión de personas desaparecidas aquella mañana al salir del hotel. Después de buscar la información en el móvil, sus sospechas crecieron. Pidió a su marido que la ayudara a peinar los aparcamientos hasta que dieron con un utilitario de marca Lexus con matrícula de Pensilvania, aunque los números no coincidían. El marido avisó a un guardabosques. En cuestión de minutos obtuvieron la confirmación: había cambiado las matrículas, pero el número de identificación del vehículo era el de Franklin.

Corrine ignoraba los pormenores del intento de rescate, pero se imaginó helicópteros y equipos de policía, tanto uniformados como de paisano. Lo que sí sabía tras ojear las noticias era que, cuando llegó la policía, Franklin corrió hacia la tienda de campaña en vez de obedecer las órdenes de la policía para que se detuviera y pusiera las manos en alto. Recibió un disparo mortal.

La policía halló a una mujer de diecinueve años con su bebé en el interior de la tienda de campaña. La mujer dijo que Franklin la había secuestrado tres años antes. Un año después del secuestro se quedó embarazada y Franklin secuestró a otra mujer más joven. Luego, tres días antes del rescate en Niagara Falls, Franklin les ordenó a las dos chicas que se metieran con el bebé en el coche que estaba en el garaje. Cuando Franklin salía del garaje marcha atrás, las dos chicas daban golpes a las ventanas del coche desde el asiento trasero al ver al oficial de policía en frente de la casa, pero las puertas estaban cerradas y no pudieron salir.

Solo sobrevivieron la chica de diecinueve y el bebé.

Tras oír las alertas sobre su búsqueda y la de su vehículo

en la radio del coche, Franklin se salió de la Interestatal 90 por la noche, se detuvo cerca de una masa de agua —quizá el lago Erie—, mató de un disparo a la chica más joven y tiró el cadáver al agua. Cuando Franklin volvió a entrar en el coche, le dijo a la otra víctima que, para que no le pasara lo mismo, tenía que obedecer una simple orden: «Hazte la mayor». La policía sostuvo la teoría de que había matado a la víctima menor para no encajar con la descripción de un hombre con dos chicas y un bebé. La superviviente, que era la mayor de las dos víctimas, podría parecer su esposa. Además, era la madre del bebé. En resumen, se quedó con ella y tiró a la otra.

¿Qué tenía todo esto que ver con Jason Powell? ¿Su conexión con Angela y su hijo lo convertía en una buena persona? ¿O era un depredador que buscaba en ella cierta vulnerabilidad?

El pensamiento de Corrine se vio interrumpido por el sonido del teléfono. Reconoció el número de la pantalla digital: era la centralita de la oficina del fiscal.

—Duncan —respondió ella.

—Hola. Soy Brian.

—Hola. —Tardó un segundo en relacionar «Brian» con King, el fiscal de distrito.

—Gracias por mandar el registro de llamadas. Y por ir hasta Port Washington para hablar con Kerry. Y por conseguir la declaración de Powell. Buen trabajo.

Sonaba distinto que de costumbre. Más tranquilo. Más contemplativo.

—Sí, gracias.

El silencio llenó la línea telefónica. Corrine se dio cuenta de que él no quería colgar.

—¿Es por el caso de Martin? —preguntó ella.

Robert Martin era un director de cine oscarizado acusado de violar a una asistente de producción de veintitrés años mientras su equipo hacía oídos sordos a los gritos que provenían de su caravana. Después de un juicio de cuatro semanas, el jurado lo absolvió de todos los cargos.

Él suspiró.

—Y por el caso de Santos. Y, ya que estamos, por el de Prat y el de Isaacson, por qué no.

Santos era un poli exculpado de violar a una mujer a quien había acompañado a casa después de que un taxista se hubiera quejado de que le había vomitado en los asientos traseros. Pratt era un estudiante de Derecho de Columbia exculpado de violar a una compañera de clase en la celebración anual de la revista de su departamento. Isaacson era un economista financiero cuyo caso de violación se había reducido a delito menor después de que le dieran una paliza a la oficina del fiscal en un juicio que había durado cuatro días seguidos.

La acusación no llevaba una buena racha en materia de delitos sexuales con personalidades de Manhattan.

—Este caso se puede ganar —dijo Corrine.

—Eso no basta. Necesito clavarlo.

—Eso no existe en esta profesión.

—Debería venderme y defender a tipos que contaminan y a estafadores al más puro estilo Ponzi.

—Pues no, no deberías.

—¿Quieres ir a cenar?

—Voy a cenar, King. Pero contigo no.

Podía imaginarlo riéndose al otro lado del teléfono.

—Cachis —dijo él.

Corrine pensó en contarle lo que acababa de descubrir sobre Angela Powell, pero no vio ninguna conexión entre eso y el caso contra su marido.

—¿Hablamos luego?

—Sí. Por cierto… Tenía una razón para llamarte a parte de sentir lástima por mí mismo. He conseguido la orden para la prueba de ADN.

—¿De verdad?

145

—He pensado que no hay más excusas para retrasar las cosas. O vamos a lo grande o nos vamos a casa, ¿verdad? ¿Te pasas hoy a hacerle una visita?

—Sí. Estoy lista ahora mismo.

—Estupendo.

Cuando Corrine colgó el teléfono, su mente voló a Angela Powell, antes Angela Mullen, que había parido a su bebé en un cuarto cerrado con ladrillo en Pittsburgh, a ocho horas de coche de sus padres.

No podía imaginar cómo se sentiría esa mujer cuando la prueba de ADN resultara positiva.

23

*L*a gente se giraba para vernos cuando pasábamos junto a las mesas del 21 Club. Sabía que tenía que haber ido a un sitio discreto de Downtown Manhattan, pero Susanna me había convencido de quedar con ella en Midtown con la promesa de que su «contacto» nos sentaría en una esquina del fondo. Llegar hasta allí había supuesto recorrer el comedor entero acompañada por la mujer cuya cara llenaba a diario las pantallas de televisión de Estados Unidos.

—No estoy segura de esto —balbuceé después de que el camarero nos tomara nota.

—Por favor. Hemos pasado al lado de una persona que está pendiente de juicio por estafa en la red y de otra que está en pleno divorcio multimillonario. Siento decírtelo, pero esta gente ya tiene bastante con sus problemas, no va a estar pendiente de tu marido el bienhechor.

Me alegraba que las mesas a ambos lados de la nuestra estuvieran vacías.

—Salvo porque ya no es el bienhechor, ¿verdad? Al parecer, ahora hay otra mujer, y no tenemos ni idea de lo que ha podido decir.

Había informado a Susanna sobre Kerry Lynch cuando me llamó la noche anterior para preguntarme qué tal estaba, e insistió en llevarme a comer fuera.

No dudé en contarle todo lo que sabía. Era mi amiga desde

hacía diez años. Nadie, aparte de mis padres y Spencer, había sido una constante en mi vida tanto tiempo.

Cuando empezó a tratarme como a una amiga y no como a una proveedora de *catering*, me preocupó que ya supiera sobre mi pasado. Pensé que estaba intentando ganarse mi confianza. Empecé a ponerla a prueba, mencionando cosas de cuando Spencer era un bebé para ver si intentaba averiguar algo sobre el padre. Incluso le pregunté en una ocasión, sin venir a cuento, si había estado alguna vez en Pittsburgh, y pareció de lo más desconcertada ante la pregunta. No tenía ni idea de quién era yo, aparte de una madre joven de South Fork que cocinaba bien y que necesitaba una amiga.

Cuando me decidí a contarle a Susanna que yo era la chica rescatada de Charles Franklin, mis padres pensaron que me había vuelto loca al confiar, de entre todas las personas, en una periodista. Pero Susanna era casi como una segunda madre. Con todo lo que había hecho por mí, quería que me conociera de verdad.

Al contárselo, se echó a llorar y me dijo que sentía mucho que cargara sola con todo aquello. En varias ocasiones me preguntó si no sería más feliz si compartía mi historia con el mundo. Ganaría bastante dinero como para salir de casa de mis padres. Le dije lo mismo que le diría posteriormente a Jason: no quería que mi historia se hiciera pública y, además, no me parecía bien hacer dinero con ella.

Y, cuando le dije que no quería escribir un libro, ni dejarme entrevistar, ni ir al psicólogo que ella estaba dispuesta a pagar, lo único que me dijo fue que le avisara si cambiaba de idea. Nunca filtró ni una palabra. En lo que a mí respectaba, ella mantenía un muro impenetrable entre su trabajo y nuestra amistad.

Ahora, durante la comida, Susanna procuraba asegurarme que todo iba a salir bien.

—Sé que está prohibido decirlo, pero las mujeres mienten sobre estas cosas —susurró, a pesar de que nadie podía oírnos.

—Vas a tener que devolver tu carné de feminista como alguien te oiga, Susanna. Ya sabes lo que se dice: en el infierno hay un sitio reservado a las mujeres que no apoyan a otras mujeres.

Le había contado lo de la visita a casa de la policía para preguntar a Jason si había mantenido relaciones sexuales con una mujer llamada Kerry Lynch. Coincidió conmigo en que parecía que Kerry había añadido una acusación nueva, y, por la cuestión de las relaciones sexuales, tendría que ser más seria que la demanda de Rachel.

—Mira, lo entiendo —explicó Susanna, recogiéndose detrás de la oreja el peinado bob con mechas perfectas que le llegaba a la altura de la barbilla—. Yo siempre digo que, cuando es la palabra de él contra la de ella, siempre me pongo del lado de ella. Porque el noventa y nueve por ciento de las veces, las mujeres dicen la verdad, y el cien por cien de las veces es agotador contarlo. A las mujeres se las culpa, se las estigmatiza, se las escruta y se las pone en duda. Incluso en tu caso…

Su voz se fue apagando. Supongo que, de algún modo extraño, si se me consideraba una víctima, yo era de las afortunadas. No había sido una universitaria borracha que acusaba a otro estudiante borracho de un incidente de quince minutos en la fiesta de una hermandad, sino una chica de dieciséis años que se había subido al utilitario Lexus de un agente inmobiliario, el cual aseguraba tener veinticuatro años, estar afincado en Filadelfia y haber venido a visitar a sus abuelos una semana. Al ocupar el asiento del copiloto, me durmió con un paño en la cara y repitió esto las veces que hizo falta hasta que me desperté desnuda en una cama gemela en un cuarto a oscuras con dolor entre las piernas porque, por más que fuera «tonteando por ahí», como decía mi padre, nunca lo había hecho. Todavía no. No volví a casa hasta tres años después, y antes la policía tuvo que matar a mi captor. Charles Franklin tenía treinta y uno cuando me secuestró, pero ¿qué iba a saber yo? Un adulto era un adulto.

149

Así que yo encajaba como víctima en todos los sentidos. Pero «incluso en tu caso», como había dicho Susanna...

Mis padres, la policía y mi terapeuta me dijeron que evitara leer sobre el caso. Pero no sabían que lo había hecho sirviéndome del portátil que un grupo por el derecho de las víctimas me había comprado para ayudarme a ponerme al día con mis estudios. Vi los foros de discusión llenos de comentarios de desconocidos debatiendo sobre cualquier hecho que pudieran averiguar del caso, incluidas las afirmaciones de la vecina de que me había visto fuera varias veces, incluso pagando la compra en una tienda. Dijo que le sonaba de algo y que me preguntó dónde vivía. Le dije que era Sandra, la sobrina de Charlie. ¿Por qué no pidió ayuda?, se preguntaba uno de los mensajes de los portales de crímenes reales. ¿Por qué no les dijo quién era?

Era una víctima en todos los sentidos, pero ni siquiera yo podía evitar que me culparan.

Susanna seguía con su monólogo.

—El primer impulso del público es no creer a la mujer, porque nos cuesta admitir que estas cosas tan horribles ocurren de verdad. Así que, para contrarrestar este instinto, las buenas feministas nos posicionamos siempre del lado de todas las mujeres, todas y cada una de las veces. Y entonces aparece el artículo de *Rolling Stone* sobre la Universidad de Virginia y nos hace daño a todas. Así que, no sé qué es eso de la perspectiva femenina, Angela, pero quiero pensar que existe. Porque Jason no ha hecho nada de lo que se le acusa. Por una vez, me alegro de que estos casos sean más difíciles de demostrar de lo que la gente cree.

Después de graduarse en la Universidad Estatal de Florida, Susanna se había estrenado en televisión cubriendo una paliza en Miami.

—¿A qué te refieres? —pregunté.

—Sea cual sea la historia de esta mujer, al final se reducirá a la palabra de él contra la de ella, y la acusación necesita pruebas más allá de cualquier duda razonable. Incluso con pruebas de ADN, el fiscal tiene que demostrar que no fue consentido. ¿Qué? ¿Por qué me miras así?

Dejamos de hablar mientras el camarero llegaba con nuestra comida. *Steak tartare* para las dos, el mejor de la ciudad.

—Porque hablas de esto como si nada —dije después de que se fuera el camarero—. Un juicio. ADN. Consentimiento. Estás hablando de mi marido. Ni siquiera sabemos de qué se le acusa.

—Perdón. Ya me conoces. Soy directa. Hablaba en un plano abstracto. Intentaba que te sintieras mejor describiendo el peor escenario. Pero por supuesto que no llegará a juicio. Va a ir todo bien.

—No hay que discutir sobre consentimientos, Susanna. Jason me dijo que no ocurrió nada entre la tal Kerry y él.

—Espero que no le haya dicho eso a la policía. Supongo que les recordó su derecho a tener un abogado presente.

No contesté.

Susanna dejó el tenedor, sin duda frustrada.

—Por Dios, alguien tan listo como Jason debería saber que no se habla nunca con la policía. Jamás.

—No vio que pudiera perjudicarle. Trabaja con esa mujer. Punto final.

—No importa. Y, volviendo a un plano hipotético, si él, no Jason, sino un hombre en su situación, no dijera nada, siempre podría alegar que fue consentido si la policía encuentra ADN coincidente. Pero ¿qué pasa si aparecen pruebas de ADN después de que ese hombre haya negado el encuentro? Le han pillado mintiendo. —De nuevo vio en mi expresión que se había pasado—. Pero, obviamente, este no es el caso, así que todo bien. Si Jason dice que no hay relación, es que no hay relación.

Insistí en preguntarle cómo le iba a ella. No me gusta

cuando la gente monopoliza la conversación con sus problemas, por grandes que sean. Me habló de dos historias en las que estaba trabajando. Una mujer había dejado a su marido por otro hombre que había conocido en Internet. Resultaba que el «otro» era un chaval de dieciocho años y no el ejecutivo cuarentón por el que se hacía pasar. Por el momento, la mujer seguía con su nuevo novio y afirmaba que ese engaño no distaba demasiado de quitarse unos kilos en la descripción física de una biografía en línea. La segunda historia era sobre los últimos métodos para obtener pasaporte, número de seguridad social y otros documentos oficiales a partir de identidades robadas.

—La gente no se cansa de los juegos del ratón y el gato entre los buenos y los malos.

—Quizá la enamorada de tu primera historia pueda conseguir un documento de identidad falso para su novio adolescente. Ya que estás, pásame los datos de tu investigación. Si mi cara aparece en las portadas de los periódicos, yo me largo.

Mi intento de decir algo gracioso no tuvo éxito.

—Te preocupa que te descubran —dijo. Era una afirmación, no una pregunta.

Le conté lo del comentario aparecido en el blog *El punto rosa*.

—Conozco a esa chica de mi infancia —expliqué—. Diría lo que fuera para ponerme en mi lugar.

—Por favor, esa página no tiene ni cincuenta seguidores.

—¿Eso importa de verdad? Un tuit viral puede cambiarlo todo.

—Confía en mí. Ningún medio de comunicación serio se metería en eso sin tu permiso. Y, si tengo que llamar a todos los contactos que tengo en este mundillo, lo haré para impedir que salga a la luz.

Susanna insistía en pagar la cuenta cuando mi móvil sonó. Era Jason. Avancé hacia la entrada principal y toqué en aceptar.

—Hola. Estoy a punto de volver de comer con Susanna.

—La policía está aquí. Tienen una orden.

Sentí que el *steak tartare* se me revolvía en el estómago.

—¿Te han detenido?

—No. Tienen una orden judicial.

—¿Has llamado a Olivia? ¿Qué están buscando?

—Angela, tenemos que hablar.

153

24

*H*abía tenido una aventura con ella, y la policía había ido a casa a recoger muestras de su ADN. La razón por la que me había pedido que fuera a casa era para darme la noticia en persona.

Kerry no era solo el contacto con un cliente. Se había acostado con ella durante esa «comida» en su casa la semana pasada. Yo no le pregunté por los pormenores de la relación, pero obviamente no era la primera vez. Me advirtió que el ADN coincidiría.

Yo insistí en que se lo contáramos a Spencer. No quería que nuestro hijo se enterara porque un chico del colegio lo hubiera visto en su iPhone.

Cuando estuvo claro que no era un asunto debatible, Jason quiso explicárselo en persona. Al final decidimos hablar juntos con él.

Empezamos asegurándole otra vez que su padre era inocente de los cargos contra él. Jason empezó a describir los motivos de Kerry para desacreditarlo, pero dio demasiados detalles que Spencer no podía asimilar. Sabía que estábamos en su cuarto, de pie frente a él, mientras él nos miraba desde el borde de la cama, por una razón. Algo malo iba a pasar. No necesitaba excusas. Necesitaba saber que su mundo estaba a salvo.

—La policía tiene pruebas que van a relacionar a tu padre

con esa mujer —dije yo al final—. Pruebas físicas. Pero lo que dicen de él no es cierto.

Su expresión de confusión se convirtió en repulsión.

—Estás diciendo que te ha engañado.

Jason se acercó a Spencer, pero este se apartó.

—Vete.

Jason parpadeó, intentando pensar qué decir. Mi hijo, no obstante, sabía exactamente lo que quería decir.

—¡Vete! Vete de esta casa. ¡Vete a tomar por culo fuera de mi cuarto!

Quería que Jason pelease, que se quedase hasta que nuestro hijo encontrara un modo de vivir con la noticia. En vez de eso, se dio la vuelta y se fue. Oí sus pasos por las escaleras. Una parte de mí quería seguirle, pero Spencer me necesitaba.

—No se va a ir de casa, Spencer. Vive aquí. Todos vivimos aquí juntos, y eso no va a cambiar. Al menos todavía no.

Me preguntó cómo podía estar tan tranquila.

—¿Por qué no estás más cabreada? Te ha engañado. Lo está destruyendo todo.

Le dije que los matrimonios son mucho más complicados de lo que podía imaginar. Le estaba haciendo entender que quizá yo lo hubiera sabido. Quizá yo no era la esposa engañada.

—Está claro que tu padre y yo tenemos cosas de las que hablar. Pero el tema principal ahora mismo es esa mujer. Está aprovechando una situación de consentimiento…

—Una aventura, mamá. Ha tenido una aventura.

—De acuerdo, una aventura. Está aprovechando su aventura para acusar a tu padre de una cosa horrible, realmente horrible. La cosa más horrible que una persona puede hacerle a otra. Lo entiendes, ¿verdad? Engañarme y mentirnos no está bien… Nada bien. Es espantoso. Pero ella tiene tanta culpa como él. Ella sabía que tu padre tenía una mujer y un hijo. Y ahora se ha inventado un delito asqueroso. Y lo hace

155

por codicia. Tu padre ha estado intentando hacer pública la corrupción de su empresa. Y, en vez de ayudarle, ella ha visto una oportunidad para hacerle quedar mal.

—No me puedo creer que lo estés defendiendo. Solo tú sigues las normitas y las rutinas para que nuestra vida sea «buena y aburrida». ¿Y ahora él se lo carga todo y tú vas a hacer como que todo está bien?

—Confía en mí, Spencer. No está bien, y para mí no es fácil. Pero, lo creas o no, por mucho que Jason haya metido la pata, sigue siendo el bueno en todo esto. Esta empresa…

—Acabas de llamarle Jason.

No entendí a qué se refería.

—Siempre le llamas papá o mi padre.

—Es que lo es. Siempre, Spencer.

—¿Qué pasa si yo no quiero que siga siéndolo? Me volveré a cambiar el nombre. Nunca ha llegado a adoptarme. Puede que tú estés casada con él, pero yo no.

—Spencer, te lo ruego. Por favor, intenta ponerte de su lado por ahora. Si logramos librarnos de este caso, hablaremos de cómo avanzar como una familia en el futuro, ¿de acuerdo?

—No estoy de su lado, mamá. Estoy del tuyo. Me prometiste cuando te casaste con él que siempre estaríamos juntos tú y yo, pasara lo que pasase.

Le dije eso justo antes de meternos en el coche de mis padres rumbo a la boda. No pensé que se acordara. Era demasiado joven.

—Yo no habría prometido eso si no lo dijera en serio. Pero ahora, Spencer, Jason está de mi lado. De nuestro lado. Si esto le hace caer, todo lo que tenemos se va a desmoronar. ¿Lo entiendes?

Asintió. Tenía los ojos llenos de lágrimas, pero me di cuenta de que había aceptado de verdad la situación, al menos por ahora. Nunca le había dado a Spencer razón para dudar de mis decisiones. Por el momento estaba tirando de confianza ganada.

Iba a cerrar la puerta de su dormitorio pero él todavía tenía otra pregunta que hacerme.

—¿Sabes algo de ella? ¿De la otra mujer?

—Ahora no, Spencer.

No me sorprendió ver que el resto de la casa estaba vacía, ni que el teléfono de Jason estuviera apagado cuando intenté llamarlo. Jason hacía eso cuando estaba muy disgustado. Se encerraba en sí mismo.

Colin llamó a la puerta una hora después. Yo sabía que, de tanto llorar, tenía la cara como si me la hubieran aguijoneado las abejas.

—Te preguntaría si estás bien, pero sería una estupidez, ¿verdad?

Me había tomado ya media botella de Cabernet Sauvignon en el salón. Fui andando a la cocina a buscar una copa limpia, volví al sofá y dividí lo que quedaba de la botella entre los dos.

—¿Está en tu casa? —pregunté.

Él asintió. De nuevo, Jason era predecible. El apartamento de Colin, al otro lado de la calle de Union Square Park, era su refugio cuando necesitaba espacio. Incluso tenía una llave por si Colin no estaba en casa, y yo sabía que la había usado varias veces en las que hemos tenido peleas terribles.

—Bueno, ¿tú ya lo sabías? —Yo no necesitaba ser más específica con el sujeto de mi pregunta, ¿o era el objeto? Esos dos términos siempre me confundían.

—¿Sobre esta mujer en concreto? No.

—Pero sabías algo. Sabías que había alguien.

—Lo he pensado varias veces. Me dijo que no me metiera donde no me llaman.

—A mí eso me suena a confesión —dije, dándole un buen trago a la copa.

—No necesariamente. —Dejé que el silencio llenara la estancia, con la esperanza, o quizá por los nervios, de que dijera algo más—. Si te soy sincero, me preocupaba que me acusara de fisgonear por interés.

—¿Por qué ibas a tener tú interés? —le pregunté, apartando la mirada.

—Por la esperanza de que hubiera problemas entre vosotros.

Moví el vino en la copa. La noche antes de que Jason y yo nos casáramos, los tres estábamos borrachos en Indian Wells Beach, horas después de la supuesta hora de cierre. Jason se quedó en calzoncillos y saltó al agua, dejándonos a Colin y a mí solos junto al puesto del socorrista. Colin me contó que tenía que haber asistido a la fiesta de Susanna la noche que Jason y yo nos conocimos. «Yo podría haberte conocido antes. Pero me lie con una camarera en Nick and Toni's y no aparecí por la fiesta. Supongo que te libraste y te quedaste con el bueno.» Nunca más volvimos a hablar de aquel momento.

—Dice que empezó hace tres meses —le expliqué—. La aventura. —La palabra me parecía muy pasada de moda.

Colin no respondió.

—Dices que has dudado varias veces —proseguí—. Eso no suena a los últimos tres meses. Suena más bien a varias veces, y desde hace más tiempo.

Mientras me seguía mirando en silencio, sentí la confirmación de todas mis sospechas.

—¿Cuándo acaba el colegio de Spencer? —preguntó.

—Mañana. —Se me había olvidado por completo hacer la tarta-del-último-día-de-clase, una tradición anual.

—Sé que soy un mal amigo por decir esto, pero eres demasiado buena para algo así, Angela. Deberías irte. Llévate a Spencer al este.

—¿Para vivir con mi madre? Mátame ahora mismo.

—Solo durante un tiempo. O deja que yo te ayude.

Colin tenía dinero, pero no tanto. Hice un gesto negativo. Colin era más amigo de Jason que mío, pero siempre se había preocupado por mí. Recuerdo a todos esos médicos a los que llamó por mis abortos.

—Entonces echa a Jason de casa. Se puede quedar conmigo. No necesitas esta mierda. Deja que se ocupe de ello solo. Él es quien se ha follado a una mujer lo bastante zumbada como para vengarse así.

—Según Jason, es por culpa de la empresa. Están pagando sobornos en algún país del tercer mundo. Algo así podría mandarlos a la cárcel.

—Sí, eso mismo me ha dicho a mí —dijo con rotundidad.

—Pero esa no es la venganza de la que estás hablando, ¿verdad? ¿Hay algo más?

No dijo nada, y me imaginé todas las razones posibles por las que la amante de mi marido podría odiarle tanto como para hacerle esto.

Sabía que era un error, pero, a pesar de todo, fui a la cocina a abrir otra botella de vino. Al volver al salón, me costaba hablar sin arrastrar las palabras.

—¿Crees que Jason la agredió?

—¿Estás de coña? Claro que no. Es un idiota de mierda por engañarte, pero no, no ha hecho nada de lo que le acusa la mujer esa.

Estaba recordando las palabras que Susanna había pronunciado durante la comida. «Las buenas feministas nos posicionamos siempre del lado de todas las mujeres, todas y cada una de las veces.» Me costaba creer que todavía fuera el mismo día.

—Jason me dijo que la mujer esta —no quería volver a pronunciar su nombre— iba a ayudarle a destapar a la empresa.

—Obviamente se ha cambiado de bando. Tiene sentido. Fue a la policía justo después de que la demanda de Rachel se hiciera pública. Lo más seguro es que asumiera que Jason iba a caer. Quizá estaba un poco celosa por lo que entendía como un flirteo con una becaria. Y por eso fue a la empresa, les contó que Jason planeaba destaparlos y se le ocurrió una solución para incriminarle.

Cuando vi por primera vez el nombre de ella en el calendario de Jason, tuve mis sospechas. Pero había apartado mis miedos. Quizá si le hubiera preguntado más, si lo hubiera seguido, si de algún modo le hubiera impedido reunirse con ella ese día… En vez de eso, ahora me lo tenía que imaginar en coche rumbo a la casa de ella, dándole las pruebas necesarias para caer en la trampa. Esa misma noche habíamos cocinado juntos costillas de cordero.

Recordé la voz de Susanna: «A veces las mujeres mienten, y nos hace daño a todas».

—Lo que está haciendo es perverso —dije.

—Tienes que reconocer que una empresa dispuesta a firmar acuerdos con señores de la guerra es capaz de cualquier cosa. Pero otras esposas dirían que Jason va a recibir lo que se merece, dadas las circunstancias.

—Puede que yo me sintiera así si no fuera por Spencer. —Me había preocupado la creciente imagen pública de Jason, pero Spencer estaba muy orgulloso del activismo de su padre. Mi hijo tenía solo trece años y ya le apasionaban la salvación del planeta, la justicia económica y muchísimos temas más. Veía el trabajo de Jason fuera de la universidad como algo digno de un superhéroe—. No puedo dejar que su padre acabe en la cárcel por algo que no ha hecho. No quiero que Spencer sea el hijo de un agresor sexual.

—Por Dios, Angela, perdóname. —La voz de Colin se quebró. Cuatro años atrás, cuando le dije a Colin que no se preocupara por los papeles de adopción de Spencer, Jason me pidió permiso para contarle por qué no había ni rastro de su padre biológico. Accedí, ampliando en uno el minúsculo círculo de personas que conocían mi pasado. Colin no cambió su trato conmigo cuando se enteró. Ni siquiera habló conmigo de ello.

—Tengo que quedarme con él. Al menos hasta que esto acabe —añadí. Spencer y yo éramos la única familia de Jason. Sus padres habían fallecido antes de que nos conociéramos. Tenía una tía y dos primos en Colorado, pero para él eran unos desconocidos—. Si le dejo ahora, parecerá que es culpable, ¿verdad?

—¿Te digo la verdad? Sí, probablemente. Pero ¿hablas en serio?

—¿Por qué si no?

Cuando por fin habló, percibí que estaba eligiendo las palabras con cuidado.

—Jason no me habla de ti, para que lo sepas.

—¿Vale? —La transición estaba resultando confusa.

—Pero le pregunté, hace mucho tiempo, si quizá necesitabas terapia para, bueno, ya sabes. Y ahora esto… Bueno, quizá te pueda resultar de ayuda.

—Colin, te estoy agradecida. De verdad. Pero una cosa no tiene nada que ver con la otra. Te lo prometo.

Me di cuenta de que quería decir algo más, pero se limitó a asentir. Después añadió:

—Al menos quiero que sepas que puedes marcharte, Angela. Tienes opciones. Seguirías teniendo a Spencer, a tu madre, a Susanna. Incluso Jason lo entendería. Y, por supuesto, también me tendrías a mí.

Al acompañar a Colin a la puerta, me imaginé que se despediría de mí dándome un abrazo, un beso en la mejilla e inclinándose para ver si ocurría algo más. Me estaba anticipando y me pregunté cómo respondería yo al sentirme con derecho a ir más allá.

En vez de eso, me dio la copa medio llena y me dijo que le

161

llamara si podía ayudarme en algo. La casa se quedó en silencio cuando se fue. Fui a la despensa y saqué todo lo necesario para hacerle a mi hijo una tarta en condiciones.

Seguía pensando en las palabras de Colin dos horas después, mientras extendía el glaseado en la tarta. «Puedes marcharte, Angela.»

Incluso después de que Charlie me secuestrara, podías echarme la culpa de lo que ocurrió. Solo intenté escapar una vez. Tras un par de meses, me dijo que tenía intención de permitirme salir del cuarto, pero únicamente si podía confiar en mí. Le prometí que haría lo que él me dijera. La idea de poder cruzar la puerta del dormitorio me parecía libertad. Me ofreció un trato: cuando oyera que la puerta del garaje se cerraba por las mañanas, podía tantear la puerta del dormitorio. Si estaba abierta, podía moverme con libertad por la casa mientras él estaba en el trabajo, pero solo si prometía no escaparme. Parecía demasiado bueno para ser cierto, pero acepté el trato. Lo hice una vez, como la perfecta víctima, y me fijé en que no había teléfono y que todas las persianas estaban bajadas. Vi la televisión con el volumen bajo. Bebí refrescos cuando tuve sed. Me hice un bocadillo de mantequilla de cacahuete y mermelada de fresa. Casi me sentía normal, excepto por la cautela con la que limpié hasta la última miga de pan y fregué mis platos. Al final del día, cuando oí la puerta del garaje, volví a mi cuarto, siguiendo las órdenes al pie de la letra. Cuando vino a la habitación por la noche, me dijo que había sido «una buena chica». No le impedí que se pusiera encima de mí, pero al menos no me hizo daño. Por la mañana, fui a la puerta cuando le oí marcharse, pero se me cayó el mundo encima. Estaba cerrada con llave, y así se quedó otras veinticuatro mañanas.

Después, una mañana, no estaba cerrada. Salí otra vez.

Estaba sola. Y pensé que por fin había llegado mi oportunidad. Había sido una buena chica. Me había ganado su confianza. Y ahora me iba a escapar.

Fui inmediatamente a la puerta lateral, la que pensaba que conducía al garaje. Mi plan era asegurarme de que se había ido y después salir por la puerta principal. Iría de casa en casa hasta que encontrara a alguien que llamara a la policía.

Charlie estaba escondido en el armario al final del vestíbulo. Me agarró en cuanto puse la mano en el pomo de la puerta del garaje. Y entonces me hizo mucho daño. Me agarró como si fuera una muñeca de trapo; casi flotaba en el aire con cada puñetazo y cada patada. No sé cuánto tiempo me dejó en la habitación sola después de aquello, pero lo suficiente para que tuviera tanta hambre que pensé que me iba a morir. Nunca más volví a intentar escapar. Ni siquiera me permitía a mí misma soñar con esa posibilidad. Me fui acostumbrando a vivir allí con él y a ganar nuevos privilegios.

Al final éramos casi como una familia, por muy retorcido que me parezca ahora. Trajo a casa a otra chica. Sé que esto es horrible, pero me alegraba que estuviera allí. Tenía una amiga. No, era más que una amiga. Éramos como hermanas en un cuento de hadas retorcido y enfermizo. Ella me libró de parte de las necesidades de Charlie. Y, por supuesto, llegó Spencer.

Todos juntos hacíamos que Charlie se sintiera más seguro, ayudando a crear la fantasía de que quizá no estábamos allí de forma involuntaria. Incluso llegamos a salir a pasear un par de veces, siempre y cuando nos turnáramos, una fuera mientras la otra se quedaba dentro con el bebé. Teníamos que decir que éramos hermanas —sus sobrinas— y teníamos que regresar, o lo pagarían la otra y Spencer.

En las pocas veces que fui a terapia al volver a casa, el psiquiatra me dijo que trabajara en no culparme a mí misma: culparme por meterme en el coche, culparme por ser el tipo

163

de chica a quien la policía no busca, culparme por no huir cuando tuve la ocasión. Eso tiene un nombre —síndrome de Estocolmo—, pero no creo que se ajuste a mí. Hice lo que tenía que hacer para sobrevivir, y funcionó. Vi a Charlie caer al suelo cuando la policía le disparó, y así mismo se acabó. Volvía a estar bien.

Si hay un síndrome que me describe ahora es el síndrome del superviviente. No lloro por mí. Lloro por la niña con la que compartí aquel minúsculo cuarto durante casi dos años. Ella murió mientras que Spencer y yo sobrevivimos.

Colin se aseguró de dejarme claro que podía irme. Claro que podía. No era una prisionera. Como siempre, estaba haciendo lo que tenía sentido, tanto para mi hijo como para mí. No iba a volver a mi vida en el East End sin pelear. Ya me encargaría de Jason cuando todo esto se acabara.

164

Para cuando Jason volvió la noche siguiente, ya me había calentado unas sobras para cenar sola. Vio que quedaba la mitad de la tarta-del-último-día-de-clase; estaba envuelta en plástico en la encimera de la cocina.

—Mierda, se me ha olvidado. ¿Está arriba?

—No, le he dicho que se puede quedar en casa de Kevin.

—Lo siento. Pensé que os vendría bien una noche sin mí, y después me he pasado la mayor parte del día en la oficina de Olivia. Me ha estado interrogando como si ya estuviera en el juicio. Al principio he pensado que estaba haciendo horas para cobrar más, pero Colin dice que sabe meterse en la cabeza de la fiscalía. Al parecer cree que puede convencerles de que no me acusen.

Eso no me pareció demasiado plausible, pero Susanna había dicho que era más difícil que hubiera una condena de lo que se suele pensar.

—La profesora de Historia de Spencer me ha llamado hoy.

Me ha dicho que algunos chicos van a un campamento cerca de Connecticut. Hacen senderismo y cultivan sus propios alimentos ecológicos. Me ha sonado bastante *hippie*, pero estaría con algunos de sus amigos.

—¿Que se vaya de campamento? Pero si no soportas dejarlo con la canguro durante un fin de semana largo...

—Bueno, las cosas han cambiado, ¿no crees? Se iría de la ciudad y no tendría Internet.

—¿Es realmente necesario? Si Olivia consigue encargarse de esto...

—A mí eso no me vale. Ni siquiera sabemos cuánto va a durar. No quiero que Spencer viva así. Según su profesora, los chicos no han hablado de otra cosa en toda la semana.

—¿Del campamento?

—No, Jason. De ti. Los chicos estaban hablando de ti la semana pasada en clase.

—¿Cuánto es el campamento?

—Tres semanas, con la opción de ampliarlo otras tres.

—Que me digas cuánto cuesta, Angela.

—Pero ¿tú de qué coño vas? Con todo el dinero que has estado ganando...

—El mismo dinero que se va en el colegio, en la hipoteca, en impuestos, en mi agente y en llevar un negocio. Dos clientes ya me han dejado. Y todavía tengo que pagar el alquiler de la oficina y los sueldos de los empleados. ¿Sabes cuánto le he tenido que pagar a la abogada defensora como anticipo?

Por supuesto que no lo sabía, porque él no me lo había dicho. Pero entonces me dijo que había sacado 50.000 dólares de nuestra cuenta de ahorros —casi todo lo que había— como anticipo. Si el caso acababa en los tribunales, tendríamos que abrir una línea de crédito por la casa. Olivia estimaba que ascendería a 300.000 dólares, a lo que habría que sumar el testimonio de los expertos que necesitaran.

—¿Cuánto nos queda? —pregunté.

165

—Bueno, pues depende de lo que cuentes. Tengo casi un millón en mi cuenta de jubilación, pero no puedo tocarlo sin pagar penalizaciones desorbitadas. Y tenemos el valor de la casa.

Sabía que había sido un error aventurarnos a comprar esta casa. ¿Quién tiene en propiedad una casa de verdad en Manhattan, por no hablar del barrio de Greenwich Village, por no hablar de una casa cochera con el máximo lujo de contar con una plaza de garaje? Podríamos haber comprado un apartamento bonito y, con el dinero que nos sobrara, una casa agradable en East Hampton, en vez de alquilar una todos los veranos. Pero esta casa estaba en el Índice Nacional de No-sé-qué Históricos. Era «importante». Según Jason, nos necesitaba. Tuvimos que dejarla atada, a pesar de que hacerlo significara gastar todo el anticipo de su libro como pago inicial, además de una hipoteca enorme para cubrir el resto.

—¿Cuántos ahorros nos quedan? —pregunté.

—Unos veinte mil.

Yo había supuesto tres veces más.

—El campamento solo cuesta ocho mil quinientos. Cinco mil por tres semanas. Yo nunca te pido nada, Jason. Si puedes gastarte un millón de dólares para demostrar que tu amante es una mentirosa, puedes soltar un piquito más para proteger a nuestro hijo de los detalles. Se va a ir.

Esperaba que protestara, pero se limitó a asentir.

—Imagino que no puedo ni tocar la tarta, ¿verdad?

Sonreí involuntariamente y le di un plato del armario, a sabiendas de que había cambiado algo en nuestra relación. Me necesitaba a su lado para superar esto. Me necesitaba y punto.

A la mañana siguiente, se difundió la noticia. Una mujer —sin nombre, por supuesto— había acusado a Jason Powell de violación. El Departamento de Policía de Nueva York había tomado muestras de ADN para realizar una comparación.

Citaban a un profesor de Derecho Penal de Hofstra, cuyas palabras eran: «El ADN será crucial. Pero, seamos francos, con un sospechoso tan afamado como este, ¿por qué iban a pedirle una muestra si no fuera a coincidir?».

Una hora después, estaba en la cocina cuando llamaron a la puerta. Me asomé por la mirilla. Había una mujer de mi edad con una blusa de algodón blanca y pantalones capri azul marino. Tenía algo que me resultaba familiar. Quizá fuera una madre del colegio o una vecina recogiendo firmas contra el edificio elevado que se pretendía construir a tres manzanas de casa.

Al abrir la puerta, quiso saber si Jason estaba en casa y luego me preguntó si yo era su mujer. No recuerdo qué dije exactamente, pero, dos horas después, un artículo aparecido en la web de *Daily News* contaba que «la mujer que ha abierto la puerta en casa de Powell, vivienda que compró por siete millones de dólares hace dos años, ha dicho que "todo son mentiras" antes de regresar al interior».

Al oscurecer, salí al porche delantero con un destornillador, quité yo misma la aldaba con forma de gárgola y la tiré a la basura de la esquina. Cuando volvía al interior, me di cuenta de que empezaba el fin de semana del Día de los Caídos, así que habían pasado siete años desde que conocí a Jason. Nunca me hubiera imaginado un futuro como este.

25

*G*inny Mullen cerró la puerta principal de la vivienda que acababa de limpiar en Ocean Drive. Normalmente trabajaba con su amiga Lucy, pero el nieto de Lucy tenía fiebre y no podía ir a la guardería, y la hija de Lucy tenía citas en la peluquería, y su yerno, uno de los mejores podadores del East End, seguía ocupadísimo por culpa de la tormenta de hacía tres semanas. Así que Lucy estaba de niñera aquel día, y Ginny había limpiado la casa de mil quinientos metros cuadrados —la vivienda más grande de su lista de clientes— ella sola.

Nada más meter la llave en la caja de seguridad oculta que había en el exterior, la propietaria, Amanda Hunter, aparcó su Range Rover en el acceso de gravilla. Amanda se bajó vestida con una camiseta sin mangas y mallas. Sus brazos musculosos todavía conservaban el moreno del viaje del mes anterior a St. Barths. Tendría unos cuarenta años, pero hacía mucho ejercicio en el gimnasio y usaba bótox para parecer más joven.

—Hola, Ginny. Pensé que ya habríais acabado.

Se habría marchado tres horas antes de haber contado con la ayuda de Lucy.

—Lo siento… Hoy he trabajado sola, por eso he tardado más.

—No pasa nada. Lo siento, estoy un poco sudada. El

profesor de pilates nos ha dado una buena paliza. —A Ginny no le parecía que estuviera descuidada ni mucho menos—. Cachis, se me ha olvidado dejarte el dinero, ¿verdad?

Ese era el problema constante de Amanda.

—No pasa nada —dijo Ginny—. Seguro que la próxima vez te acuerdas. —No acabó la frase: «Seguro que la próxima vez te acuerdas… después de que te mande un mensaje para que no se te olvide».

Amanda se puso a rebuscar en el bolso y sacó varios billetes sin cuidado.

—Creo que lo tengo. O casi todo.

—De verdad, está bien.

Los billetes volvieron al bolso.

—Lo apuntaré para que no se me olvide. ¿Qué tal vais? Con tu yerno en las noticias de actualidad… Oh, qué tonta soy. No tenía que haber dicho nada. Pero es que viene por aquí como el hombre perfecto y luego pasa esto.

169

Ginny le aseguró que Angela estaba estupendamente y que «todo se aclararía pronto», significara lo que significase, y luego se fue hasta el Honda Pilot que tenía aparcado en la parte más alejada del acceso.

—Por cierto, me gusta tu coche nuevo —gritó Amanda cuando Ginny se estaba metiendo en el asiento delantero. Ginny se despidió con la mano desde el coche en marcha, el coche que el dinero de Jason le había ayudado a comprar.

De vuelta en casa, encendió el iPad —otro regalo de Angela que había salido del bolsillo de Jason—, lo conectó a la wifi que, según Angela, necesitaba, pero que Ginny casi nunca usaba. Escribió «Jason Powell» y después añadió «últimas noticias» mientras recordaba las palabras de Amanda.

«El Departamento de Policía de Nueva York investiga a Jason Powell por violación», gritaba el titular. Según el artículo que lo acompañaba, varias fuentes de las fuerzas de la ley confirmaban que, además de la denuncia de la semana anterior contra Powell presentada por una becaria, la Unidad de Víctimas Especiales del departamento de policía estaba investigando el caso de otra mujer que había denunciado a Powell de agresión por la fuerza.

Ginny miró el teléfono. No tenía llamadas de Angela. Lo de siempre.

Cuando su hija empezó a salir con Jason, Ginny se volvió a preocupar como cuando encontraron a Angela y la trajeron a casa. Era natural que desconfiara de un visitante veraniego de la ciudad que se emparejaba con una «lugareña» para demostrar que no era un extraño total.

Por supuesto que Ginny nunca había culpado a Angela por lo ocurrido, pero la verdad era que su hija habría estado a salvo de no haber estado tan obsesionada con huir de su propio vecindario. Ginny nunca olvidaría la primera vez que Danny descubrió adónde iba Angela cuando incumplía la hora de volver a casa. En el pasado Ginny la había encubierto, explicándole a Danny que le había dado permiso de quedarse hasta tarde o que había olvidado que Angela iba a una fiesta de pijamas. Pero cuando un banquero de veintisiete años estampó su BMW en una señal de *stop* en Cedar Street con dos adolescentes borrachas en el coche, Danny acabó viendo la otra cara de su niñita.

El banquero dio positivo en cocaína. Por suerte, nadie les hizo una prueba de drogas a las chicas y las mandaron con sus respectivas familias. Lo primero que hizo Danny a la mañana siguiente fue ir a la comisaría e insistir en que el banquero fuera detenido por secuestro, o por comportamiento temerario, o por el delito que fuera, pues había intentado llevarse a su hija de catorce años. Un pobre policía tuvo que darle la mala noticia a Danny. El banquero no tenía ni idea de que estaba de fiesta con menores. La policía había encontrado el documento de identidad falso de Angela. Para colmo, la otra chica del coche era Trisha Faulkner, de quince años, cuya familia entera estaba podrida hasta la médula. La mayoría de los hombres de la familia habían pasado por la cárcel, y las mujeres se pasaban la vida inventando excusas para sus moratones o para cosas peores. Todo el mundo sabía que Trisha tenía muchos problemas, se pasaba con las drogas y con el sexo desde una edad sorprendentemente temprana. La gente sensata mantenía las distancias.

Pero Angela no parecía sensata.

Ginny recordaba haber escuchado desde la puerta del baño cuando Danny fue al dormitorio de Angela a preguntarle qué pintaba en el coche de un adulto.

Angela se había echado a llorar, había pedido perdón por su error y después había intentado explicar qué le atraía de la gente así, la gente que venía en verano. Contó que durante nueve meses al año miraba a su alrededor y no veía nada que le diera esperanza. Todo el mundo trabajaba todo el día, todos los días, y nada cambiaba. Pero cuando empezaba la temporada de vacaciones, la gente que aparecía tenía otras cosas aparte de trabajo. Tenían carreras, tenían planes y viajaban por todo el mundo, un mundo del que quería ser parte. Dijo que la gente como el conductor del BMW le «hacía sentir especial».

Ginny estaba dispuesta a reconfortar a Danny cuando se reunió con ella a solas en la cocina después de aquello. Quería recordarle que era un buen hombre y que era el soporte de la familia, que Angela estaba pasando por una fase difícil después de desarrollarse de golpe y convertirse en una chica preciosa que aparentaba más de catorce años. Se esperaba que su marido se culpara a sí mismo por no haberle dado a Angela una vida mejor.

En vez de eso, se dejó caer en su silla y miró furioso la puerta de Angela.

171

—Nunca me lo habría imaginado, pero me avergüenzo de nuestra hija.

Prohibió que Angela volviera a hablar con Trisha Faulkner, lo cual pareció unirlas todavía más durante las semanas y los meses siguientes.

Ginny sabía que Angela no se lo contaba todo, pero seguía confiando en ella lo suficiente como para pensar que había algo honorable en la devoción de Angela por su amiga. Según Angela, Trisha no tenía a nadie que se ocupara de ella, ni siquiera su familia, y esperaba con impaciencia a cumplir los dieciocho para irse de casa. Sospechaba que a Trisha le estaba pasando algo malo, pero su madre no la creía y tenía miedo de contárselo a la policía. Angela no daba más datos, pero parecía confirmar lo que muchos pensaban de los hombres de aquella familia.

Lo que para Danny y Ginny era imprudente, a Angela le parecía una búsqueda de mejores opciones. Las dos chicas estaban decididas a salir del East End e intentaban absorber hasta el último dato que pudieran de la gente a la que consideraban mejor y más sabia, sencillamente en virtud de sus recursos.

El incidente del accidente de coche no fue la última transgresión del toque de queda de aquel verano, ni de los siguientes dos años. Intentaron castigarla, pero a no ser que pusieran un cerrojo en la puerta, no podían evitar que saliera. Ginny se decía a sí misma que al menos Angela volvía a casa todas las noches. Trisha, en cambio, desaparecía días o semanas hasta que reaparecía de golpe en el pueblo, y entonces empezaban de nuevo los problemas con Angela.

Y entonces, el 17 de julio, dos veranos después, cuando Angela tenía diecisiete años, desapareció. Tres años más tarde, la policía mató al hombre que se la había llevado, y Angela volvió a casa con Spencer. Por fin estaba a salvo. Acabó sus estudios de secundaria. Empezó a trabajar. Empezó un buen negocio. Y luego apareció Jason.

Jason no era un banquero cocainómano. No era el monstruo que se ofrecía a llevar a Angela a casa en coche desde una fiesta en la playa cuando ella era demasiado joven. Pero había algo en él que resultaba ostentoso, su «bondad» estaba demasiado a la vista. Como si todas las partes de su vida estuvieran pensadas para crear una identidad. No podía ser normal.

Para Ginny, lo peor era que venía de fuera, así que, cuando apareció en la vida de Angela, no podía dejar de pensar en su hija a los catorce años sentada en la cama y diciéndole a su padre que la vida de la familia Mullen no era lo bastante buena para ella y que, de algún modo, incluso para su corta edad, iba a usar su aspecto para conseguir algo mejor.

A pesar de sus preocupaciones, Jason había resultado ser mucho mejor persona de lo que se esperaba. No estaba jugueteando con una lugareña guapa por debajo de su posición. Siguió hasta el final. Se casó con Angela. Estaba criando a Spencer. Y aunque Angela hubiera preferido que Jason nunca abandonara su torre de marfil, Ginny sospechaba que él se habría metido en política de no haber sido por los recelos de Angela.

Pero esta nueva acusación era mucho peor que la primera. La última vez que Ginny había hablado con Angela, Jason estaba encantado con la «buena noticia» de que en los medios le estuvieran dando un buen rapapolvo a la becaria. Ginny intuía por teléfono las emociones contradictorias en la voz de Angela. En cualquier otro caso, Ginny habría escrito una carta al *East Hampton Star* quejándose de que culparan a la víctima. La vida entera de su hija giraba en torno a Jason, y por eso estaba claro que se ponía de parte de él. Pero Ginny creía que una parte de Angela se sentía mal por la becaria. Entendía mejor que nadie lo que es que la gente piense que no puedes ser la víctima si eres «ese tipo de chica».

173

Alguien llamó a la puerta e interrumpió sus pensamientos. Se asomó por el arco de cristal decorado con piedras en la puerta y vio una silueta borrosa. Hacía treinta y tres años que se le escapaba la lógica tras el diseño de aquella puerta, pero no le importaba lo suficiente como para cambiarla.

Al abrir, vio que el visitante era el inspector Steven Hendricks. Su barba gris estaba más poblada que la última vez que lo había visto, y sus entradas habían crecido un poco, pero seguía llevando las malditas gafas colgando de un cordón del cuello. Según Danny, el tipo quería parecer «sesudo».

No le invitó a pasar.

—Por favor, escúchame.

La había llamado dos veces en la última semana. Había eliminado los dos mensajes que le había dejado.

Se apartó para dejarlo entrar. De pronto, la casa parecía más pequeña y todavía más necesitada del mimo que Angela se ofrecía a pagar. Ginny de inmediato recordó el modo en que Hendricks había registrado su casa quince años antes, tras la desaparición de Angela. Había sentido que él los juzgaba, como si ya supiera toda su historia por el aspecto de la casa y por un informe policial de hacía dos años sobre un accidente en el que Trisha Faulkner y su hija habían estado a bordo del único coche afectado.

—¿Qué sabes de la acusación contra tu yerno? —preguntó Hendricks.

—No sé por qué te importa. —Aparte de cruzarse con él un par de veces en el supermercado, el último contacto que había tenido había sido una nota escrita por él hacía casi una década que había dejado pegada en la puerta mosquitera. Decía que el mayor error que había cometido como agente de policía había sido no buscar con más insistencia a su hija. La nota acababa con «Lo único que puedo decir es que lo siento». Ginny nunca le enseñó la nota a Danny. Él ya tenía bastante con su propia culpa. Siempre se había preguntado si estaría relacionada con el infarto que le mató hacía cinco años.

—Incluso un viejo como yo puede acercarse cuando es necesario.

—¿Acercarse a quién? ¿A Jason? Creo que no está de humor para hablar con la policía.

—No, me refería a la policía de Nueva York. Para que sepan que la historia tiene otra cara… Siempre que la tenga, claro. La policía tiene un presentimiento con un caso, y a partir de ahí rellena los huecos. Si cree que Jason parece culpable por esto, yo podría presentar su versión. Abogar por él, como quien dice.

Ginny contuvo el deseo de recordarle que él se había guiado por un presentimiento sobre Angela y había rellenado los huecos que le habían parecido convenientes. El accidente de coche. Que la pararan en la playa siendo menor en posesión de alcohol. Su amistad con Trisha, que se escapaba de casa tan a menudo como las demás chicas cambiaban de pintalabios. Ginny había ido tantas veces a la comisaría que los empleados acabaron por irse al baño cuando la veían acercarse a la entrada.

Cuando Trisha se fue definitivamente poco después de cumplir dieciocho, pareció apoyar la versión de Hendricks: Angela se había ido a vivir a algún sitio lejos de Springs, y la zumbada de Trisha, su inseparable amiga, se fue por el mismo camino en cuanto era legal hacerlo.

—¿Por qué te ofreces? —preguntó Ginny.

—Ya sabes por qué. Cuando recibí aquella llamada del Departamento de Policía de Pittsburgh para decirme que una de las chicas de la casa era Angela, pues eso, sentí que se me paraba el corazón. Todavía me cuesta dormir algunas noches sabiendo lo que tuvo que soportar y la forma en que desoí tus preocupaciones. Sé que Danny murió sin perdonarme…

175

—Culpaba al animal que se la llevó. Culpaba a la familia Faulkner por meterla en líos. A ti no te culpaba —dijo ella. Y todo era cierto. No dijo nada de que Danny también se culpara a sí mismo—. ¿Se sabe algo de Trisha?

Ginny había pasado tres años jugando al extraño e infructuoso juego de perseguir cada rumor que emergiera sobre el paradero de Angela por raro que fuera. «Se había unido a una secta de yoguis diabólicos.» Ginny encontró la secta, pero ni rastro de su hija. «Ha conocido a un hombre rico mayor y se ha ido a otro estado donde es legal casarse sin consentimiento paterno.» Resulta que no existe tal estado. Cuando Trisha desapareció, en el pueblo se decía que se había ido a Rincón al encuentro de su amiga Angela. Ginny había gastado la mitad de sus ahorros para que un detective privado volara a Puerto Rico. Pero nada.

—Que yo sepa, no.

—Quiero pensar que, aunque ella fuera una mala influencia para Angela, Angela era una buena influencia para ella. Trisha siempre le decía a Angela que quería alejarse de su familia en cuanto cumpliera dieciocho, así que quizá tenga una buena vida.

—Yo también pensaba que Angela tenía una buena vida cuando oí que se había casado y que se había mudado a la ciudad. Me dio algo de paz respecto a mi papel en los acontecimientos. Y ahora pasa esto. El caso es que, suponiendo que el Departamento de Policía de Nueva York se acercara a mí para preguntar sobre Angela, ¿qué querríais que dijera? Sé que su privacidad es un tema delicado, pero yo podría hablar a favor de su marido y decir que es un buen hombre.

—No lo sé, Steve. No estoy segura de cómo reaccionará Angela ante eso.

—Pregúntaselo, ¿vale? Ayuda tener a un poli de tu lado, incluso si es uno tonto como yo.

ϒ

A Ginny le sorprendió que Angela contestara al segundo tono.

—Hola, mamá.

Por lo general, su hija procuraba ocultar que le molestaba la interrupción. Ginny no se lo tomaba mal. Sabía que a Angela le desagradaba hasta la más mínima sorpresa. La rutina la hacía sentir a salvo.

Pero este día su hija parecía realmente contenta de oírla.

—¿Estás bien, Gellie?

—Lo intento.

Su hija, que tenía ya treinta y un años y que ya era madre de un chico de trece, parecía cansada.

Ginny le contó a Angela la visita de Steve Hendricks y su oferta de abogar por Jason en el Departamento de Policía de Nueva York.

—No me puedo creer que dejaras entrar en casa al tipo ese.

—Creo que se siente culpable de verdad por no encontrarte antes.

—¿Encontrarme? Ni se molestó en buscarme. ¿Por qué lo defiendes?

Angela sabía que no solo Hendricks, sino todo el pueblo, había asumido que se había escapado. También descubrió que mucha gente había compadecido a Ginny por insistir en que alguien había secuestrado a su hija. Pero hasta ese día, Angela todavía no tenía ni idea de que Danny había sido, en esencia, quien había dado permiso al pueblo para sentirse así. Estaba convencido de que Angela los había abandonado. Incluso había pedido disculpas a Hendricks porque Ginny «les diera la lata».

—No le estoy defendiendo —explicó Ginny—. Pero se ha ofrecido a ayudar, y quizá lo necesites. Solo estoy transmitiendo el mensaje.

—Pues llega tarde y no da para mucho —dijo Angela—.

La semana pasada me llamó y le colgué. La verdad es que me supo bien hacerlo.

—Tienes razón —dijo Ginny, decidida a dejar el tema por ahora—. Que le den por culo al tipo ese. Por cierto, esa expresión se la he oído a tu hijo. Ese niño dice más tacos que yo.

26

NOTA

Para: Archivo Powell
De: Olivia Randall
Re: Notas de la entrevista con cliente
Fecha: 26 de mayo

Entrevista larga y simulacro de interrogatorio con cliente ayer. Audio completo guardado en versión digital. Elementos que resaltar:

- El cliente afirma que Lynch lo inició. Le besó después de acompañarle al coche al terminar una cena (en Morton's) en Long Island. Paró, dijo que había bebido demasiado y se preguntó: «¿Por qué todos los buenos están casados?». Primer encuentro sexual dos semanas después en casa de ella después de invitarlo a tomar algo tras una reunión de tarde en la empresa (hace ocho meses).

- Hace tres meses, el cliente descubrió irregularidades en la empresa (Oasis Inc.). Pagos inexplicables, sin relación con resultados de trabajo ni el emplazamiento. Se lo contó a Lynch. Ella dio a entender que la empresa estaba pagando sobornos y elaborando estados financieros falsos para cubrirse las espaldas. Le hizo creer que ella buscaría pruebas desde dentro, pero él no llegó a ver ninguna.

• Lynch empezó a pedir al cliente que dejara a su mujer hace cuatro meses. Él no le prometió nada, pero tampoco dijo que no. Afirma que se quedaba por el hijo (sin adopción formal; por tanto, el cliente no tiene derechos paternos si se divorcia de la esposa). Dice que se sentía «atrapado». No quería perder a Lynch. No quería abandonar a la familia. Estrés añadido por necesitar que Lynch le ayudara a conseguir pruebas contra la empresa para poder salir de la situación profesionalmente con las manos limpias.

• No hay *e-mails*, mensajes de texto ni de móvil que confirmen que la relación prosigue. Según dice, Lynch quedó atrapada en una relación de un año con el director ejecutivo de Oasis (Tom Fisher). La esposa de Fisher sospechaba y descubrió su correspondencia. Lynch se sintió humillada. Casi la despidieron, ella amenazó con denunciarlos. Sigue enemistada con la empresa. Según el cliente, Lynch estaba preocupada de que la empresa quisiera sacar los trapos sucios de ella, que la despidiera si se destapaba su aventura con el consultor. Por eso no hay mensajes, etcétera.

• El cliente mantuvo la aventura en secreto. Su compañero Zack Hawkins se dio cuenta de que Lynch pasaba mucho tiempo a solas con el cliente en el despacho, y en una ocasión intentó entrar, pero la puerta estaba cerrada con llave.

• El cliente se muestra a la defensiva, arrogante y enfadado. Conviene mantenerlo lejos del estrado, a no ser que haya cambios sustanciales en los próximos simulacros.

• Niega haber agarrado a Rachel Sutton (véase apartado

anterior, actitud defensiva). No recuerda sus palabras exactas, pero dijo algo así como «tienes que vivir un poco antes de atarte». Él se estaba cambiando de ropa en ese momento. Admite que es «posible» que «prolongara el proceso para provocar» a Rachel, que le parecía «empalagosa» e «inmadura».

- Otras mujeres pueden denunciar. Ha habido infidelidades anteriores (ligues fuera de la ciudad, veladas sueltas por Tinder, etcétera), pero, según el cliente, Lynch era la única aventura en este momento. «Pensé que la quería. No me puedo creer que me esté haciendo esto.» El cliente cree posible que Oasis/Fisher estén dando apoyo económico a Lynch a cambio de desacreditarle. También piensa que está enfadada con él por no haber dejado a su mujer.

181

27

Cuatro días después

Casi di un giro de ciento ochenta grados en la autopista de Saw Mill... Literalmente, en medio de la autopista. Iba escuchando a Spencer canturrear mientras sonaba mi lista de reproducción de hip-hop de los años 2000 —LL Cool J, Ludacris, Mary J. Blige— y me di cuenta de lo mucho que iba a echarle de menos. Había un hueco en la barrera de metal en medio de la autopista, uno de esos espacios donde la policía espera para tender trampas a los que van demasiado rápido. Lo miré y pensé en lo fácil que sería volver a casa.

Pero luego recordé cuánto me había costado esa mañana que estuviera activo —«Cómete el desayuno, no te olvides de la crema solar, ¿cuántas mudas de ropa interior llevas?»— con la esperanza de evitar que se conectara y viera cualquier noticia de última hora sobre el caso de Jason.

Olivia había llamado la noche anterior para avisar de que el momento del que me había prevenido Jason era inminente. Tenía un informante en el laboratorio forense. El ADN en la ropa de la mujer coincidía con el de Jason. Por supuesto que coincidía. Había admitido que se había acostado con ella apenas unos días antes de que tomaran las muestras. Cada día parecía que nos llevábamos otro palo, y la paliza no iba a parar. El resultado del ADN iba a salir en las noticias. Arrestarían a Jason. Le iban a acusar. Habría un juicio, luego una sentencia, para bien o para mal.

Así que seguí avanzando con la esperanza de que nuestro mundo volviera a la normalidad para cuando acabara el campamento.

Jason estaba al teléfono en la cocina cuando regresé a casa. Le dijo a quien fuera que esperara un segundo y vino a abrazarme. Le dejé que me estrechara, sabiendo que debería odiarlo todavía más, pero echaba de menos a mi hijo. Jason se había ofrecido a venir con nosotros. Le dije que quería estar a solas con Spencer por la mañana, pero en realidad Spencer no quería que su padre nos acompañara. Sabía que le mandábamos fuera por culpa de él.

Jason volvió a atender la llamada, y yo subí al dormitorio en la planta de arriba y cerré la puerta. Vi la novela de Lisa Unger que había en mi mesilla. Susanna me había dado uno de sus libros hacía más de un año y me había jurado que me encantaría. No llegué a leerla hasta que necesité algo con lo que evadirme. Ya iba por la tercera.

Pero en vez de recoger el libro, como debí haber hecho, busqué el portátil. Abrí la página de inicio de sesión del sistema de correo de la universidad. Escribí la dirección de Jason y su contraseña. Él no sabía que la tenía, o al menos yo no lo creía. Solo la sabía porque él había insistido en instalar la televisión por cable después de que nos mudáramos a la casa. Le llamé al trabajo para pedirle la contraseña para aumentar la velocidad de Internet después de que Spencer se quejara de que «vivíamos como cavernícolas».

GRETCHEN83

Ya entonces me puse celosa, porque le pregunté de inmediato quién era Gretchen. Resulta que era su abuela. Y 83 era el 3 de agosto, nuestro aniversario de boda. Ahora escribía esas cifras para invadir su intimidad. Ya había leído todos y cada uno de los mensajes entre él y la mujer esa. Entre él y cualquiera de Oasis. Busqué mensajes de Rachel, pero no encontré nada. Abrí mensajes al azar solo porque aparecía una mujer como remitente o destinataria. Desde que había confesado su aventura, fisgonear en el correo de mi marido se había convertido en parte de mi ritual diario.

Oí pasos en las escaleras y marqué el mensaje abierto —de una tal Melanie Upton, que al parecer era vicedirectora de recursos humanos en la Universidad de Nueva York y enviaba su teléfono a Jason para que pudieran discutir directamente sobre la cuestión de su cuenta de jubilación— como no leído. Estaba cerrando el portátil cuando Jason entró.

—Era Olivia. Se ha reunido con el fiscal que lleva el caso.

Me preparé para el golpe.

—¿Te van a dejar que te entregues o tengo que estar aquí noche y día esperando a que irrumpan en casa con las esposas?

—¿Crees que la que está en el limbo eres tú? ¿Cómo crees que me siento yo, Angela? Mis colegas y alumnos me llaman violador. Y, mientras, tengo que seguir yendo a la facultad para no darle una excusa a la universidad para que me quite el sueldo y la titularidad. Zack va a tener que encargarse solo del *podcast* para que no perdamos patrocinadores, pero es algo temporal. Los clientes llaman y preguntan qué pasa. Estoy bloqueado. Y estoy aterrado.

No me molesté en recordarle que la universidad le había pedido que se tomara unos días de asuntos propios —pagados— para reducir las «alteraciones» en el campus. La respuesta de Jason había sido amenazar con denunciarlos si hacían algún cambio en su posición cuando todavía no le habían denunciado, y mucho menos declarado culpable. Insistía en que la única forma de demostrar su inocencia era fingir que todo era normal. ¿Quién era yo para discutir? Me había pasado los últimos doce años esforzándome por demostrar que lo que ocurría en el pasado no importaba.

—Bueno, perdona que ya no me pueda permitir el lujo de hacer lo que hacía cada día, es decir, cuidar de nuestro hijo y de esta familia. He tenido que esconder a Spencer en un puto campamento *hippie* para niños ricos sencillamente para evitar que encuentre en Internet los detalles de tu vida secreta fuera de esta casa. Así que no digas que esto no me afecta. Bueno, ¿vas a contarme lo que ha dicho el fiscal o no?

—Olivia ha presentado el motivo de Kerry para mentir. —Me resultaba odioso oír el nombre de la mujer esa saliendo de su boca—. Ha dicho que el fiscal parecía bastante abrumado cuando le ha contado los pormenores de los problemas de Oasis. Apuesto a que el tipo no sabría encontrar los países de los que estamos hablando en el mapa. Pero Olivia nos ha dicho que todavía no nos hagamos ilusiones.

—Oh, no creo que ese aviso me haga falta.

Pareció inseguro al sentarse en la cama a mi lado, como si buscara permiso.

—Te puedes largar si quieres. Yo no te he pedido que te quedes.

Negué con la cabeza.

—Y siento muchísimo que Spencer se haya ido al campamento —prosiguió.

—Lo sé —dije, y sentí que se me escapaban las lágrimas.

—También tienes miedo por ti misma, ¿verdad?

Asentí. Todo se estaba desmoronando. Desde que su agente le dijo que su libro iba a estar en el número uno de la lista de los más vendidos, tuve la espantosa sensación de que nada volvería a ser igual. Yo solo quería ser Angela Powell, mujer y madre, con mis normas, mis rutinas y mis rituales. Buena y aburrida. De poder pedir un deseo, sería hacer que todo el

185

mundo olvidara mi existencia antes de tener que volver a East Hampton con Spencer.

—Cada vez que suena el teléfono, estoy convencida de que alguien me va a preguntar por él. —Mis hombros se agitaban entre sollozos. No necesitaba decirle a Jason que cuando decía «él» me refería a Charlie.

Le pedí que me diera la mano.

—Eso no va a ocurrir. Y, aunque ocurra, ¿sería tan malo? Siento decirlo, pero esto podría acabar siendo una bendición oculta... Para ti, claro, no para mí. Si todo se descubre, serías libre. Se disiparía ese nubarrón que cubre tu vida entera.

Si aquella fuera la primera vez que teníamos esa conversación, habría sentido que de verdad quería lo mejor para mí. Pero Jason siempre había sabido de la invitación abierta de Susanna de «salir a la luz», como decía ella, y nunca había cuestionado mi rechazo hasta que él mismo se convirtió en una personalidad pública. Hablaba del nubarrón sobre mi vida, pero también se había acabado convirtiendo en un nubarrón sobre la suya. Y quizá la libertad de la que hablaba fuera la suya y no la mía.

Como no le facilitaba ninguna respuesta, supo que debía darle otro giro a la conversación.

—Oh, y Olivia quiere hablar contigo. Le dije que la llamarías en cuanto tuvieras ocasión. Bueno, si no es un problema.

Asentí.

—Sí, la llamaré dentro de un rato. Quiero relajarme un poco después del trayecto en coche.

—Sin problema. Voy a pedir vino de Astor Place. ¿Alguna petición?

Hice un gesto negativo. Por lo que a mí respectaba, solo había dos tipos, tinto y blanco, y bebía cualquiera de los dos con cualquier cosa.

—Por cierto, ¿has hablado con el taller? —pregunté.

—Joder, Angela, ¿en serio?

—¿Qué? Sigo notando la vibración en la parte delantera, y todavía tenemos garantía. —La última vez que él usó mi coche, dijo que casi no se daba cuenta de lo que yo le decía. Tenía que haber imaginado que no habría llamado.

—Perdona por no cumplir con la lista de tareas pendientes durante todo esto.

—¿Quieres que tu hijo y tu mujer tengan un accidente de coche porque tu amante te tiene demasiado ocupado para hacer una llamada? —Sabía que me estaba portando como una bruja, pero una de las normas que acordamos al comprar ese coche era que él se ocuparía del mantenimiento. Comprar un vehículo mejor fue otro de nuestros derroches cuando Jason empezó a ganar dinero fuera de la universidad: pasamos del Subaru al Audi. La única mejora que me interesaba era el GPS incorporado y la radio por satélite. No quería ocuparme de un sofisticado coche alemán con toda su parafernalia.

Su voz pareció ablandarse.

187

—De acuerdo. Voy a llamar al concesionario.

—Ya que estás, ¿puedes pedirles que instalen la actualización del GPS?

Casi le estaba desafiando a contestar. ¿Cuántas veces me había dicho que usara mi teléfono, como el resto del mundo? Tanto Spencer como él me chinchaban sin piedad por mi norma de modo avión en el coche. «¡Es el modo avión, no el modo coche, mamá!» Me daba igual lo que dijeran. Hacía dos años había leído un artículo sobre gente que tiene accidentes de coche cuando el móvil suena inesperadamente. No iba a arriesgar la vida de Spencer porque no pudiera pasar un rato desconectada. Sabía que los dos hacían trampa silenciando sus teléfonos, pero la norma seguía en pie.

De nuevo, fingió darme cancha.

—Sin problema —dijo—. Y, por favor, avísame cuando hayas hablado con Olivia. Te lo agradecería.

Estaba a punto de salir del cuarto cuando le paré.

—No le has dicho nada, ¿verdad? ¿Sobre mí? —Ya había visto lo que había hecho con Rachel para ayudar a su cliente.

No hubo duda en su respuesta:

—Por supuesto que no.

No le creí.

28

*B*rian King luchaba contra un *dumpling* armado con dos palillos chinos cuando Corrine llamó a la puerta abierta de su despacho.

—Sabes que puedes usar el tenedor, ¿no? Los chinos te lo perdonarán.

—No sé por qué, pero me parece mal. Una vez dejé de salir con una mujer porque pidió un daiquiri de plátano en una enoteca.

—Estás mejor sin ella. Tengo algo para ti. —Dejó caer los resultados de ADN encima de su mesa. El ADN en la falda y las medias de Kerry Lynch era de Powell—. Nos lo imaginábamos, pero ahora es oficial.

—Siento decírtelo, pero ya estoy sobre aviso. ¿Te parece muy mal que en el fondo estuviera deseando que fuera un fiasco?

Le dio un empujón al recipiente de comida para llevar en dirección a ella, y Corrine sacó un *dumpling* con los dedos.

—Sé que llevas una racha perdiendo…

—La oficina lleva una racha perdiendo —la corrigió.

—Vale, como quieras. Pero este caso se puede ganar.

—Excepto que tiene a la mejor abogada defensora de la ciudad. No me sorprende que me haya llamado media hora después de que yo recibiera los resultados para pedir una reunión. Es capaz de averiguar cualquier dato interno. Creo que la mitad del cuerpo de policía está enamorado en secreto de ella.

—Si fuera un hombre, admirarías su interminable red de contactos.

—Si ella fuera un hombre, no le habría pedido salir hace dos años para que me diera calabazas. Ha estado esta mañana aquí para hacerme una demostración preliminar de lo que nos espera si vamos a juicio. Afirman que fue consentido, y no solo una vez. Según Powell, ha tenido una aventura con Kerry desde octubre del año pasado.

—Y una mierda. ¿Por qué no me dijo nada la primera vez que le pregunté por ella?

—Porque te presentaste en su casa cuando su mujer y su hijo estaban allí y podían haberle oído. Y él no pensaba que fuera relevante. Alegarán que le engañaste para que pensara que todavía estábamos investigando la denuncia de Rachel Sutton, por lo que no pensó que le perjudicara mentir sobre un devaneo extramarital completamente consentido.

190

—Claro que le engañamos. Eso es lo que me dijiste que hiciera.

—Sí, bueno, quizá nos pasamos de listos. No me sorprendería que el juez eliminara la declaración entera.

Corrine le recordó la grabación del ascensor del hotel.

—Decía: «¿Qué he hecho?». Eso es casi una confesión.

—No entiendes cómo funciona Olivia Randall. Usa la táctica de la tierra quemada. Va a contratar a expertos que digan que leer los labios no es fiable desde el punto de vista científico. Y, si eso no le funciona, conseguirá un profesor de lingüística que testificará contra nuestra teoría. Cada prueba será una batalla. Y aunque se acepte alguna prueba, dirá que él estaba tan angustiado por haber engañado a su amada esposa que, nada más salir de la habitación, tuvo un ataque de remordimiento. —Se recreó en el momento, poniendo las manos detrás de la cabeza—. «¿Qué he hecho?» Y mi jefe me ha dejado muy claro que tengo que ganar este caso.

—Creo que tenemos algo que podría ser de ayuda.

Cuando buscó los antecedentes de Powell, las únicas entradas que encontró fueron un incidente en el que Powell fue testigo de una agresión de violencia doméstica en Washington Square Park y un informe de un choque leve de coche. Después de que Kerry denunciara, Corrine pidió copias de los informes para asegurarse de que no se le escapaba ningún detalle.

El incidente de la agresión era de hacía ocho años y, como poco, hacía que Powell pareciera un héroe. Vio que un hombre tiraba a su novia al suelo, la levantaba de un tirón del brazo y se alejaban juntos. Siguió a la pareja y preguntó a la mujer si necesitaba ayuda. El hombre intentó pegar a Powell, que respondió rompiéndole la nariz al agresor de un puñetazo. Un viandante llamó a la policía y dejó claro que Powell había actuado en defensa propia.

A primera vista, el informe del accidente de coche, de hacía cinco años, era mucho más aburrido. Un taxi arrancó con un cliente y rozó de lado el Subaru de Powell a plena vista de una patrulla de policía. Según el informe, Powell quería reparar el coche con su propio seguro y no quería denunciar el incidente. Corrine sospechaba que el conductor de taxi se había puesto pesado ante el policía, porque habría insistido en informar del incidente y enviar el informe a la comisión de taxis y limusinas de la ciudad. Era lo típico que ocurría cientos de veces al mes en esta ciudad, salvo que, ese día en concreto, Jason Powell llevaba a otra tripulante en el coche, una mujer blanca de veinticuatro años llamada Lana Sullivan.

Así que la curiosidad volvió a la escena y Corrine buscó a Lana Sullivan en busca de pistas. Si el agente presente en la escena la hubiera buscado, no habría encontrado nada. Pero de eso habían pasado ya tres años.

—Demasiada información —dijo King—. Ve al grano. ¿Quién es Lana Sullivan?

—Tiene dos condenas por prostitución desde que fue en coche con Powell, además de una sorprendente orden judicial, al menos desde esta mañana, por no haber comparecido ante un tribunal por una falta leve hace seis meses.

—¿La has buscado con la orden judicial?

—Le he dado la posibilidad de quitársela y negociar algún acuerdo si habla conmigo. —Tampoco había comparecido esa vez, pero a Corrine eso no le preocupaba—. Ha confirmado que Powell había sido su cliente esa noche.

—¿Sabes cuántas pollas habrá visto desde entonces? Te ha dicho lo que quieres oír.

Corrine negó con la cabeza.

—En ese momento todavía no la habían detenido. Un poli le pidió el documento de identidad. Estaba asustada, así que recuerda bien el suceso. Dijo que Powell se pasó más tiempo pidiendo disculpas por emplear sus servicios que usándolos. Hablaba de que su mujer no le dejaba ni tocarla, pero la quería demasiado como para dejarla.

King no parecía impresionado.

—Su defensa entera se basa en que es un hombre casado que se acuesta por ahí con otras. Demostrar que acudió a una prostituta hace tres años no cambia gran cosa.

—No, pero quizá cambie a la esposa. Ahora mismo lo más seguro es que le crea. Si empieza a ver su otra cara...

—¿La cara que se lamenta de su esposa delante de una fulana cualquiera?

—Lo mismo tiene algo que contarnos. —La versión neoyorquina del privilegio conyugal era restringida en comparación con otros estados. El Gobierno podía obligar a un cónyuge a sentarse en el banquillo y solo se excluiría la comunicación privada entre esposo y esposa, pero no otras formas de pruebas, como observaciones a través de la vista o el olfato. En resumen, había mucho margen de maniobra siempre que pudieran convencer a Angela Powell de cooperar.

—Bueno, puede que al final no estés mareándome —dijo King—. Buen trabajo.

Corrine se preguntó si debía contarle a King lo que había averiguado sobre el pasado de la esposa, pero no estaba segura de que pudiera confiar en él. Tenía mucha presión por ganar. Se lo imaginaba amenazando con utilizar ese conocimiento en el juicio para conseguir que ella testificase contra su marido. Para Corrine, usar la infidelidad del marido como moneda de cambio era juego limpio, pero utilizar la victimización de la propia Angela era pasarse.

—Sigues teniendo mala cara —dijo Corrine—. ¿Alguna vez se te ve bien?

Fingió una sonrisa cursi antes de contestar.

—Me siento extático. Ahora en serio, ¿cómo interpretas tú a Kerry?

Corrine se encogió de hombros.

—¿Quieres una respuesta sincera?

—No. Te hago una pregunta para que te inventes un montón de mentiras.

—Ya sabes cómo es esto. Las historias nunca coinciden. Nadie tiene una versión rigurosa al cien por cien. Lo más difícil es averiguar qué partes no están bien, y, lo más importante, por qué no están bien. Los malos se empeñan en mentir porque intentan salvarse el culo. Pero ¿las víctimas? Eso es más difícil. Algunas casi se disculpan por los malos cuando denuncian los hechos, porque están llenas de remordimiento, porque se culpan a sí mismas. O mitigan el horror de lo que les ha ocurrido porque el peso de todo las mataría si se paran a interiorizarlo. O dicen que no habían bebido, o que no habían flirteado, o que no se habían desabrochado su propio sujetador, porque tienen miedo de que admitir la verdad sea como haber permitido todo lo que pasó después.

—Deberías dar clase de esto, Duncan. Qué fuerte. Bueno, ¿y qué te parece Kerry? ¿En qué bando está?

193

—Supongo que tienes razones para preguntarlo. ¿Qué te preocupa?

King hizo una pausa para tirar a la basura debajo de su mesa el recipiente de comida para llevar.

—Creo que Olivia Randall se me ha metido en la cabeza. El juicio va a ser un follón. Según Randall, Kerry miente porque Powell se disponía a revelar que su empresa estaba falsificando ciertos datos financieros para encubrir sobornos a los malos en A-tomar-por-cul-istán. Todo eso me ha roto el corazón. ¿Te ha contado Kerry algo de esto?

Corrine hizo un gesto negativo.

—No, pero hay algo más. Supongo que podría estar relacionado. Una aventura con el director ejecutivo.

—¿Ya lo sabes?

—No pensaba que fuera relevante o exculpatorio. —Estas eran palabras mágicas perfectas para convertir algo en «material Brady», es decir, las pruebas que King tendría que entregar al equipo de Powell.

—Bueno, según la defensa, le da a Kerry un motivo para aprovechar las circunstancias y ayudar a su empresa a difamar a Jason Powell. Está peleada con los de su trabajo por la aventura. Según Powell, Kerry le dijo que la única razón por la que no la habían despedido era porque les había amenazado con denunciarlos por discriminación. Le agobiaba que su empresa estuviera vigilando sus correos electrónicos o su teléfono de la empresa. Se supone que por eso no hay mensajes ni textos para respaldar su relación.

Corrine le recordó que la ausencia de una aventura también explicaría la ausencia de correspondencia romántica entre ellos.

—Lo sé, pero tengo que admitir que me inquieta un poco de más que Powell supiera lo del lío de Kerry con su jefe. Si solo hacían negocios, ¿cómo iba a tener información de una aventura que había tenido ella tres años antes?

—Tenía otros contactos en la empresa. Kerry me contó que todos lo sabían en el trabajo. Le podía haber llegado el rumor.

—Pero es que Powell sabe el nombre de la esposa del jefe… Mary Beth, por si te interesa. Sabe que tienen tres hijos y que Mary Beth estaba tan cabreada cuando descubrió los mensajes que le contó a la hija mayor lo que su padre había estado haciendo. Y afirma saber que la hija se presentó en casa de Kerry para llamarla furcia desde el patio delantero. ¿Crees que es el tipo de anécdota que oye el consultor en una reunión? A mí contar historias de los ex me parece más bien una conversación de cama.

—Deja que hable con Kerry —dijo Corrine—. Veamos cómo lo ve ella.

—Ya lo he intentado, pero tenemos un problema mayor. Se ha puesto a la defensiva, acusándome de atacar a la víctima. Se niega a hablar conmigo de su empresa. Asegura que es información empresarial confidencial, y que contármela le supondría un despido.

—La despediría la misma empresa con la que, según Powell, está conspirando. —Corrine ya se imaginaba la defensa de Powell en la sala.

—Exactamente. —King todavía no había acabado de recitar la lista de reservas en cuanto a las motivaciones de Kerry—. Oh, que no se me olvide esto: ¿sabías que Kerry ha contratado a un abogado?

—Quizá necesite uno si cree que la empresa planea despedirla.

—Pero no ha contratado a un abogado laboral. Dice que ha contratado a alguien que proteja sus «derechos como víctima». —Con las dos manos hizo un gesto para entrecomillar sus palabras—. No me ha dicho el nombre del abogado, pero está claro que no quiere contestar a las preguntas más duras, las que tendría que responder en el contrainterrogatorio. Y si Olivia Randall descubre que nuestra víctima ya ha contratado a un abogado, afirmará que el verdadero motivo de este caso es sacar dinero en una demanda civil.

—¿Y eso dónde nos deja?

—Me deja a mí con un caso que mi jefe quiere que lleve a juicio. Le he intentado explicar que me da mala espina, pero lo único que le importa es que tenemos a un famoso rico acusado por dos mujeres en una semana. Si no le demandamos, le culparán a él de favoritismo. Cuando le dije que Olivia Randall estaba aquí intentando que olvidáramos el caso, me contestó que le ofreciera siete años. ¿Siete años? En esta ciudad te caen siete años si matas a alguien. Quiere que haya juicio, y Olivia Randall va a encargarse de que el próximo mes se convierta para mí en un martirio.

—Entonces, ¿vamos a detenerle con una orden judicial o a dejar que se entregue?

196 —Oh, vamos a darle un paseíto, no te quepa duda. Ya tengo la declaración jurada de la orden de arresto, tal y como le prometí al jefe. ¿Estás lista para ir a buscarle? Si tenemos suerte, lo mismo te cruzas con la esposa y charlas un rato con ella sobre la fulana. Por mucho que se deje pisotear, no hay mujer que quiera intercambiar fluidos corporales con una profesional.

29

*T*enía que haber imaginado que nada bueno saldría de la llamada telefónica con Olivia Randall cuando empezó a hablar conmigo de trivialidades.

—Así que has llevado a Spencer al campamento esta mañana, ¿verdad? —Oí una pausa en mitad de la frase y me la imaginé buscando en sus notas para confirmar el nombre de mi hijo.

—Sí, en Westchester, en las afueras de South Salem. En realidad, está casi en Connecticut.

—Me alegro de que vaya al campamento. Así os dais un descanso, ¿verdad?

Me alegré de que no habláramos en persona para que no viera mi cara de disgusto.

—Jason me ha dicho que quieres hablar conmigo.

Me dio las gracias por llamar y me explicó otra vez por qué quería que no asistiera a sus reuniones con Jason y Colin. Le aseguré que no era necesario que me repitiera las razones.

—Entiendo que Jason te ha contado que nuestra defensa se basa en que el contacto entre él y la demandante era consentido.

—Sí.

—¿Te ha dicho también que no tiene textos ni correos electrónicos que demuestren que tuvieron una relación?

—No. —No me lo había contado, pero eso explicaba por qué no había encontrado nada, a pesar de todas mis pesquisas.

—Obviamente ayudaría que una tercera persona pudiera corroborar su versión.

—Colin podría hacer eso. Ya me ha dicho que lo sospechaba, aunque no lo supiera a ciencia cierta.

—No estoy hablando de Colin. Estoy hablando de ti. Jason explicó que tú podrías haber sabido que había alguien más.

—Me estás pidiendo que mienta por él. Dilo.

—No, te estoy explicando que quizá estés en situación de ayudar, si quieres. Entiendo que no es fácil. Quiero que sepas que Jason no tiene ni idea de que estoy hablando contigo de esto, y ha sido bastante difícil conseguir que se abriera y me hablara de vuestro matrimonio, aunque estoy segura de que te vas a dar cuenta de que puede ser relevante en su caso.

Cerré los ojos. Sentí que todas las puertas a mi alrededor se abrían de golpe y que no había forma en el mundo de que las mantuviera cerradas. Cada palabra que me decía me mareaba.

—Dice que la intimidad, o al menos la intimidad física, no ha sido parte regular de vuestro matrimonio, al menos durante los tres últimos años.

—¿Estás de coña?

—Por favor, escúchame. Tenemos un buen argumento a favor del consentimiento, y lo que necesitamos es la duda razonable. Pero cuesta retratar a Jason como un buen tipo cuando su defensa es que lleva una vida secreta y que engaña a su mujer. Si esa parte de vuestra relación se había acabado y lo sabías, o parte de ti lo sabía… Algunas parejas tienen acuerdos no verbales. Quizá los dos teníais una buena razón para separar ese aspecto íntimo del matrimonio.

Ella lo sabía. Joder, lo sabía. Quedarme junto a Jason sonriendo y mostrar que creía en su inocencia no iba a ser suficiente. Ella necesitaba que yo fuera la razón por la que él me engañaba. Tenía que ser la esposa zumbada y demasiado frígida que no hacía feliz en el dormitorio a su marido joven y atractivo. Parecería un héroe por quererme y por quedarse conmigo a pesar de mi tara.

Fui al grano.

—Crees que el fiscal nos dejará en paz si se entera de que soy la chica a la que Charles Franklin estuvo torturando durante tres años.

—Voy a ser sincera, Angela. Esto no es precisamente lo que más me gusta de mi trabajo. Pero sí, tu historia le da otra dimensión a vuestro matrimonio y, por tanto, también a las interacciones de Jason con esta mujer.

O sea, que yo tenía razón. Jason le había hablado de mí, a no ser, por supuesto, que Olivia lo hubiera averiguado por su cuenta, lo cual no me parecía descabellado.

—No sabía lo de Kerry —dije—. Al menos, no sobre ella en concreto. Y en absoluto sabía que llevaran juntos tres meses.

—¿Tres meses es más de lo que te esperabas?

Por supuesto. ¿Por qué parecía desconcertada? ¿Había sido más?

—Jason me dijo que habían sido tres meses.

—De acuerdo, pero estás diciendo que sospechabas encuentros de algún tipo, pero sin, por así decirlo, lazos emocionales. ¿Eso sería una declaración adecuada?

Si esto es lo que se sentía cuando alguien que está de mi lado me cuestionaba, no quería ni imaginar cómo sería un interrogatorio con el abogado que intentara poner a mi marido entre rejas.

—Tengo que pensármelo. Ahora mismo no quiero seguir hablando.

—De acuerdo. Lo entiendo perfectamente. Pero, Angela, recuerda, por favor: esta mujer está intentando destruir a tu marido, es decir, que quiere destruir vuestra familia. Eso va a tener consecuencias tanto en Spencer como en ti. —Al menos esta vez no vaciló al decir el nombre de mi hijo—. Ayudar a Jason os ayuda también a vosotros dos.

Oí a Jason llamándome desde la planta baja.

—Espera —grité, rompiendo una de mis propias normas del hogar—. Estoy hablando con Olivia.

—¡Angela!

Jason estaba gritando tan fuerte que la gente podría oírle desde el exterior. Le pedí a Olivia que esperara y fui del dormitorio al rellano de la escalera. Vi que le estaban poniendo unas esposas a Jason en el umbral de la puerta principal.

Llevaba una semana esperando este momento, imaginando que estaría a la vuelta de la esquina. Pero Jason no. Tenía una expresión de pánico, y sus ojos me miraban suplicantes.

—Olivia, están aquí —dije al teléfono—. La policía. Están arrestando a Jason. No ha hecho esto. Por favor, tienes que ayudarle.

III

El pueblo contra Jason Powell

30

¿*Q*ué significa saber algo?

Recuerdo al señor Gardner, mi profesor de noveno curso, haciendo esa pregunta. Casi todo el mundo lo consideraba el profesor más inteligente y más exigente, lo cual significaba que la mayoría de nosotros casi nunca teníamos ni idea de lo que contaba.

Se suponía que iba a ser una lección sobre la importancia de elegir las palabras con cuidado. Empezó a preguntarnos cuántos hechos creíamos saber con certeza. Una lista muy larga creció en la pizarra: el precio de una chocolatina en la máquina expendedora, el nombre de nuestra profesora de Educación Física, nuestros cumpleaños. Entonces dijo:

—Bueno, y si os digo que la sanción por equivocaros en alguno de estos hechos es pasar el verano entero en el colegio, ¿cuántas cosas sabéis ahora?

Inmediatamente empezamos a dudar de nuestro supuesto conocimiento. Quizá se estaban cambiando en ese instante los precios de la máquina expendedora. Lo mismo la señorita Callaway se acababa de casar y se hubiera cambiado el nombre sin contárselo a los alumnos. Y quizá en el hospital se hubieran equivocado en cuanto a si habíamos nacido un poco antes o un poco después de medianoche.

—¿Y si la sanción por equivocaros es perder un miembro de vuestro cuerpo? —preguntó el señor Gardner.

Moraleja: en realidad no sabemos nada. En realidad, no.

Saber algo, argumentó, no era lo mismo que tener la certeza que supera toda duda. Y creer en algo era sin duda muy diferente de saberlo.

Con esto como telón de fondo, yo diría que la primera vez que supe que Jason me engañaba fue hace casi exactamente dos años. Habíamos alquilado una casa en los Hamptons para seis semanas completas. El precio de alquilar una cabaña pequeña a menos de un kilómetro del mar era el doble de lo que mi madre ganaba en un año. Así era la absurda economía de South Fork en esa época.

Era un derroche, pero Jason me había asegurado que podíamos permitírnoslo. Acababa de inaugurar la consultoría y estaba percibiendo nuevos ingresos, aparte del dinero del libro, que ya habíamos gastado en la casa. Solo teníamos un coche, claro —el Subaru, hasta que Jason pensó que quería un Audi—, pero no nos parecía un problema. Casi todos los días estábamos los tres juntos. Si en algún caso necesitábamos transporte adicional, la casa de alquiler incluía bicicletas. Y, en el peor de los casos, siempre podía llamar a mi madre.

Ese día en concreto había ido a casa de Susanna para ayudar a preparar una cena. Jason dijo que tenía una reunión en casa de un cliente potencial en Bridgehampton, así que Spencer acompañó a mi madre a limpiar una casa. Volvía en bicicleta de casa de Susanna cuando me pareció ver nuestro coche estacionado en paralelo en Montauk Highway, en el abarrotado aparcamiento del restaurante Cyril's Fish House. Era la hora del cóctel posplaya, cuando la gente pasaba a tomar un aperitivo de rollitos de bogavante, ostras crudas y un montón de cócteles licuados.

Estaba inmóvil en la bici, con un pie en la gravilla y el otro apoyado en el pedal, junto a mi propio coche, viendo que mi marido hablaba con una mujer a la que no había visto nunca. Él estaba tomándose una pinta de cerveza y estaba como siempre, pero la mujer era más fácil de interpretar. Estaba flirteando. Lanzaba mucho al aire su larga melena, se lamía los brillantes labios y mantenía buen contacto ocular. Podría haber dado instrucciones en una revista. Cuando la vi tocándole la rodilla a Jason, una parte de mí quiso meterse en la multitud, anunciar mi presencia y pedirle a Jason que me presentara a su amiga.

No lo hice. Pedaleé hasta la cabaña alquilada y esperé a que volviera a casa. Nada más llegar, casi tres horas después, se dio una ducha. Recogí su camiseta, que había dejado tirada como si nada en el suelo, y me la acerqué a la cara. Olía a playa. Esa noche, cuando se metió en la cama y nos dimos la mano, estuve jugueteando con su anillo. La línea del moreno estaba difuminada.

¿Era prueba suficiente como para estar dispuesta a pasar el resto del verano en la escuela o perder un miembro de mi cuerpo? No, pero las señales estaban a la vista. No nos habíamos tocado —no de ese modo— desde hacía más de un año. Más horas fuera de casa, con explicaciones imprecisas sobre adónde iba. La chica del Cyril's. Sin duda se había quitado el anillo. En ese momento, ya «lo sabía», dentro de los límites de esa palabra. Pero no dije nada. Lo que según la abogada de Jason es «un acuerdo no verbal» se había puesto en marcha.

En esa época yo no lo veía así. Incluso al inclinarme en la bicicleta prestada en el aparcamiento de gravilla para verle flirtear con una desconocida, casi me sentía más cerca de él. Era parte del acuerdo en el que se había convertido nuestra vida juntos. Se suponía que teníamos un matrimonio normal, pero una mitad de la pareja —yo— no era normal, así que tampoco lo éramos nosotros.

Pero yo había vivido con secretos mucho más peligrosos, así que seguimos adelante.

205

31

Corrine advirtió de inmediato dos furgonetas de las noticias cuando aparcó en frente de la Unidad de Víctimas Especiales. Un grupo de gente se agolpaba a ambos lados de la pasarela que llevaba al edificio.

Su plan original era que le tomaran las huellas dactilares a Powell en la comisaría de Sixth Precinct, a un kilómetro escaso donde él vivía, y después transportarle a Central Booking, en Centre Street. King alteró el plan indicándole que fuera directamente a la unidad. No era el proceso habitual, y suponía dar un rodeo hasta Harlem y volver.

Ahora que había contado por lo menos cuatro cámaras, se dio cuenta de que King había establecido que la Unidad de Víctimas Especiales fuera el lugar donde darle el paseíto. Incluso se sintió mal por Powell al avanzar a su lado, todavía esposado, durante aquel mal trago. No tenía forma de esconder la cara. Corrine notaba cuando él se apartaba de cada fogonazo de las cámaras. Al pasar al interior y quitarle las esposas, lo único que dijo fue:

—Tengo un hijo de trece años.

Miró de frente mientras le tomaban las huellas y después la fotografía policial.

La prensa se había ido cuando le sacaron apenas treinta minutos después, porque ya tenían lo que habían ido a buscar. Al llevarlo a Central Booking, él permaneció en silencio. Ni siquiera pidió que encendieran la radio, como suelen hacer algunos, ni preguntó adónde lo llevaban. Su abogada estaría contenta.

Cuando acabó el papeleo en Central Booking, el plan de Corrine era volver a la casa de Powell. La esposa estaría allí, pegada al teléfono. La abogada estaría ocupada intentando avanzar para que le soltaran. Si Corrine tenía suerte, encontraría a la mujer sola.

Estaba a tres manzanas de distancia cuando cayó en que quería averiguar más cosas sobre Angela Powell antes de llamar a su puerta. Aparcó y buscó el número de teléfono que había guardado, el del inspector Steven Hendricks, en East Hampton.

—Acabo de detener a Jason Powell por violación.

Hendricks hablaba como un poli viejo y experimentado; respondió con un tono impávido.

—¿Tiene muy mala pinta?

En estos tiempos, ya no se hacían distinciones. Una violación era una violación.

—La víctima le llevó a su habitación de hotel después de cenar, pero hay pruebas de lesiones, y él negó cualquier contacto con ella. Además, tenemos ADN. —Corrine creía que había que dar algo de información a otros polis si esperabas su cooperación. Le estaba dando a Hendricks suficiente para saber que el caso tenía tintes de la dinámica cita-violación, pero que había más que las palabras de uno contra la otra.

—¿Va a alegar consentimiento?

—Básicamente —confirmó ella.

—¿Hay algún modo de no meter a la mujer en todo esto? Angela lo ha pasado muy mal y se suponía que este tipo era su final feliz.

—Me da la impresión de que ella ha sabido mantener su identidad en la esfera privada. —No le dijo a Hendricks que había averiguado quién era Angela por ver su número de teléfono en el registro de llamadas.

—Sus padres se aseguraron de ello. Fuimos juntos a Niagara Falls cuando recibieron la llamada. Habrían preferido no tratar conmigo en absoluto, pero al menos a mí me conocían. Angela estaba casi catatónica. No dejó que nadie le quitara el bebé hasta que vio a su madre.

—¿No tenías buena relación con la familia?

—La versión resumida es que yo podría haberme esforzado más. Pensaba que se había escapado de casa.

—Por eso ahora intentas ayudarla.

—Pues sí. Así que, ¿qué puedo hacer por ella?

—Convéncela de que salte del barco que se hunde. El fiscal está decidido a conseguir una condena. Podría irse ahora, llevarse la mitad de su dinero y buscarse otro final feliz.

—Soy la última persona que podría convencerla.

—¿Quién podría aconsejarla?

—Su mejor amiga es Susanna Coleman, pero...

—No pienso pasar por una periodista.

—Por supuesto que no. Por eso iba a decir que la persona a la que escucha de verdad es a su madre, Ginny. Su padre, Danny, murió hace unos años, pero Ginny siempre ha sido quien ha cuidado de Angela. Pensé que iba a pegarle al médico que quería examinar a su hija y al bebé después del rescate. Según Ginny, Franklin y la otra víctima del secuestro estaban muertos, así que, si la policía quería seguir investigando, era asunto suyo. Se llevó a su hija y a su nieto a casa y le dijo a la policía de Pittsburgh que se fuera al cuerno.

—¿De dónde venía la otra chica?

—Franklin la secuestró en Cleveland. El muy zumbado obligaba a las chicas a usar nombres falsos. Creo que Angela se llamaba Michelle. A la otra la llamaba Sarah. Tardaron dos semanas en encontrar el cadáver y no llegaron a identificarlo, que yo sepa.

Corrine pensó que en parte estaba deseando que Hendricks fuera lo bastante amigo de la familia como para persuadir a Angela de que empezara a preocuparse por sí misma en vez de por su marido. Había que intentarlo.

—El marido será procesado mañana. Me dispongo a visitar a la esposa para ver qué sabe. ¿Podrías llamarla antes?

—Me colgaría y te echaría la bronca por hablar conmigo.

—Pero ¿tan mal le caes?

Hizo una pausa al otro lado del teléfono.

—La única vez que la familia me dejó hacer algo por ellos fue cuando les ayudé a conseguir un certificado de nacimiento para Spencer, o sea, el hijo. Encontré a un médico dispuesto a ver los informes policiales y que afirmara que era un parto en una casa de Albany, de padre desconocido, para que el nombre de Franklin no apareciera ni remotamente relacionado con el niño. Me dieron las gracias, pero no fue suficiente para ganarme su perdón.

Corrine se preguntó qué casos la atormentarían con el paso de los años. Pensó en decirle a Hendricks que no se flagelara, que era inevitable que los policías cometieran errores. Pero no sabía si Hendricks era un buen policía. Quizá se mereciera cargar con la culpa por lo que le ocurrió a Angela.

Le dio de nuevo las gracias por la información y arrancó el motor del coche.

Él le dio un último consejo.

—Yo creo que ella estará negándolo todo. Se ha construido una vida nueva desde cero y lo más seguro es que piense que todo va a salir bien. Si la cosa se pone fea, habla con la madre. Ginny Mullen. Puede que Angela piense que ya está en otro nivel, pero, cuando las cosas se complican, confía en su madre más que en nadie.

Ocho minutos después, Corrine estaba en frente de la puerta de Angela Powell.

32

Volví a mirar el móvil por si había actualizaciones. Nada.

¿Sabes algo?, le escribí a Colin y observé los puntos suspensivos que aparecían en pantalla mientras escribía su respuesta. ¿Cómo podía tardar tanto en escribir un mensaje de texto?

Lo han llevado a la Unidad de Víctimas Especiales de Harlem en vez de al Sixth Precinct. Para cuando Olivia ha llegado, ya iban de camino al centro para procesarlo.

¿Eso qué significa? Pulsé «enviar».

Puntos suspensivos, seguidos por Que no tendrá que comparecer hasta mañana. Lo siento... Estoy cenando con un cliente y no me puedo ir. Te llamo en cuanto pueda. Lo siento, A! Ánimo.

Dos horas después, seguía sola. La casa estaba en silencio y empezaba a arrepentirme de haber rechazado a mi madre, que se había ofrecido a venir a pasar la noche a la ciudad. No quería que descubriera la detención de Jason en las noticias, porque se había enterado así de todo lo demás, pero tenía que haber previsto que la llamada telefónica no iba a ser corta. Por supuesto que me preguntó inmediatamente por Spencer, así que tuve que contarle que lo había enviado de campamento, lo cual provocó una discusión sobre por qué no lo había mandado con ella, o al menos por qué no le había contado que su nieto se iba a marchar unas semanas. Yo habría continuado encantada la conversación, al menos por tener a otra persona haciéndome compañía.

Di un respingo cuando oí un golpe sordo en la puerta. Había quitado la espantosa aldaba, así que quienquiera que estuviera en el porche estaba decidido a que me enterara de su presencia.

Avancé con cautela hasta la puerta principal para asomarme por la mirilla en silencio.

La mujer que estaba allí era la inspectora que le había leído sus derechos a Jason mientras un agente uniformado le había puesto las esposas.

—Llame a nuestra abogada —grité a través de la puerta.

—¿De verdad quiere hablar de esto con la puerta de por medio? Hay gente andando por la calle.

Quité los cerrojos y abrí la puerta. De haber conocido a esta mujer en otro contexto, quizá mi reacción hacia ella hubiera sido positiva. Su rostro tenía forma de corazón y parecía sonreír siempre con naturalidad. Tenía pecas de color marrón oscuro y el único maquillaje que llevaba era un poco de colorete y pintalabios rosa. Tenía los pies separados a una distancia cómoda y no hacía ningún esfuerzo por ocultar los kilos de más que empezaban a presionar desde dentro los botones de la camisa azul claro que llevaba bajo la chaqueta.

Pero esa noche era la mujer que había detenido a mi marido y que se había encargado de llevarlo por toda la ciudad para que no le diera tiempo a volver a casa a pasar la noche. En la mano izquierda llevaba algún tipo de documento.

—No tengo nada que decirle —pronuncié—, y agradecería que no gritara amenazas veladas para que las oigan mis vecinos. Si trae papeles, debería hacérmelos llegar por medio de Olivia Randall.

Alzó la mano que tenía libre.

—Sé que no tienes por qué confiar en mí, pero lo cierto es que quiero ayudarte, Angela. Me llamo Corrine. Corrine Duncan. —Me tendió la misma mano en señal de educación, pero no la acepté.

—No le he dicho que me pueda tutear.

—De acuerdo, señora Powell. Porque es señora Powell, ¿verdad? ¿No Mullen?

Sentí que mis rodillas me fallaban.

La inspectora retrocedió hasta ponerse un peldaño por debajo del nivel de la entrada.

—Lo último que quiero es que usted se convierta en un daño colateral por algo que ha hecho su marido.

—No ha hecho nada. —En los casi doce años que habían pasado desde mi regreso a casa, no había pasado ni un solo día sin miedo a que se supiera quién soy, pero en ese momento entendí que mis preocupaciones se habían atenuado con el tiempo. Ahora se habían vuelto tan intensas como cuando me atreví a salir por primera vez de casa de mis padres después de regresar a Springs.

—Obviamente, esta historia tiene otra cara —dijo la detective—. La oficina del fiscal ha aceptado demandar. El juez ha firmado una orden de arresto. Su marido me miró a los ojos y me dijo que jamás había tocado a la denunciante de este caso, pero tenemos pruebas de ADN que sugieren otra cosa. Supongo que también le mintió a usted.

—Tengo privilegio conyugal —dije—. No tengo por qué hablar con usted.

—Entonces, ¿tiene un abogado?

—Se lo he dicho antes: Olivia Randall. Voy a llamarla ahora mismo —dije, dándome la vuelta para buscar el móvil de la mesa de centro del salón.

—Es la abogada de su marido, señora Powell, no la suya. Y hará lo que sea para ganar el caso, incluido usarla a usted y a cualquiera en situación de ayudar o hacer daño a su cliente. No sé qué le ha dicho Randall, pero el fiscal puede citarla. Quizá pueda hacer que varias conversaciones suyas sean confidenciales, pero hay otras posibilidades. ¿A qué hora volvió a casa? ¿Percibió algo inusual en su apariencia o en su ropa? Ese tipo de cosas.

—No voy a ayudarla a llevarse por delante a mi marido. Deberían estar investigando a la mujer esa y su empresa.

—La mujer esa tiene un nombre, Kerry Lynch, y ahora mismo tiene miedo. Tiene miedo de que su nombre se difunda. Tiene miedo de que la culpen por lo ocurrido. Tiene miedo de que su vida no vuelva nunca a la normalidad. ¿Le resulta familiar? Es normal querer proteger a su marido, pero abra su mente un segundo e imagine que la denunciante está diciendo la verdad. Si ese es el caso, ¿realmente quiere ayudar a Olivia Randall a convertirla en una víctima por segunda vez? Este caso no va a desvanecerse. No habrá acuerdo con la fiscalía. No habrá libertad provisional. Esto está ocurriendo de verdad, señora Powell. ¿Su marido seguirá trabajando si está pendiente de juicio? Si es condenado, ¿usted y su hijo irán a visitarlo a la cárcel? Olivia Randall no va a ayudarla con esas cosas. Está cuidando de Jason, no de usted.

—Está intentando asustarme.

—Quiero que se pregunte de una puñetera vez por qué está tan segura de la inocencia de Jason. Si tiene pruebas, estupendo, quédese con él y ya veremos quién gana el juicio. Pero si solo es porque cree que le conoce…

La inspectora me entregó los papeles que tenía en la mano. Ponía que era el informe de un incidente, con fecha de esta mañana, en el que se documentaba una entrevista con una mujer llamada Lana Sullivan. Era una prostituta que afirmaba que Jason la había recogido tres años antes, cuando hacía la calle en Murray Hill. Pasé la página y encontré

213

una descripción explícita de los actos sexuales que realizó con él dentro de nuestro coche, aparcado a un lado de la calle del parque infantil cercano a la sede de la ONU. El autor del informe debía de ser un escritor profesional. Podía imaginar cada instante.

Devolví el informe a la inspectora. No quería una copia de eso en mi casa.

—He dejado fuera la parte en la que su marido básicamente le culpa a usted del hecho de contratar a una prostituta.

No podía apartar los ojos de su mirada.

—Le dijo que su mujer tenía «problemas» y por eso necesitaba irse por ahí. Sé lo que le ocurrió de joven. No puedo ni imaginar lo que tuvo que sufrir.

«No, no puedes», pensé.

—Hace mucho tiempo de eso. No tiene nada que ver con Jason.

—A no ser que lo tenga. Está apareciendo un patrón, Angela. A su marido le gusta tener poder sobre las mujeres.

¿Qué estaba insinuando? ¿Que Jason me había elegido por mi pasado? ¿Que Jason estaba fijándose en otras mujeres porque yo ya no estaba disponible para él? ¿Que solo estaba defendiendo a Jason porque estaba entrenada para ser servil? ¿Todo lo anterior? Sabía que tenía que echarla de mi casa, pero su mirada me lo impidió. Había algo en la forma en que me hablaba, como si estuviera intentando protegerme de verdad. ¿Se podría fingir así de bien la empatía?

Me obligué a romper el contacto ocular.

—Hemos terminado, inspectora. Tengo que encontrar a mi marido.

Ella asintió, pero rebuscó en el bolsillo de la chaqueta para darme una tarjeta de visita.

—Prometo que me seguiré preguntando a diario: «¿Y si Jason es inocente?». Pero, por favor, como ya le he dicho, imagine por un segundo que no lo es. Llámeme si necesita hablar.

Al coger el teléfono para llamar a Olivia Randall, metí la tarjeta de la inspectora Corrine Duncan en mi bolso. No quería que Jason la viera si conseguía volver a casa.

33

*F*ui al proceso a la mañana siguiente. Me puse lo más parecido que tenía a un traje —un vestido gris que me había comprado para el lanzamiento del libro de Jason, rematado con una chaqueta gris— pensando que sería como un juicio. Pero el asunto no duró más de diez minutos desde que por fin llamaron a Jason.

Le habían demandado por violación y por intento de contacto físico ofensivo por lo ocurrido en su oficina con Rachel Sutton. Lo sorprendente fue la fecha del supuesto incidente con Kerry Lynch. No era de la semana anterior, cuando estuvo en su casa en Long Island. Se suponía que había sido el 10 de abril, casi dos meses antes. Me quedé pensando en cuál de las muchas veces que se había follado a mi marido habría elegido para su falsa alegación.

La fianza se fijó en 100.000 dólares. Observé impotente cómo los alguaciles le volvían a esposar y le conducían fuera de la sala. Me puse muy nerviosa, pero Olivia me explicó que esa fianza solo requería 10.000 dólares en efectivo. Cuando los ingresé, nos quedaba un balance de cuatro dígitos. Era más de lo que había ahorrado antes de conocer a Jason, pero estaba preocupada.

Jason no llegó a casa hasta después de medianoche. Yo estaba sentada en el sofá, cambiando de canal sin rumbo, cuando oí la llave en la puerta.

Corrí a la entrada y le di un abrazo.

—No tenía ni idea de dónde estabas. —Olía a húmedo y tenía los ojos inyectados en sangre.

—Yo me estaba preguntando dónde estarías tú —dijo él.

—¿Qué? He estado aquí, esperando.

—Me he quedado sin batería y no había forma de encontrar un taxi. Al final le he dado a un tipo cuarenta pavos para que me pidiera un Uber desde el centro de detención.

Nos pasamos unos minutos echándoles la culpa a la policía, a los funcionarios de prisiones y a Olivia por el malentendido antes de que me preguntara si Spencer había llamado.

Sentí un tirón en el pecho. Había obligado a Colin a que me contara las cosas que Jason había tenido que sufrir las últimas veinticuatro horas. Intentó saltarse los detalles, pero yo sabía que mi marido, entre otras cosas, había tenido que acuclillarse y abrirse de piernas durante un registro corporal completo antes de entrar en la celda de la cárcel. Una degradación importante de entre las muchas degradaciones menores, como las esposas, el traslado, la toma de huellas, las fotografías, el recorrido por el sistema como si fuera una pieza en una fábrica. Pero, a pesar de todo, Jason se había acordado de que esa noche esperábamos la primera llamada de Spencer.

La regla de oro en el campamento de Spencer era que los chicos podían llamar a casa cada dos días.

—Ha llamado. Parecía animado. Feliz.

—¿Le has contado algo?

Negué con la cabeza.

—Para eso mismo le hemos mandado allí, ¿no? Y le dije específicamente a la orientadora del campamento que se asegurara de que no se oyera ni pío entre los chicos. Parece que lo llevan todo a rajatabla. Ni aparatos ni ordenadores. Le dije que tenías trabajo en la universidad esta noche.

No le conté que Spencer no había preguntado por él.

217

—Siento haber dudado de tu idea del campamento. Hiciste bien. Solo pensar que me vea así…

Parecía agotado.

—¿Estás bien, Jason?

Sin decir nada, me estrechó entre sus brazos. Sentí que temblaba, pero para cuando me soltó ya no había ni rastro de lágrimas.

—Estoy muy cansado. Necesito una ducha…

—Por supuesto.

Mientras oía el ruido del agua, me puse una camiseta de tirantes negra y unas braguitas negras. Me lavé los dientes, me metí en la cama y atenué la luz de la mesilla de noche hasta el nivel más bajo.

Sentía el vapor del baño cuando, diez minutos después, salió con una toalla a la cintura. Se estaba secando vigorosamente el pelo con una toalla de mano.

218

—Joder, qué bien me ha sentado. Oye, ¿quieres que vaya al cuarto de Spencer o algo?

—No, quiero que duermas aquí. —Doblé la manta por su lado de la cama.

Tiró las dos toallas al suelo y se metió en la cama, pero se dio la vuelta para darme la espalda.

—Gracias por haber venido. Olivia cree que ha ayudado con la fianza.

Me acerqué a él, envolviendo su cintura con el brazo que me quedaba más arriba.

—Deberíamos hablar de esto, Jason. Sigo aquí para ti.

No se movió, tampoco habló. Le puse una mano en el vientre. Al no ver respuesta, bajé con la palma de la mano unos centímetros. Él se incorporó.

—¿Qué estás haciendo, Angela?

—Pues… estoy intentando ser tu esposa.

—Pero si ya eres mi esposa.

—Intento acercarme a ti.

—¿Ahora? ¿Después de que haya pasado un día en la cárcel? ¿Cuando estaba convencido de que al volver a casa ya te habrías ido?

—No me voy a ninguna parte, Jason.

Saltó de la cama, agarró la toalla del suelo y se envolvió la cintura con ella. Seguía pareciendo agotado.

—No. No, así no van a salir las cosas, Angela. Hace tres años dejaste bien claro que esta parte del matrimonio se había acabado. Y me ha costado una acusación de... —No fue capaz de decir la palabra—. No, no voy a hacer esto.

—¿O sea, que es culpa mía? —pregunté en voz baja, antes de darme cuenta de que esas palabras salían de mi boca—. Es decir, que yo sabía, o al menos sospechaba, que no estabas siempre en la oficina. No siempre estabas en una reunión de la universidad. Podías salir con Zack. Flirtear en un bar. Quizá algo más. Supuse que era parte del trato, por culpa mía, porque era justo.

Él miraba la puerta, como si prefiriera estar en la celda en la que había pasado la noche anterior.

—No sabía que estuviéramos tan lejos, Jason. La policía ha venido. Me ha hablado de la mujer que estaba en tu coche cuando tuviste aquel golpe con el Subaru. He visto la fecha. Fue varios meses después de aquella noche, cuando todavía vivíamos en el apartamento. No estoy segura de qué es peor: la prostituta o Kerry... Se suponía que no tenían que importarte.

—¿La policía ha hablado contigo?

—Esa prostituta se acordaba de todo lo que le hiciste.

Él rompió a llorar.

—Procura acordarte de que me conoces —prosiguió—. Estás descubriendo todas las cosas horribles que he hecho durante todo nuestro matrimonio, pero de golpe. Y sé que es horrible, pero yo sigo siendo yo. Sigo al cien por cien contigo si tú también quieres. No espero que me creas, pero esa fue la única vez. Con una persona así, quiero decir. Después de esa noche, esa mierda de noche que lo cambió todo, ya no sabía cómo acercarme a ti. Te abrazaba, me metía en la ducha cuando estabas dentro, hacía todo lo que solíamos hacer para empezar. Pero tú te habías… ido. Y te echaba de menos. Me sentía muy culpable por lo que te había hecho, por el modo en el que te habría hecho sentir aquella noche. Pero también estaba enfadado. ¿Cuántas veces te dije que fueras a un psicólogo? Podías haber ido sola, o conmigo, o con tu madre. Pero no lo hiciste. Y se notaba que seguías asustada. Claro que lo estabas. He fingido entender la decisión que tomaron tus padres, pero, lo siento, Angela, es una auténtica locura.

—No me gusta anclarme en eso. Pensaba que lo entendías.

—Lo he intentado, de verdad. Pero, sin darme cuenta, llegó aquella noche horrible y nos quedamos… rotos. Así de rápido me pareció. O sea, que era perfecto, y estábamos juntos, y luego alguien nos tiró al suelo y nos rompimos como el cristal. Entonces vuelvo de una reunión en Long Island y veo a una mujer, y sé por qué está en la calle. Y, te juro, Angela, que en mi cabeza estaba justificado. No quería engañarte. No quería conectar emocionalmente con otra mujer que no fueras tú. Era como hacer algo vacío y sin sentido, sin rebasar ese límite. Un momento después, un taxi me roza el coche cuando todavía tengo a una desconocida en el asiento del copiloto. Tenía que haber insistido en ese momento en que tú y yo lo arregláramos. Que arregláramos lo que estaba roto. Pero en vez de eso seguí tomando malas decisiones.

Recordé que después de aquella noche intentó convencerme de que fuera al psicólogo. Había sido la última vez que me había sugerido esa posibilidad hasta que empezó todo esto. Pero, por entonces, no pensaba que fuera problema mío, ni siquiera suyo. Sencillamente había ocurrido. Éramos nosotros. Nos haríamos cargo.

Luego, un año después, pasé por el Cyril's y le había visto

flirteando con una chica, volvió a casa con la línea del moreno del anular desdibujada y necesitaba darse una ducha.

Así que lo sabía. Él había rebasado el límite y yo lo había rebasado con él. Así nos hicimos cargo.

Los dos creímos tener nuestro secreto, y seguimos hacia delante. Pero ahora los peligros de «un acuerdo no verbal» estaban claros. No había habido ningún acuerdo. Nuestras mentes no habían coincidido.

«No quería conectar emocionalmente con otra mujer que no fueras tú.» Así se había sentido cuando acudió a la prostituta, pero no después de conocer a Kerry.

—O sea, que es culpa mía —dije, intentando mantener la compostura—. Yo soy la razón por la que esto está pasando.

—Claro que no. Estoy intentando explicar lo que se me pasó por la cabeza, para que entiendas mi punto de vista.

—Has tenido una aventura, Jason. Me has engañado. Han sido más de tres meses, ¿verdad? —Él no decía nada—. Por favor, deja de mentir. Ojalá me creyeras cuando digo que lo peor que has hecho ha sido mentir.

Ahora no se molestó en ocultar las lágrimas. Se limitó a mover la cabeza.

—¿Cuánto tiempo?

—Más de tres meses, ¿vale?

—La fecha del registro en el juzgado era de abril, no del día que fuiste a su casa. ¿Lleva planeando esto desde hace dos meses?

—No tengo ni idea. Olivia piensa que eligió la fecha anterior para poder alegar que denunció después de leer las noticias sobre Rachel. Resultará difícil de creer que yo hiciera algo peor justo después de que otra persona me hubiera denunciado.

—Entonces ¿estuviste con ella esa noche? ¿En el hotel?

—Joder, Angela, no lo sé, ¿vale? No llevaba el registro de las veces que la veía. Ahora mismo estoy hecho polvo.

Me lo imaginé repasando el calendario e intentando reconstruir todas las noches en las que me había mentido para sacar tiempo para ella. Bueno, yo ya le había ganado en eso, había estudiado todas las posibilidades. Esa noche había dicho que un cliente se estaba poniendo nervioso por los informes financieros trimestrales. En ese momento sospechaba de todo. Del fin de semana en el que supuestamente estaba en Stanford. Del viaje a Londres del mes pasado. ¿Cuánto de ello era mentira?

—¿La querías?

Cerró los ojos, y sentí su vergüenza por todo el dormitorio. Al final durmió en la cama de Spencer.

Cuando me desperté por la mañana, ya se había ido. Se había llevado el teléfono. Y sus auriculares y sus zapatillas de correr.

Volvió a casa una hora más tarde, cubierto de sudor y con un sobre de correos amarillo en la mano.

—Tenemos que llamar a Olivia. Me ha llegado el papeleo. Kerry y Rachel me van a demandar.

34

La abogada que demandó a Jason era todavía más famosa que él. Se llamaba Janice Martinez y, según la Wikipedia, se graduó en la Facultad de Derecho de la Universidad de Míchigan, empezó su carrera como fiscal en Brooklyn y después abrió un bufete privado especializado en «conseguir justicia para las víctimas de crímenes en juzgados civiles». *Glamour* la había descrito como «guerrera feminista» hacía cuatro años. Había fotos retocadas de ella con vestidos de Escada y tacones Louboutin junto a resúmenes de sus más famosos pleitos sobre acoso y agresión sexuales.

Era el tipo de abogada mejor conocida por su trabajo delante de las cámaras que en el tribunal, y estaba exprimiendo el caso contra Jason para conseguir hasta el último gramo de atención. Dos horas después de que el agente judicial parara a Jason por la calle, Martinez dio una rueda de prensa que se emitió en directo en los principales canales por cable. Estaba junto a un atril ante una sala de conferencias llena de periodistas y cámaras, flanqueada por Rachel Sutton y Kerry Lynch.

Martinez explicó que Kerry había denunciado su caso tras ver que en las redes sociales se estaba demonizando a Rachel.

—Este es un ejemplo de mujeres dando la cara por otras mujeres. Kerry se ha puesto ante los focos solo cuando Rachel ha tenido el valor de enfrentarse a la tormenta. Creemos que puede haber más víctimas ahí fuera. Quiero que sepan que estamos aquí por ellas. La unión hace la fuerza.

La acusación más seria era la de Kerry: agresión y detención ilegal, que, según Olivia, era retener a alguien contra su voluntad, por poco tiempo que fuera. Rachel demandaba por agravio intencionado y sufrimiento emocional.

Apagué la televisión, pensando que yo tenía más causa de sufrimiento emocional que cualquiera de esas dos mujeres.

Recordé a aquella inspectora diciéndome que Olivia Randall era la abogada de Jason, no la mía. Parecía que todo el mundo tenía una abogada ocupándose de él menos yo.

Encontré la tarjeta de visita de la inspectora, guardada tras la cremallera de un bolsillo lateral pequeño de mi bolso. Había escrito su teléfono en la parte inferior usando dígitos bonitos y redondeados, seguidos de «¡A cualquier hora!».

Llamé, pero no a la inspectora Duncan.

Susanna contestó de inmediato en voz baja.

—Hola.

—¿Lo has visto?

Hubo una pausa, y después dijo:

—Yo estaba ahí. Acabo de salir de la sala. Angela, lo siento. Janice Martinez no acepta un caso a no ser que espere mucha atención mediática y un pastón.

35

Ginny estaba absorbiendo cereales Cheerios de debajo de los cojines del sofá de la familia Coleman con el tubo de una aspiradora Dyson cuando Lucy entró en aquella madriguera con la mopa en una mano y el teléfono móvil en la otra.

—Lo siento, Gin, pero Kayla ha escrito desde la peluquería. Tu yerno ha vuelto a salir en las noticias.

Ginny apagó la aspiradora.

—Lo sé. Ha salido bajo fianza. He intentado convencer a Angela para que venga aquí, pero está decidida a ser la buena esposa que se queda con su marido. —Angela la había obligado a jurar que mantendría en secreto los detalles reales del caso, pero añadió—: Es más complicado de lo que dicen las noticias. Él es inocente.

—Bueno, pero pon la tele. Kayla dice que hay una especie de rueda de prensa.

Ginny vio el final de la emisión en la pantalla de la cocina de los Coleman, pero fue suficiente para saber que esas mujeres querían la cabeza de Jason en una picota... y que querían dinero.

Fue al acceso de vehículos para llamar a Angela sin que Lucy pudiera oírla. Angela contestó con un «Hola» deprimido.

—Tienes que dejar que Jason se ocupe de esto solo, Angela.

—Por Dios, mamá, es mi marido. Si alguien acusara a papá de algo horrible, ¿te habrías hartado y le habrías dejado?

—Tu padre no me engañó con una zumbada que intentaba arruinar su vida para conseguir sus deseos.

Su hija era muy fuerte e inteligente, pero era sorprendentemente confiada, al menos con la gente más cercana a ella. Donde la mayoría tendría un espectro variable de confianza, Angela era o todo o nada. Evitaba a los desconocidos, porque de ellos se esperaba lo peor. Pero era leal hasta decir basta a la poca gente de su círculo interno: Spencer, Ginny, Jason, Susanna y Colin. Ginny podría asesinar a alguien y la respuesta de Angela sería: «Bueno, se lo habrá buscado».

Así que, al ser Angela así, estaba claro que no se iba a creer que Jason había agredido a esa mujer. Ginny sintió en la boca un sabor amargo solo de pensarlo. Según ella, si el río suena, agua lleva. ¿Dos denuncias de dos mujeres? Seguro que era culpable de algo.

Pero Jason le estaba tomando el pelo a Angela. La tenía tan preocupada por protegerlo que apenas disimulaba el hecho de que no estarían así si él no la hubiera engañado.

No estaba dispuesta a dejar que su hija se hundiera en el naufragio.

—Lo mismo es inocente de esos cargos…

—De «lo mismo» nada, mamá.

—Pero no es inocente. Ese hombre ha tenido una aventura.

—No se merece ir a la cárcel por eso.

—No, pero tú tampoco te mereces estar triste, o sin blanca, por culpa suya. He visto a la abogada esa en la televisión. ¿Sabes quién es? Se gana la vida demandando a celebridades por sus problemas de pene.

—Dios mío…

—Despierta, Angela. ¿Te has preguntado a ti misma por qué iba a mentir la mujer esa?

—Ya te he dicho…

—Me has dicho lo que él te ha contado, y conmigo no cuela. No hay mujer que se invente esto para ayudar a una empresa en apuros. Si está mintiendo, y mira que es poco probable, es porque está dolida. Él le ha hecho el daño suficiente como para que ella piense que es una venganza justa.

—No sé qué quieres decir, mamá.

—Estoy diciendo que quizá él la ha hecho sentir una víctima, aunque no sea tal y como lo entiende la ley. Seguramente le dijo que la quería. Quizá le hizo creer que te iba a dejar para irse con ella. O que ella sería la mujer que estaría a su lado cuando se presentase a alcalde. Que viviría en esa casa elegante. Es una mujer despechada, Angela. Él te ha engañado durante meses. No se merece tu lealtad.

—Mamá, para, por favor.

Ginny se dio cuenta de que su hija estaba a unos segundos de colgarle el teléfono. Cuando volvió a hablar, su voz era más suave.

—Por favor, solo te estoy pidiendo que hables con un abogado. Si estas mujeres le sientan en el banquillo, tú también lo perderás todo. Al menos intenta proteger lo que es tuyo y de Spencer, ¿de acuerdo?

Angela no discutió, ni tampoco colgó. Ginny esperaba que eso fuera una señal de que había conseguido convencerla.

—¿Cómo está mi nieto? —preguntó.

Oyó un suspiro triste al otro lado del teléfono.

—Parecía estar bien cuando llamó anoche. Está haciendo equitación y tiro con arco. Ha aprendido a orientarse en el bosque con una brújula y a colgar la basura en los árboles para que no vengan los osos.

Ginny percibió lo mucho que su hija echaba de menos a Spencer. ¿Cuánto tiempo creía que podría protegerle de la verdad?

—Y pensar que podría haberse quedado con su abuela sin gastar nada en vez de que lo abandonaran en mitad de los

227

Juegos del Hambre… Mi oferta de que vengas aquí sigue en pie. O yo podría ir allí.

Angela la rechazó, tal y como Ginny esperaba, pero cuando dijo «Gracias», sonó sincera.

Cambiando de emisora en la radio de camino a casa, un DJ estaba puntuando a Angela y a las dos mujeres que habían denunciado a Jason en una escala del 1 al 10. Al parecer, Angela se llevaba un 8 o incluso un 9, aunque parecía del tipo de mujer que «se quedaría ahí tumbada como si te estuviera haciendo un favor».

Todavía le temblaban las manos al volante cuando aparcó en la entrada de casa.

36

*J*ason fue acusado por lo penal el día después de su detención. Un día después de eso, recibió la demanda civil. Y un día más tarde, la universidad le notificó que sus clases se suspendían de inmediato.

Una hora antes de la última clase del semestre, el decano apareció en su oficina acompañado por el consejo interno de la universidad. Sus alumnos recibirían una notificación por correo electrónico de que la clase se cancelaba. Sus trabajos finales los evaluaría otro profesor según un criterio de aprobado/suspenso. Sus becarios no tendrían que hacer la última semana de prácticas en FSS para conseguir los créditos académicos. Le prohibieron supervisar a alumnos o comunicarse con ellos en calidad de profesor hasta que los casos contra él se cerraran y la universidad terminara su propia evaluación.

Jason me llamó para darme la noticia mientras metía archivos en una caja para trasladarse a las oficinas de FSS.

—¿Te van a seguir pagando? —pregunté. Me sentí ruin por preguntar por el dinero cuando su carrera se estaba desmoronando, pero había sido él quien me había dicho que en materia financiera estábamos en la cuerda floja.

—Me pagarán durante el verano, pero está claro que van a por mi titularidad. Olivia va a buscarme un abogado laboral, pero me ha recomendado que por ahora no me acerque a la facultad.

—¿Qué te ha dicho Olivia de la demanda?

—Poca cosa. Se supone que voy a reunirme con ella a mediodía para hablar del tema. Colin ha dicho que va a acompañarme.

Me la imaginé añadiendo más horas a la factura. Pensé en el correo que había visto en la cuenta de Jason del Departamento de Recursos Humanos. Le habían preguntado por su cuenta de jubilación. ¿Estaba sacando dinero de ella?

—Siempre podemos vender la casa —propuse.

—Hay que joderse, Angela, ¿eso a qué viene?

—Bueno, con los costes legales y la demanda...

—No vamos a perder nuestra casa, ¿me oyes? El que la ha cagado he sido yo. El que va a arreglarlo soy yo, ¿entendido?

—Estupendo, si te parece bien. —Sabía que no era ni estupendo ni le parecía bien.

—Necesito que alguien siga teniendo fe en mí. —Oí que su voz se quebraba. Odiaba pensar que estuviera llorando solo en la oficina, preguntándose si alguna vez volvería a ser bienvenido.

—Sigo teniendo fe en ti —le dije. Pero no sabía si la fe iba a bastar.

Susanna me llamó desde la entrada de mi casa después de las dos. Sabía que no contestaba a quienes llamaban a la puerta principal.

No se molestó en sentarse. Me miró, fue directamente a la cocina y abrió la nevera.

—No hay nada que comer —declaró—. No me extraña que estés en los huesos. ¿Estás comiendo bien?

Le di un abrazo rápido.

—¿Nos hemos cambiado de rol cuando no estaba mirando? La que obliga a la otra a comer suelo ser yo y la que pasa hambre eres tú.

—Eso es porque yo trabajo en televisión con un montón de treintañeras cuyos méritos periodísticos son un montón de desfiles de belleza. Tú, querida, deberías tener la cocina llena de comida.

—Spencer está en el campamento, eso es todo. De verdad, estoy comiendo. Por cierto, tu reportaje de hoy ha sido muy bueno… Una especie de manual de instrucciones para un capítulo jugoso de *The Americans*. —De Susanna se valoraba su tono cínico pero alegre, pero yo sabía que el reportaje sobre documentos de identidad falsos de esta mañana era el resultado de casi un año de investigación—. ¿Qué les va a pasar a los empleados que siguieron la corriente? A mí me parece que se merecen medallas de honor.

—La historia que no puedo quitarme de la cabeza es la de Lucia. Si no hubiera conseguido pasaportes falsos para sus hijos, su marido la habría matado cuando intentó marcharse. Y el empleado de los pasaportes que hacía el papeleo actuaba así porque su hermana necesitaba quimioterapia y no tenían dinero. Así que, sí, si pudiéramos dejar de lado a los mafiosos que mediaban, se podría decir que era una situación beneficiosa para todos.

Seguí insistiendo en que me contara los pormenores de su investigación hasta que al final me cortó.

—Bueno, ya vale con lo de cambiar de tema, señorita. Estás intentando evitar que hablemos de que no te estás cuidando.

—Estoy bien.

Me acompañó al salón y se sentó a mi lado en el sofá.

—No lo pareces. —Me estaba mirando, y sentí que me leía el pensamiento. Quería esconderme—. ¿Estás pensando en dejar a Jason? —preguntó—. Porque nadie te culparía, dadas las circunstancias.

Hice un gesto negativo.

—Te preocupa otra cosa —prosiguió— mucho más que lo que me has contado hasta ahora.

231

La última vez que la había visto había sido para comer en el 21 Club antes de que Jason se viera obligado a contarme su aventura con Kerry, y yo le había dado una versión básica de los acontecimientos desde entonces. No era lo mismo que contarle lo que tenía realmente en la cabeza.

—La abogada de Jason quiere que use mi pasado como parte de su defensa.

Sus ojos se abrieron de incredulidad.

—Sé que Jason es inocente —dije intentando no llorar—, y quiero ayudarle, pero no es justo que yo tenga que pagar por lo que ha hecho él.

—Pues no lo hagas —dijo ella, soltando su abrazo—. Dile a su abogada que lo tuyo está vedado.

—No sé si fiarme de ella. Encontrará una forma de utilizarlo. Lo filtrará a la prensa. O lo soltará en la corte antes de que nadie pueda pararla.

232

—Dile a Jason que si ella dice una sola palabra sobre ti, le dejas. En serio: si quiere que Jason parezca empático, la imagen de ti levantándote y marchándote será un tiro por la culata.

—Pero es que sí es relevante, Susanna.

En la expresión de su cara se notaba que no veía la conexión.

—Jason y yo no… no lo hemos hecho, ya sabes, desde hace años. Y es por culpa mía. Olivia dice que hará que su aventura resulte más comprensible si la gente sabe que yo no… estaba disponible para él en ese aspecto.

—No —dijo Susanna, negando con la cabeza firmemente—. Ni de broma. Si él ha tenido una aventura con esa mujer, que esa sea su defensa. Será absuelto. Y eso es todo. No puede culparte a ti de su infidelidad, Angela. Por favor, sé que estás decidida a quedarte a su lado, pero no le debes esto.

—Pero es que quizá sí. Es culpa mía. Llevo años diciendo que el pasado es el pasado. Que he empezado de nuevo. Que estoy bien. Que soy «buena y aburrida». Pero, obviamente, no es cierto.

Me rodeó con un brazo. Al hablar, pareció menos firme.

—¿Por qué no me has contado esto, cariño? Pensaba que erais la pareja perfecta.

—Lo somos. O lo éramos. Pensé que sí. Pero no... —Giré mi mano para sustituir las palabras.

—Siento fisgonear, pero ¿por qué no? Recuerdo cuando os casasteis y os quedasteis en mi casa mientas remodelábamos la casita de invitados. Se os oía a través de las paredes.

Me cubrí la cara con las manos.

—Qué vergüenza.

—No fue para tanto. Pero hablo en serio, ¿ha cambiado algo? ¿O nunca llegaste a disfrutar con él? ¿O no fue... real?

Se le notaba que esta última explicación le hacía sentirse triste por mí, como si me hubiera perdido algo importante en la vida. Sospeché que la respuesta a todas sus preguntas era que sí. Que era... complicado. No puedo saber cómo habría sido mi vida de no haberme subido en el coche de Charles Franklin. Lo que sí sabía era cómo me sentía cuando leía revistas como *Cosmo* o *Elle*, o cuando oía las conversaciones de otras mujeres parloteando sobre sexo en las fiestas donde me encargaba del *catering*, y no me sentía tan cómoda con el sexo —ni me alegraba, ni lo deseaba— como debiera. No es que lo odiara o que no me gustara. Me gustaba su cercanía, y había aprendido a apreciar el placer físico que producía. Pero no lo necesitaba ni lo buscaba, aparte de como indicativo de que mi matrimonio era normal... y de que yo era normal.

No vi razón para explicarle todo esto a Susanna en ese momento, porque su primera pregunta era la que realmente importaba. Sí, algo había cambiado en mi relación con Jason.

Decidí contárselo. Si se lo iba a contar a alguien, tenía que ser a Susanna.

233

—La última vez que estuvimos juntos de ese modo fue hace tres años y lo pasé fatal.

—¿A qué te refieres? ¿Tuviste un *flashback*?

Me sorprendió que usara esa palabra en concreto. Solo una vez le había hablado de mis *flashbacks*, y solo con el propósito de explicar por qué no quería escribir un libro, ni hacer una entrevista, ni ir a terapia. «Aparte de algún que otro *flashback*...»

—No lo sé —dije—. Algo así. Pero fue horrible. Yo me puse a llorar, nos peleamos y... —Me sorprendió lo amargo que me estaba resultando recordar lo ocurrido aquella noche.

—Practicar sexo con tu marido no debería hacerte llorar. Si estabas sufriendo por lo que has pasado, él tendría que haberlo entendido. A veces la gente sencillamente no está de humor. No tiene por qué ser un problema.

—Creo... que él no se dio cuenta.

—¿De qué no se dio cuenta?

—De que yo no quería... —Estaba meneando la cabeza y empecé a llorar.

—Angela, por favor, estás hablando conmigo. Dímelo. Si Jason hizo algo que tú no querías que hiciera...

Oí que la puerta principal se abría y después sonaron voces. Jason había vuelto de su reunión con Olivia, y Colin lo acompañaba. Me sequé la cara con la parte de atrás de la manga y forcé una sonrisa.

Jason paró para darme un beso rápido en la cabeza y para saludar a Susanna, y luego se fue arriba. Cerró la puerta de su estudio.

Le pregunté a Colin qué tal había ido la reunión con Olivia.

—Pues ha dicho que la demanda civil es una buena noticia.

—Alguien debería explicárselo a Jason —dijo Susanna—. Sinceramente, tiene peor pinta de lo que me esperaba.

Colin miró escaleras arriba para asegurarse de que Jason no podía oírlos.

—Pues, la verdad, creo que en parte está en fase de negación. Estaba convencido de que esto iba a desvanecerse. Hoy ha sido un despertar. La universidad va a por él, y encima tres clientes de FSS han llamado para irse.

Pensé en si Jason tenía previsto contarme lo de los clientes.

—Todo esto no parecen buenas noticias —dijo Susanna.

—Según Olivia, sí —explicó Colin—. El caso civil hace que Kerry parezca avariciosa, lo cual encaja con lo que Jason ha dicho desde el principio. Olivia dice que puede usarlo para cuestionar las motivaciones de Kerry. —Me parecía horrible oír el nombre de la mujer esa en mi casa—. Además, una demanda por lo civil implica que podemos aprovechar el descubrimiento de pruebas.

Debió de darse cuenta de que no me había enterado de esa parte.

—Los casos civiles tienen normas distintas para acceder a las pruebas. En un juicio penal, los fiscales no comparten la información que tienen. Pero ahora que Kerry ha demandado, Olivia puede solicitar acceso a las pruebas porque son importantes en un proceso civil. Y, lo más importante, Olivia puede llamar a declarar a Kerry, es decir, que la puede interrogar sin que haya un jurado delante.

Me di cuenta de que solo estaba hablando de Kerry, como si Rachel no importara.

—¿Eso significa que Martinez puede llamar a Angela a declarar? —preguntó Susanna. No se me había ocurrido esa posibilidad.

—Supongo, pero no me puedo imaginar por qué lo haría. —Susanna me estrujó brevemente la mano mientras Colin intentaba animar el tono—. Confiad en mí: ella iba a demandar antes o después, así que es mejor que lo haga a tiempo de que nos carguemos la denuncia penal. Y ahora, voy a sacar a Jason de su oficina para que vosotros dos comáis algo.

Cuando Colin subió las escaleras, Susanna me puso la mano en el antebrazo y volvió de un salto a nuestra conversación anterior.

—Tienes que decirme qué ocurrió entre vosotros.

Me negué. Llevaba tres años culpándome por romper lo que esperaba que fuera solo una parte pequeña de nuestro matrimonio. Ahora ya no sabía qué pensar. Lo que sí sabía era que no estaba preparada para hablar de ello.

Comimos en Lupa sin mediar palabra. Mientras el camarero cobraba con la tarjeta de crédito de Susanna —ella insistió—, Jason recibió un mensaje de Olivia Randall. Había cumplimentado una moción para acceder a todas las pruebas del Departamento de Policía de Nueva York y la oficina del fiscal del distrito. También quería suspender el caso penal contra él mientras la demanda civil estuviera pendiente.

—Entonces, ¿eso qué significa? —preguntó Jason mirando a Colin.

—Hazlo —dijo Colin—. Le das al botón de pausa a los cargos penales y te encargas primero del caso civil. Si llegas a un acuerdo financiero, los cargos penales podrían desaparecer.

Susanna me lanzó una mirada de preocupación. Colin ya estaba hablando de un acuerdo. Oí que el teléfono de Jason emitía un *blup* cuando presionó el botón de enviar.

—Ya te dije que la demanda civil podría ser una bendición disfrazada —dijo Colin cuando salíamos del restaurante.

Nada de esto parecía una bendición.

Spencer llamó por la noche desde el campamento. Jason estaba en casa, pero Spencer no quiso hablar con él. Yo quería decirle que su padre necesitaba oír su voz, pero el objetivo de enviarle lejos era protegerle de lo que estaba ocurriendo en casa.

—¿Cuánto tiempo vas a estar sin hablarle? —le pregunté.

—El tiempo que haya estado engañándote. ¿Qué te parece?

Llevaba solo cuatro días fuera y ya me sentía como si hubieran sido cuatro meses. Intenté convencerme de que valía la pena. Al menos en su mente, el único delito de su padre era tener una aventura. Pero el campamento no iba a durar para siempre.

37

—¿*Q*ué sabes de Mozambique?

Gracias a todas las llamadas por el caso de Jason Powell, Corrine reconoció de inmediato el número del fiscal Brian King.

—Estás de coña, ¿no? Soy afroamericana, no de África oriental.

—No lo digo por eso. Al menos tú sabes que está en África oriental, así que me ganas.

—¿A qué viene el concurso de geografía? —pregunté.

—Estaba leyendo sobre el jefe de Kerry Lynch.

Corrine sabía que la abogada de Powell estaba amenazando con convertir el juicio en una acusación contra el jefe de Kerry por una conspiración de sobornos.

—¿Es serio? —preguntó Corrine.

—No tengo ni idea. Pero me he pasado una hora leyendo sobre empresas de privatización del agua que operan en países en vías de desarrollo. El acceso a agua potable en esas zonas del mundo puede salvar vidas, pero también implica negociar con algunos regímenes un poco sospechosos.

—¿Regímenes sospechosos? ¿Eso es terminología oficial del Departamento de Estado?

—¿Qué soy, un consejero de relaciones internacionales? Estas cosas me superan. Al parecer, un puñado de compañías han dejado de operar en ciertas partes del mundo en las que el agua es particularmente necesaria. Oasis, en cambio, sigue haciendo contratos de privatización, por lo cual son los preferidos de la pandilla de Jason Powell.

—Pero quizá eso haga que surja la pregunta de por qué son capaces de hacer lo que otros no pueden.

—Bueno, eso es lo que dice Olivia Randall, y el hecho de que Kerry haya tenido una aventura con el director ejecutivo no ayuda. Y, mientras tanto, Kerry no me quiere hablar del tema. He llamado al consejo interno de Oasis con algunas preguntas generales y básicamente me han dicho que me vaya a tomar viento. Este juicio va a ser un espectáculo lamentable... si es que llega a celebrarse.

King ya estaba bastante nervioso ante los complejos argumentos que Olivia Randall prometía sacar en el juicio, y eso había sido antes de que Kerry los sorprendiera el día anterior al presentar una demanda civil del modo más ostentoso posible. Corrine respetaba el trabajo de Janice Martinez a favor de las víctimas de delitos, pero también sabía que su prioridad no era conseguir condenas penales ni sentencias. Creía en el castigo a través del talonario. Ahora insistía en que la comunicación con Kerry pasara exclusivamente a través de ella, y se negaba a dejar que Kerry contestara a preguntas sobre su empresa o la relación que tuvo con Tom Fisher, insistiendo en que eran temas irrelevantes.

—También me he informado sobre el propio Powell.

—Te has pasado el día leyendo.

—Encontré un artículo que escribió para el *Huffington Post* hace un año sobre las buenas obras que están haciendo empresas privadas por todo el mundo: sistemas de purificación de agua, como Oasis, luz solar de bajo coste en regiones del tercer mundo, suplementación nutricional a madres mal alimentadas que podría reducir un tercio la tasa de mortalidad infantil... El jurado está esperando a darle una medalla.

—Pero sabes que un hombre puede ser estupendo de cara al público y un depredador a puerta cerrada.

239

Corrine pensó otra vez si debía contarle a King lo que sabía del pasado de Angela Powell. Si le preocupaba que el jurado considerara a Jason Powell un santo, no ayudaría descubrir que estaba casado con la mujer que había sobrevivido a los abusos de Charles Franklin y que estaba criando al hijo que había nacido de aquello. De hecho, a Corrine le sorprendía que la abogada de Powell no hubiera difundido este dato. Pero imaginaba que Angela era quien impedía esa maniobra. Ese inspector de East Hampton había dejado claro lo mucho que se había esforzado su familia por mantener el pasado en el pasado.

Tras hablar con la mujer cara a cara, Corrine estaba segura de que la esposa de Powell había pasado años desarrollando una meticulosa imagen de ella misma. Ni se inmutó cuando Corrine le contó lo de la prostituta. Quedarse al lado de su marido era una cosa, pero Corrine no se imaginaba a Angela poniéndose en el punto de mira por él.

De momento, decidió guardarse la información.

—A menos que no sea un depredador —prosiguió King—. Si tenía una aventura con Kerry y sospechaba de Oasis, tendría sentido que acudiera a ella para ver si sabía algo. Quizá se equivocó al confiar en ella.

Hizo un repaso rápido a la lógica de la defensa de Powell. Si Kerry creía que Powell iba a acabar con Oasis, su propia fuente de sustento también estaba en peligro. Podría haberles dicho a sus jefes —incluido con el que tuvo una aventura— que Jason era un problema, y después utilizar su relación para inventar una denuncia sexual al rebufo de la denuncia inicial de Rachel contra él.

—Tenías que haber estudiado Derecho, Duncan. Acabas de hacer un resumen *magna cum laude*.

—Siento decírtelo, pero gano más dinero que tú aunque hagas horas extra, y puedo jubilarme si quiero dentro de cinco años y cobrar pensión. Puedes quedarte con tu *Juris Doctor*.

—¿Seguro que no quieres salir conmigo?

—Deja de preguntar. Da un poco de lástima. Si no lo tuviera claro, diría que estás empezando a creer a Powell.

—No repitas eso delante de nadie, pero llegados a este punto, no sé qué pensar. Me inquieta que Powell supiera tanto sobre la relación de Kerry con su jefe. Me hace pensar que está diciendo la verdad sobre la aventura.

—Sabes que alguien puede violar a una mujer después de haber tenido con ella relaciones sexuales consentidas, ¿verdad?

—A mí no tienes que darme *femiexplicaciones* sobre los delitos sexuales.

—Por favor, eso que has dicho no es una palabra.

—Mira, lo entiendo: he procesado a un montón de violadores que atacan en citas. También en casos maritales. Pero Kerry niega cualquier tipo de relación con Powell. Eso reduce su credibilidad.

—Si hubiera venido diciendo que había tenido una relación intermitente con un consultor de su trabajo y que una noche hace seis semanas la forzó a acostarse con ella, ¿qué habrías hecho?

No respondió.

—Bueno, desde un punto de vista hipotético, ¿realmente importa que tuviera una relación con Powell?

—Lo retiro. No deberías haber estudiado Derecho. Tendrías que enseñar Derecho, con método socrático y todo.

—El caso es que Kerry puede haber mentido sobre algunas cosas, pero no sobre las que importan. Quizá pensó que no la creeríamos a no ser que pareciera una «violación en toda regla» en vez de una violación en una cita. —Utilizó la mano libre para hacer las comillas en el aire.

—Eso no va a funcionar con el jurado —dijo King—. Y si Janice Martinez ve un atisbo de que estoy cuestionando el relato de Kerry, me hará parecer un neandertal misógino ante la prensa.

241

—Bueno, tú presenta el caso y permite que Powell haga lo mismo. Dejemos que las fichas caigan donde les corresponda. ¿No funcionan así los jurados?

—No funcionan así y lo sabes.

A Corrine le parecía que era exactamente así como funcionaban, o, al menos, así debían funcionar. King parecía pensar que su tarea —solo suya— era decidir quién recibiría un castigo y a cuánto ascendería.

—De todas formas, no sé por qué te cuento todo esto. Te llamaba para decirte que ya tengo la citación de Olivia Randall solicitando acceso a nuestras pruebas porque están relacionadas con un caso civil. Además, quiere que suspendamos la acusación hasta que la demanda civil esté resuelta.

Las implicaciones estaban claras. Si llegaban a un acuerdo en la demanda civil, parte del paquete sería una petición conjunta para abandonar el caso criminal.

242

—¿Qué vas a hacer?

—¿Qué puedo hacer? Entregar lo que tenemos. En lo que respecta al tiempo, quizá tengas razón. Dejemos que caigan las fichas. Si el caso desaparece, será culpa de Janice Martinez.

Cuando Corrine colgó, sintió que el caso se le escapaba. Lo que fuera a ocurrir ocurriría. Su trabajo estaba hecho.

38

Tres días después

¿*Q*ué te pones para ir al juicio por violación de tu marido?

Me quedé en el vestidor recordando lo absurdamente fantástico que me había parecido cuando Jason y yo vimos por primera vez la casa con nuestra agente inmobiliaria, Julia, Juliette, Julianna, o comoquiera que se llamara. El vestidor era casi tan grande como mi dormitorio en casa de mi madre, y estaba en Manhattan, donde todo se supone que es más pequeño.

Ahora, dos años después de mudarnos, el vestidor estaba todavía medio vacío. Nunca fui una persona de mucha ropa. ¿Qué necesitaba de verdad? Vaqueros y camisetas, varias sudaderas, unos pocos vestidos para ocasiones especiales. Opté por el práctico vestido azul marino de Trina Turk, con mangas de tres cuartos y la falda acampanada por encima de la rodilla que me había comprado en un principio para el funeral de mi padre.

Hice el esfuerzo de peinarme con el secador, acercando la boquilla a un cepillo grande y cilíndrico. Me maquillé a conciencia: en vez de las manos, utilicé las carísimas brochas que me había encasquetado la vendedora de Sephora. Me miré en el espejo antes de salir del dormitorio. No estaba mal.

Jason me estaba esperando al final de las escaleras. Si no supieras el contexto, habrías imaginado que era nuestro aniversario o alguna ocasión especial. A veces se me olvida cómo me sentía antes cuando él me miraba.

—¿Olivia todavía no sabe si ella estará allí?

Jason hizo un gesto negativo, sacó un Nicorette del bolsillo y se lo llevó a la boca.

«Allí» era el juzgado. «Ella» era Kerry Lynch.

Nos dimos la mano y fuimos a la puerta. Un conductor nos esperaba fuera. «Por favor, que ella no esté allí.»

Cuando entramos en el juzgado, vi a Janice Martinez delante de la fila de los espectadores; estaba hablando con un abogado al otro lado del estrado. Supuse que era el fiscal. Una ojeada rápida mostró que no estaban presentes ni Kerry Lynch ni Rachel Sutton. Cuando Martinez se sentó sola en la primera fila y la jueza por fin ocupó el estrado, me permití un suspiro de alivio. Ir allí con Jason ya había sido bastante duro. No me creía lo bastante fuerte como para estar en la misma sala con esa mujer.

Veinte minutos y dos casos después, di un respingo al oír que se abría la puerta del juzgado. Lancé una mirada rápida sobre el hombro, temiéndome la entrada de Kerry. Era Susanna, que llegaba tarde. Me había prometido que haría lo posible por venir después de la emisión de *New Day*, pero ya sabíamos que su horario era impredecible.

Me dio una palmadita ligera en la rodilla y se deslizó en el banco a unos centímetros de mí. El juzgado estaba lleno de periodistas.

Sentí que todas las miradas se posaban en mí cuando el alguacil anunció el caso de Jason y la jueza preguntó a Olivia por la moción pendiente.

—Señoría, nuestra moción tiene dos objetivos: uno que considero nada conflictivo y otro que quizá requiera una explicación. En aras de la eficiencia…

—Ha decidido que deberíamos vagar por la vía de la discusión. Maravilloso. Cuénteme.

Según Olivia, la jueza Betty Jenner era más afín a la defensa de lo que parecía. En su tiempo libre, al parecer disfrutaba del vino, del arte y del teatro. En el juzgado, disfrutaba de dar rienda suelta a su ingenio para mantener a los abogados a raya.

Presté atención mientras Olivia recitaba las fechas de la lectura de los cargos de Jason y la presentación de la demanda civil.

—He presentado varias solicitudes de descubrimiento, así como una citación para el fiscal del distrito King pidiendo acceso a cualquier prueba referente a la demanda presentada por la señorita Martinez. —Olivia también enumeró una lista de razones para aplazar el caso penal mientras estuviera pendiente el civil.

Las pocas veces que había visto a Olivia en persona me había parecido muy normal. En realidad, mejor que normal. Atractiva, segura, un poco malvada. Incluso me había preguntado si tenía algo con Colin. Ahora, en el juzgado, parecía totalmente distinta. Mi mente se dispersó pensando en cómo la gente pasa toda la vida interpretando un personaje. Yo no, o al menos eso pensaba.

El juez preguntó al fiscal, Brian King, su posición ante la petición de Olivia de recibir las pruebas.

—Señoría, la citación nos llegó hace solo tres días.

—He de suponer que todavía no ha entregado nada. —No parecía contenta con aquella respuesta.

—Algunas pruebas son digitales y, a decir verdad, la demanda civil nos pilló con la guardia baja.

La jueza ofreció una sonrisa irónica para mostrar que apreciaba el ingenio del comentario.

—¿Pretende decirme que la entrega de pruebas se producirá pronto? ¿Tenemos fecha?

245

—Inminente, señoría.

—Oh, inminente. Qué emocionante. ¿Debería programar el Apple Watch?

—Al final de la jornada de trabajo.

—A las cinco. Excelente. Ahora bien, supongo que esta ha sido la parte fácil. ¿Qué hacemos con dos casos pendientes con el mismo objeto?

—No son iguales —explicó la acusación. Mientras defendía las diferencias entre una demanda civil privada y una denuncia penal presentada por el Estado, recordé al abogado que me contó lo mismo cuando mis padres presentaron una demanda en mi nombre contra la propiedad de Charles Franklin. Estaba muerto, así que no podíamos mandarle a la cárcel, pero todavía podíamos presentar una demanda civil. Resultó que un contratista en Pittsburgh podía permitirse una casa y un Lexus y solo tener un valor neto de ciento cincuenta mil dólares, pero aquello permitió que mis padres se aferraran a su casa hasta que yo empezara a contribuir económicamente.

El fiscal concluyó sus observaciones sugiriendo que ambos casos se desarrollaran por separado pero de manera simultánea.

—¿Qué desean sus demandantes, señor King?

—Tendrá usted que preguntárselo a la señorita Martinez, señoría.

Los ojos de la jueza se abrieron mucho.

—¿No se lo ha consultado a sus propias víctimas?

—Nuestra comunicación pasa a través de la señorita Martinez, quien, al ser notificada de la moción del acusado, ha decidido aparecer hoy en persona.

—Vaya, qué cortés por su parte, y seguro que no tiene nada que ver con todos los periodistas que hay aquí.

Sonaron algunas risitas en el juzgado. ¿Cómo podía esto parecerle gracioso a alguien? El futuro de mi marido estaba en juego.

Puede que yo ya estuviera condicionada, pero la voz de Janice Martinez me resultó nasal y chillona.

—Señoría, represento a las dos mujeres en el caso civil contra Jason Powell. Tal y como les he explicado ya tanto a la señorita Randall como al fiscal del distrito King, por el momento mis clientes no están tomando ninguna posición oficial ante la presente moción. Sin embargo, me gustaría señalar que tener dos casos pendientes a la vez seguramente lleve a retrasos en los dos.

—Eso me suena a tomar una posición, señorita Martinez.

—Es una mera observación.

—Muy bien. ¿No preferirá que se resuelva el caso criminal primero? —La jueza estaba dando golpecitos con los dedos en el estrado, al parecer tratando de insistir en algo que a mí se me escapaba.

—No, señoría.

La jueza asintió, como si se confirmara una sospecha.

El fiscal debió de entender el intercambio no verbal de información, porque saltó para detener lo que fuera que estuviera a punto de ocurrir.

—Esta maniobra es un intento descarado de la defensa de usar el caso civil para sacar a su cliente del sistema de la justicia penal. Cuando las partes lleguen a un acuerdo económico en la demanda civil, la señorita Randall alegará que sus efectos tienen validez en el caso penal.

Tanto Olivia como Martinez intervinieron. Olivia llamó al fiscal «paranoico» y Martinez dijo que ese razonamiento era «ofensivo».

La jueza tampoco parecía contenta.

—Yo me andaría con cuidado, abogado. Si no lo conociera, me parecería que está acusando a sus propias víctimas de estar abiertas a la idea de vender su testimonio, y estoy seguro de que no pretendía sugerir tal cosa. Ahora bien, en aras de la economía judicial…

247

El fiscal ya estaba negando con la cabeza con las manos en las caderas. Algo me decía que el que tenía razón era él.

—¿Tiene algo que añadir, señor King? —preguntó la jueza—. Si no, voy a retrasar el inicio del juicio treinta días. A no ser que haya algún problema, espero no saber de ustedes hasta entonces. Señorita Randall, señorita Martinez, me parece que tienen mucho de que hablar.

Fuera de la sala, Olivia preguntó si podía hablar a solas con Jason. Mientras se alejaban hacia el otro extremo del vestíbulo, un hombre al que había visto en la sala empezó a seguirlos, pero Olivia se volvió y le soltó:

—Acércate mientras hablo con mi cliente y no volveré a hablar con *The Post*. —El humillado periodista corrió al ascensor a tiempo de parar las puertas que ya se estaban cerrando.

Cuando Susanna y yo nos quedamos solas, le pregunté si entendía la decisión del juez.

—Me parece que esas mujeres están dispuestas a quedarse con el dinero y no seguir adelante en el caso criminal.

—¿Y eso no es soborno?

—La diferencia es difusa. No puedes pagar a un testigo para que guarde silencio, pero si las partes llegan a un acuerdo, el fiscal puede retirar los cargos. Como mínimo, cualquier juez leería entre líneas y sería indulgente en la sentencia.

—Supongo que en general eso es una buena noticia, ¿no? —No concebía que pagar a la amante y a la becaria de mi marido se pudiera considerar una buena noticia.

—Pues me temo que yo traigo malas noticias.

Me llevó a un banco cercano para que nos sentáramos.

—Wilson Stewart, el becario que se enrolló con Rachel, me ha llamado. Por eso he llegado tarde.

Sentí que se me hacía un nudo en el estómago.

—Quería decirme que había exagerado su declaración —prosiguió.

—¿Cómo?

—Dijo que la hizo parecer más despistada e histriónica de lo que realmente es. También explicó que Olivia Randall le había dicho que Jason estaba impresionado con su trabajo y que quería ayudarle a encontrar un buen trabajo, pero que no podría hacerlo si le hacían caer con denuncias falsas.

—¿De verdad? No me imaginaba algo así viniendo de esa mujer. Me alegro de que esté de nuestra parte y no de la de ellas.

—Para que seamos claras, Wilson sigue diciendo que no tiene ni idea de qué ha ocurrido y que siempre ha visto a Jason comportarse de un modo profesional.

—Ya —dije con la mirada perdida.

—Entonces, ¿sabías que Olivia le había ofrecido una recomendación de trabajo antes de que viniera a mi programa?

No dije nada. ¿Qué significa realmente «saber» algo?

—Angela, has dejado que traiga a una persona a televisión a mentir.

—Yo no pensaba que estuviera mintiendo. Olivia fue la que lo amañó todo…

—Tú solo dijiste que ella haría lo que fuera por ganar. Pero dejaste que me metiera en su plan.

—Lo siento, Susanna. No sé qué más decir. Por favor, no te enfades conmigo ahora. No sé si puedo soportar esto sin ti.

Negó con la cabeza.

—No estoy enfadada contigo. Pero esto me ha pillado desprevenida. Quizá haya más de lo que nos creemos en el incidente con la chica de la oficina, en cuyo caso…

—No lo hay, Susanna. Jason no es un santo, pero no es un maníaco sexual.

—Tú dijiste la otra noche que algo ocurrió entre vosotros. Algo malo, y entonces dejasteis de… —No necesitaba terminar la frase.

No entendí la transición entre mis palabras y las suyas hasta que lo asimilé.

—No. Dios, no. No tiene nada que ver, te lo juro.

—Entonces, ¿qué ocurrió?

—Ya te lo he dicho. Me asusté. Y creo que después él tenía miedo de estar conmigo.

—Eso no es lo que parecía cuando hablabas del tema. Dijiste que había ocurrido algo malo y que tú te echaste a llorar. Dijiste que «no creías que él supiera que tú no querías» y luego te cerraste en banda. Le estabas excusando por algo que hizo, Angela. ¿Qué te hizo?

Oí que Olivia tosía, y al volverme la vi andando hacia nosotras seguida de cerca por Jason. Susanna metió la mano en el bolso y sacó un taco de papel grapado y doblado por la mitad y me lo metió en el bolso con discreción.

—Te he impreso algo. Prométeme que lo vas a leer entero y que pensarás en ello con la mente abierta. Espero equivocarme, pero, por favor, prométemelo.

—Vale. Te lo prometo.

Me dio un abrazo tras acompañarnos al coche que nos estaba esperando. Volví la cara y divisé a un fotógrafo a lo lejos. Me repitió que no necesitaba que la llevaran a ninguna parte e hizo señales de despedida cuando nos alejamos del bordillo.

Mientras Jason repasaba su correo electrónico en el teléfono, yo eché una mirada furtiva al interior del bolso, separé el papel plegado para leer el título del artículo que Susanna me había imprimido: «Por qué las mujeres no siempre saben que las han violado».

Cerré el bolso de golpe al oír la voz de Jason.

—King hablaba en serio al decir que iba a ser inminente.

—¿Cómo? —Yo seguía intentando procesar las palabras que acababa de leer.

—Olivia me ha escrito. Ya tiene un archivo comprimido con

las pruebas del fiscal. Habrá pinchado el botón de enviar justo después de la audiencia.

—Ah.

—Me va a mandar un resumen con cualquier pregunta que le surja.

—Suena bien. Más horas facturadas. Bien por ella, mal por nosotros.

—Gracias de nuevo por venir conmigo. Sé que no es fácil.

—No hay de qué. —Hizo muestras de querer darme la mano, pero yo fingí no darme cuenta.

Escuché sus planes para llevar el coche al concesionario a la mañana siguiente. Yo contuve el deseo de decirle que hacía seis días que le había recordado que necesitábamos asistencia. El mundo no se paraba porque él tuviera problemas legales.

—¿No lo necesitas esta semana? —susurró.

Le dije que no. ¿Adónde iba a ir?

—Pediré un vehículo de sustitución por si acaso.

Me di cuenta, por su expresión, de que estaba orgulloso de sí mismo por ser tan atento.

39

De: Olivia Randall
Para: Jason.Powell@nyu.edu
Re: Pruebas de policía/fiscal
Fecha: 6 de junio

252

Buenos días, Jason. He repasado el archivo comprimido que el fiscal King me envió ayer. La mayoría es lo que nos esperábamos: declaraciones de Rachel, Kerry, Zack, Wilson y la tuya; tu prueba de ADN; una grabación del W Hotel de la noche del supuesto incidente. Pero hay un par de sorpresas:

1. En la grabación de seguridad, parece que Kerry y tú estáis discutiendo al salir de la habitación. Sigues pareciendo disgustado cuando te quedas solo en el ascensor. Lo presentarán como que ella te echa de su cuarto y tú pareces nervioso/asustado/arrepentido después. Argüirán que demuestra que vuestro encuentro sexual de aquella noche no fue consentido.

2. En la declaración de Kerry (adjunta), afirma que cuando rechazó tus insinuaciones, la agarraste, la tiraste a la cama y le ataste las muñecas con tu cinturón de cuero. En el archivo de pruebas hay fotografías de supuestas lesiones en las muñecas de Kerry. Lo que veo en las imágenes (también adjun-

tas) parece coincidir con que la ataran con fuerza (no hay heridas, pero sí moretones).

3. Un informe policial de un accidente de coche de hace tres años. Te acompañaba Lana Sullivan, a quien la policía entrevistó la semana pasada. Afirma que contrataste sus servicios de prostituta esa noche.

Deberíamos reunirnos para hablar, pero, mientras tanto, piensa un poco en estas preguntas:

1. ¿Recuerdas haber discutido con Kerry la noche del W? ¿Por qué pareces tan disgustado?

2. Como ya hemos hablado, el ADN de la ropa que entregó al Departamento de Policía de Nueva York no puede asociarse a una fecha concreta. La descripción de las prendas es como sigue: camisa negra y ropa interior negra (sin más detalles), entregado todo en una bolsa de plástico con la insignia del W Hotel. (En el vídeo de vigilancia del hotel lleva una falda negra.) Es fácil de imaginar que tuviera una bolsa de la colada de una cadena de hoteles que utiliza con frecuencia. ¿Recuerdas si Kerry llevaba una falda y ropa interior de color negro la última vez que la viste? Me gustaría alegar que el ADN es de un encuentro después de que se hiciera pública la denuncia de Rachel Sutton.

3. Fotos de lesiones. Puedo sostener que no han sido autentificadas. No hay forma de establecer que las lesiones sean suyas o que no sean autoinfligidas. Pero deberíamos hablar de si tienes una explicación alternativa.

4. En cuanto al informe de prostitución: cualquier juez eliminaría esta prueba como irrelevante y prejuicial, pero me preo-

cupa que se filtre. Te has mostrado reacio a discutir detalles de otras actividades extramaritales conmigo, pero el hecho de que hayan encontrado a una prostituta de hace tres años significa que están buscando patrones de mala conducta. Janice Martinez va a hacer lo mismo. Deberíamos hablar del aspecto que tendrá la narrativa si todo esto se hace público. Por cierto: ¿algún cambio respecto a la posición de Angela en cuanto a esto? Sé que está preocupada por proteger su pasado, pero no haría falta hablar de Pittsburgh, etcétera, a pesar de que, por supuesto, sería ideal.

Una entrevista sentada con una cara amable —quizá su amiga Susanna— sería muy oportuna. Lo único que tiene que decir es que el acuerdo que tengáis vosotros dos es una cuestión privada y que confía plenamente en tu inocencia. No parecía receptiva cuando saqué el tema. Sé que no quieres preguntarle directamente. Pienso hablarlo con Colin.

40

Cuando Colin llamó y se ofreció a traer algo de comer, yo me esperaba que viniera con comida china para llevar o bocadillos de una tienda. Pero llegó con una bolsa de la compra con el logo de Gotham Bar & Grill.

Empezó a sacar cuidadosamente todos los recipientes de la bolsa.

—Sé que has estado enjaulada. Supuse que al menos podría traerte a casa lo mejor de la ciudad. —Mi viaje al juzgado con Jason el día anterior había sido una de las pocas salidas que había hecho fuera de casa.

—¿Hoy no trabajas? —Llevaba una camisa de cuadros y vaqueros en vez de su habitual uniforme de abogado.

—Se ha pospuesto la conclusión de un juicio. He pensado que me merezco un día libre.

Al abrir los recipientes, vi mis platos favoritos: tartar de atún, ensalada de marisco, *risotto* de setas, pechuga de pato fileteada, un chuletón de cerdo.

—¿Esperamos a un ejército?

—Quería que tuvieras varias opciones, y supongo que a Jason y a ti os vendrán bien las sobras.

Empecé a sacar platos del armario, pero él me paró.

—Ve a sentarte. —Me coloqué junto a la mesa de la cocina mientras él sacaba platos, cubiertos y copas de los armarios. Cualquiera que nos viera pensaría que él vivía allí. El toque final fue lo último que salió de la bolsa: una botella de Sancerre envuelta en un enfriador de vino.

—Eres un ángel —dije cuando se sentó a mi lado.

Solo llevaba tres bocados cuando me dijo que le parecía feliz.

—Ni me acuerdo de la última vez que te vi sonreír.

—Para que veas lo mucho que me gusta la comida.

—Me sorprendió lo contenta que estaba, por más que supiera que era efímero.

Jason estaría fuera todo el día, su primera jornada laboral desde su detención. Le habían expulsado temporalmente de la universidad y había perdido a varios clientes, pero tenía una reunión tras otra con los pocos que le quedaban y que habían aceptado verle. Desoyendo mi consejo, también tenía pensado grabar un capítulo de su *podcast*, que sería su primera aparición en el programa desde que oí hablar por primera vez de Kerry Lynch. Insistía en que tenía que hacerlo. Zack había seguido sin él, pero la cabeza visible de *Igualitarionomía* era Jason. Parecía no fijarse en el creciente número de reseñas con una sola estrella que se colgaban en el *podcast* en iTunes: «Agresor sexual políticamente correcto. ¿No es irónico?». «Boicot a los cabrones que siguen promocionando este programa.» «¿Podrá emitir desde la cárcel?» «Por supuesto que este santurrón alelado es un violador. Muy predecible.»

Había una razón por la que no había salido de casa a comprar comida ni nada. Y, hasta ese día, Jason también había estado en casa. Apenas unas semanas antes, eso habría bastado para hacerme feliz mucho más que cualquier extravagancia, pero las últimas dos semanas habían resultado agotadoras y pesadas. La casa se había quedado sin alegría.

Alargué la mano hacia el pato y me serví más comida. Fue entonces cuando percibí que Colin no parecía tan contento como yo.

Dejé el tenedor y negué la cabeza.

—Qué estúpida soy.

—¿Qué...?

—No es una coincidencia que hayas llamado el primer día que Jason pasa fuera de casa, con tu ropa desenfadada y estos manjares. ¿Te ha enviado él? ¿Qué noticia me traes? ¿Qué pasa ahora?

Él alargó una mano tranquilizadora y la puso sobre mi muñeca.

—Angela, te lo prometo. Jason ni siquiera sabe que estoy aquí. —Apartó la mano e hizo un gesto típico de promesa de Boy Scout para dar énfasis.

Le creí.

—Lo siento. Es que... estoy siempre tensa, como si todo el mundo me observara, hablara de mí, me juzgara. No puedo vivir así.

—Lo entiendo perfectamente.

Al seguir comiendo, aquellas delicias ya no estaban tan buenas. Le di otro trago al vino.

—Pero me conoces muy bien —dijo Colin. Esperé a que se explicara—. Te prometo que iba a venir de todos modos, ya había pedido la comida y el vino ya estaba frío. Pero me lo has notado en la cara... Estaba reuniendo el valor para hablar contigo de algo. Susanna me ha llamado cuando iba de camino a Gotham.

—¿Y?

—Quería saber las implicaciones que tenía para Spencer y para ti el juicio contra Jason. ¿Ocurre algo?

—Claro que ocurre algo. La mujer esa pretende quitarnos hasta el último centavo. Estoy segura de que Susanna solo está preocupada por mí, pero no soy tonta. Podríamos acabar arruinados. Ya lo he pensado. Puedo volver a hacer *catering*. Spencer puede ir a un colegio público. Lo bueno de crecer pobre es que ya sabes lo que es.

La idea de volver a East End era intolerable. Podríamos ir a otro sitio y empezar de cero. Scottsdale o Tampa. Uno de esos sitios adonde va la gente normal.

—No estaba preocupada en general, Angela. Susanna me ha preguntado específicamente si podrías protegerte si pedías el divorcio antes de que se produzca cualquier tipo de juicio.

Suspiré.

—Esa idea nunca se me ha pasado por la cabeza. Ya hablaré con ella. No te preocupes.

—He venido por eso. A mí tampoco se me ha pasado por la cabeza y reconozco que te tengo que pedir disculpas por ello. Cuando todo estalló, te dije, como amigo, que no tenías que quedarte. Y me dijiste que querías quedarte, al menos hasta que Jason superara esto. Pero no te hablé de esa decisión como abogado. Y, desde entonces, solo he estado intentado ayudar a Jason.

—Yo también.

—Escúchame para que pueda vivir tranquilo conmigo mismo. Si pides el divorcio ahora, hay muchas posibilidades de que puedas tomar tu parte de los bienes y protegerlos del juicio. Podrías incluso quedarte la casa…

—No podría pagar los gastos…

—Eso es lo de menos. Tendrías el patrimonio. La mitad de su pensión, la mitad de su cuenta de valores. Quizá aleguen que tu divorcio es una farsa para intentar proteger vuestros bienes, pero, dada la naturaleza de la acusación contra Jason, sería totalmente legítimo. Y si os volvéis a juntar en el futuro, pues que así sea. Un tribunal no va a impediros volver a casaros. O, ¿quién sabe?, quizá para entonces prefieras estar sola.

—¿Jason sabe que me estás diciendo esto?

—No, pero eso tampoco es importante. La verdad es que me trae sin cuidado si estoy violando la ética profesional. He pensado en plantearte las opciones y, si quieres que hable con él, estaré encantado. Si no, no volveré a sacar el tema. No es que quiera excusar a Jason por lo que ha hecho, pero de verdad que está intentando protegerte.

—No siempre lo parece.

—No debería decirte esto, pero como hoy soy un libro abierto, Olivia Randall me llamó ayer. Quiere que te convenza de que concedas algún tipo de entrevista pública para decir que Jason y tú teníais una relación abierta. —Antes de que pudiera protestar, tenía una respuesta preparada—. Le dije que no aceptarías hacer eso y, como amigo tuyo, no lo sugeriría nunca. Curiosamente, ella dijo que Jason también se negaba a pedírtelo.

—Esa mujer es un pitbull.

—Bueno, es el pitbull de Jason.

—Es muy buena, ¿verdad?

—Sí. Por eso se la recomendé. Ahí, con los mejores.

—Y además es una mujer —añadí.

—Bueno, sí. No hace ningún mal que una mujer hable por ti en un caso de este tipo.

—Y también es guapa. —Solté lo que llevaba preguntándome desde que la conocí—: ¿Vosotros tenéis algo?

—Salimos varias veces. Hace mucho. Olivia no es... una persona de relaciones. ¿Por qué lo preguntas? —Sus ojos estaban llenos de una mezcla de miedo y esperanza. Recordé el modo en que algunas miradas de Jason lograban despertar algo abrumador en mi interior. Sentí un deseo por algo que nunca pensé que echaría en falta.

Me encogí de hombros, pero él me mantuvo la mirada.

—Solo me lo estaba preguntando. La verdad es que encajáis muy bien.

—No, de las mujeres que he dejado escapar, ella no es la que encaja conmigo.

Pues no. No es la mujer que él habría querido conocer

259

en la fiesta de Susanna, la mujer que conoció esa noche a su mejor amigo en vez de a él.

—Con respecto a lo de dividir las cosas, ¿qué crees que debería hacer?

Suspiró pesadamente.

—Por favor, no me preguntes eso. Haré lo que sea por ti, pero eso no. Él sigue siendo mi amigo.

—Y yo sigo siendo su mujer.

Alzó la vista al techo.

—Me cago en todo. Odio esto.

Me incliné sobre él, haciendo una pausa para ver si me detenía. Pero no lo hizo. Le besé, primero con suavidad, después con tanta ansia que me puse de pie y me lancé hacia él.

—Angela, espera…

—Has dicho lo que sea. Harías lo que sea.

Él contuvo el aliento.

—Ahora necesito esto —susurré—. Necesito esto.

La primera vez fue torpe y frenética, casi violenta. Los bordes de los fríos azulejos de la cocina me raspaban la espalda. Al acabar, me puso sobre él y me abrazó. No hablé, porque no quería que se fuera. Me quedé muy quieta mientras me abrazaba, me tocaba el pelo y me acariciaba la parte baja de la espalda o lo que él quisiera. Cuando sentí que respondía, me deslicé hacia abajo, sin preocuparme de que regresaran de pronto los *flashbacks* que iban y venían sin control. Le llevé de la mano a la planta superior y elegí el cuarto de Spencer solo por evitar que Colin viera cosas que le recordaran a Jason y decidiera parar lo que habíamos empezado.

No me preocupó estar en la cama de mi hijo, ni con el mejor amigo de Jason. Durante las siguientes dos horas no era una madre y no era una esposa. Estaba con ese hombre, que me conocía y me deseaba, y que había hecho que yo le deseara, al menos por ese día. Hicimos todo lo que yo quería, al ritmo que yo marcaba, y cuando acabamos, le pedí que se fuera y que nunca volviera a hablar del tema.

Cuando se fue, me comí lo que había traído hasta que no pude más; después subí a mi cuarto y releí las hojas impresas que me había dado Susanna en el juzgado.

41

$\mathcal{M}$e acababa de duchar y me disponía a dejarle un mensaje en el contestador de voz a Susanna cuando respondió al teléfono.

—Gracias a Dios, estaba empezando a pensar que no me volverías a hablar.

—Eso no puede ocurrir. —No había hablado con ella desde el día anterior en el juzgado.

—Estaba pensando en llamarte mañana.

—Pero has llamado a Colin —dije.

—¿Te lo ha contado?

—Claro que sí. Le has preguntado si debería divorciarme.

—Cariño, por favor, no te enfades conmigo. Estoy tan preocupada por ti... Lo que me contaste el otro día sobre Jason... Eso no es un matrimonio normal. Has conseguido que vea esto desde una perspectiva diferente.

—Crees que es culpable.

—No, yo no he dicho eso. —El modo en que lo dijo dejaba claro que tampoco decía lo contrario—. Escucha. No creo que me corresponda a mí, ni siquiera a ti, determinar si lo hizo o no. Para eso están los jueces. Mi prioridad es cuidar de mi mejor amiga y de su hijo.

Noté que me temblaba el teléfono en la mano. Esto no parecía real.

—Mira, cuando Kerry denunció, supuse que era una zumbada y que bastaría con una prueba de ADN para aclarar el asunto. Entonces llegaron las pruebas de ADN y pensé, bueno, pues es un capullo que ha engañado a mi amiga, pero no es un delincuente. Estaba contigo, dispuesta a defenderle, porque es nuestro Jason. Pero ahora doy marcha atrás. Él no es el bueno. No importa si es o no es culpable, es un mentiroso. Un tramposo. Pagó a una puta, por Dios, y quién sabe si hubo más. Y luego, lo que sea que ocurriera entre vosotros dos… Yo diría que te ha hecho pensar que lo que ha pasado todos estos años ha sido culpa tuya. Y yo no lo creo. Si estaba haciendo algo que tú no querías, no puede ser culpa tuya.

—No hace falta que me expliques qué es una violación.

—Lo siento, pero creo que eso es precisamente lo que tengo que hacer.

El artículo que me había dado era una supuesta explicación de por qué tantas mujeres no se dan cuenta de que han sufrido una agresión que, según la ley, podría considerarse violación. Según la autora, las mujeres aprendemos a temer a los desconocidos que se esconden en callejones y entre los matorrales y que salen de las sombras con una pistola o un cuchillo para atacarnos cuando menos lo esperamos. También nos enseñan que las víctimas de una agresión están quebradas, rotas, como Humpty Dumpty, que se queda para siempre hecho añicos.

En realidad, la mayoría de las mujeres sufren ataques de gente conocida. Según el texto, casi el ochenta por ciento. Solo el once por ciento de los casos incluye un arma.

La autora sugería que las mujeres no denuncian la agresión sexual porque no están seguras de que sea un crimen si el agresor no se ajusta al estereotipo del desconocido armado. Se dicen que fue una cita con mucho alcohol que salió mal, que lo mismo no las oyeron cuando decían que no, que sería culpa de ellas. Entonces se ponía en marcha la «disonancia cognitiva»: para sobrevivir, las mujeres prefieren excusar lo ocurrido que etiquetarse con el estigma máximo: la víctima de violación. Algunas han llegado incluso a pedir perdón a sus asaltantes por el miedo a que ese tipo de «agresión» pudiera encajar, momentáneamente, con su experiencia.

Susanna estaba intentando decirme que yo era una de esas mujeres.

—Has vivido algo espantoso e inimaginable en la adolescencia, Angela. No estoy equiparando nada de lo que haya podido ocurrir con Jason con aquello. Pero ¿no es posible que te hayas convencido de que es normal porque al menos no es lo que has sufrido antes?

—Ni lo compares.

—No lo estoy comparando. Jason no es un monstruo como Franklin. Pero eso tampoco significa que Jason sea bueno o amoroso. Está claro que has experimentado algo traumático con él. Sé lo mucho que le quieres. Pero después me dices que algo ocurrió entre vosotros y que llevas tres años viviendo en un mundo imaginario intentando fingir que estás bien, como haces siempre.

—De verdad pensaba que estábamos bien. No entiendo por qué está pasando esto.

—Por favor, hazme caso. He hablado con muchas supervivientes de esto, con mujeres que pasan años sintiéndose solas y cohibidas, y luego cuentan lo que les ha ocurrido y para ellas es como si se abriera el cielo. ¿Qué pasó esa noche con Jason? Puedes confiar en mí, te lo prometo.

Me arrepentía de habérselo mencionado. Sabía que no iba a dejarme tranquila hasta que le diera alguna explicación.

—Estábamos… ya sabes. Y todo iba bien. Bien de verdad, mejor que de costumbre. Y entonces le dije que podía atarme.

Susanna estaba en silencio al otro lado del teléfono. Me alegraba estar contándoselo por el móvil. Tenía la cara ardiendo.

—Había estado leyendo uno de esos artículos sobre cómo

animar las cosas en el dormitorio y se me metió en la cabeza que necesitaba hacer un esfuerzo —proseguí—. Le gustó mucho la idea cuando se la comenté. Agarró un cinturón y me lo puso en las muñecas. Cuando lo ajustó al cabecero fue como si se accionara un interruptor. Me puse como loca, tuve un *flashback*, pero ya era demasiado tarde. No podía mover los brazos. Estaba... ahí, quieta. Cuando acabó, se dio cuenta de que estaba mal y se sintió culpable. Creo que esa experiencia hizo que ahora tenga miedo a tocarme.

—¿A qué te refieres con eso de que era demasiado tarde?

—Pues que ya le había dicho que quería hacerlo.

—Pero, cuando te asustaste, ¿qué paso?

Cerré los ojos, pues no quería contestar.

—Angela, ¿qué ocurrió?

—Intenté soltar mis brazos y le grité que parara, pero siguió. Después se dio cuenta de que estaba llorando. Y luego ya no volvimos a hablar del tema. No fuimos capaces de superarlo.

Me di cuenta de que Susanna estaba pensando al otro lado del teléfono.

—Bueno, vamos a hacer lo siguiente —anunció—: vas a hacer la maleta y te vas a venir aquí ahora mismo. Y te voy a buscar a un abogado.

—Estoy bien...

—Joder... —Tuve que apartarme el teléfono de la oreja. No recordaba haberla oído alzar la voz, y menos a mí—. Deja de decir que estás bien. Creerás que estás bien, pero tu situación no está bien.

—No ha cambiado nada.

—Claro que sí. Angela, ¿no lo ves? Lo que me has descrito... es una violación.

La palabra fue como un puñetazo.

—Eres su mujer, te estabas resistiendo, llorabas y decías que no. Y él... Eso es un delito. Si te ha hecho eso, podría habérselo hecho también a Kerry Lynch. Y la película esa de que estaba cambiándose de ropa delante de su becaria… No. Tienes que salir de esa casa antes de que se te venga todo encima. No voy a dejar que te quedes a su lado mientras él lo pierde todo. Tienes que irte ahora. Al hablar con Colin me ha dicho que la abogada de Jason ya le ha mandado un correo electrónico con las pruebas que tiene el fiscal. Ayer la viste en el juzgado. Ha dejado aparcada la denuncia penal con la esperanza de comprar a esa mujer. El propio fiscal lo dijo. Pueden llegar a un acuerdo en cualquier momento. Tienes que protegerte a ti… y tienes que proteger a Spencer.

Todavía estaba impresionada por su respuesta inicial. Estaba reviviendo toda la noche en mi mente, miraba mi cama como si fuera una extraña, me imaginaba con las manos atadas sobre mi cabeza y apartando la cara de él. A él ese gesto no le había servido como señal para detenerse. A menudo apartaba la cara. Era mi forma de gestionar los *flashbacks*. Cerraba los ojos y esperaba que se fueran. Nunca se lo había dicho, así que no podía culparle de eso. Pero esa noche había sido distinta. Me resistí, pataleé para intentar liberarme. Le llamé por su nombre. Le dije que parara y le dije que no, pero él estaba ido, como si yo no estuviera con él, hasta que terminó.

Mientras me imaginaba a mí misma desnuda y llorando con los brazos atados y a mi marido procesando lo que nos había ocurrido, Susanna hablaba de un acuerdo civil, de bienes, de momentos oportunos y de ajustar fechas.

No me gustaba que Susanna usara la misma palabra para describir aquella noche con Jason hacía tres años y las torturas de Charles Franklin. Eran cosas distintas. Pero lo ocurrido con Jason no tenía nada que ver con lo que acababa de experimentar con Colin. Por eso le había necesitado aquel día: para recordar cómo era compartir ese acto con alguien que me quiere. Quizá le estuviera utilizando, y lo mismo algún día tendría que pedirle disculpas, pero de momento era algo especial y solo para mí. Lo añadiría a mi caja de secretos.

Pensé en las palabras de mi madre justo después de que Rachel Sutton denunciara. No hay malentendidos cuando la situación es blanca o negra. Solo ocurren cuando hay matices de gris, cuando podría haber dos versiones diferentes de la misma mierda.

Yo veía dos versiones de lo que había ocurrido esa noche con Jason: la que yo había creído los últimos tres años y la que estaba viendo ahora.

—Lo siento, Susanna, ahora no puedo hacer esto. Es demasiado. —Me estaba costando la vida no gritar.

—¿Puedo ir a verte? ¿Por favor?

—No. Pero gracias —le respondí deprisa—. Sé que estás cuidando de mí. Te prometo que mañana te llamo.

Necesitaba pensar. Necesitaba leer. Busqué mi portátil y me conecté a la cuenta de correo de Jason. Susanna había dicho que Olivia le había mandado las pruebas del caso. Quería verlas por mí misma.

Mi portátil seguía abierto, en la cama frente a mí, cuando Jason llegó a casa.

Estaba vaciando el contenido de sus bolsillos en la bandeja de su mesilla de noche.

—Oye, he hablado con Olivia. ¡Buenas noticias! La abogada de la acusación está dispuesta a llegar a un acuerdo. La idea de pagar a alguien, aunque sea un centavo, me pone enfermo, pero quizá esto acabe desvaneciéndose. Siempre puedo volver a ser consultor para otra empresa, aunque tengamos que vender la casa. Todavía no sé cuánto va a ser. Te juro que te compensaré por...

No se dio cuenta de que le estaba mirando furiosa mientras él hablaba de las distintas cantidades del acuerdo, todas muy superiores a lo que mis padres hubieran ganado en sus mejores décadas juntas. Parecía haber olvidado que yo le había dicho que me quedaba a su lado porque creía que era inocente y sabía que me necesitaba. Pensaba que yo celebraría la «buena noticia» de pagar a su examante —o quizá a su víctima, o las dos cosas— como si no me hubiera engañado nunca, como si no hubiera ninguna posibilidad de que yo le dejara.

—Vete.

—Angela…

—Vete. ¡VETE! —Me puse a dar golpes con el ordenador en la colcha un segundo antes de levantarme. Salté de la cama y cargué contra él, empujándole a través de la puerta hacia las escaleras—. Sal de esta casa. Ahora. Te juro por Dios que si no lo haces voy a llamar yo misma al fiscal y le voy a decir lo que quiera oír.

Se volvió cuando llegó al final de las escaleras con una mano en el pomo de la puerta de entrada. En sus ojos había confusión y dolor. Estaba esperando a que yo cambiara de idea.

—Vete. Necesito tiempo. Esto es demasiado.

Su mirada cayó al suelo.

—No lo entiendo. ¿Qué ha pasado…?

—En serio, no puedo ni mirarte. Necesito que te vayas.

Cuando se fue, eché el cerrojo a sabiendas de que sus llaves estaban en la mesilla de noche. Tenía la casa para mí sola y eso me hacía sentir bien.

Cuando Spencer llamó esa tarde, me habló de su nuevo amigo Isaac, que antes se llamaba Isabelle. Spencer dijo que algunos de los chicos de provincias se habían sentido incómodos hasta que vieron que Isaac era mejor que ellos en todo. Me disponía a despedirme cuando me dijo que quería decirle hola a su padre.

—Ay, cariño, lo siento. Olvidé comprar un aguacate en el

mercado y le he pedido que vaya a Citarella. —Me arrepentí de inmediato de esa mentira tan detallada, pero Spencer no pareció sospechar nada.

—De acuerdo. Bueno, supongo que puedes decirle que quería saludarle.

—Por supuesto. Le va a dar mucha pena no hablar contigo.

—Lo que tú digas. —Estaba haciéndose el duro, pero se notaba que la «edad de hielo» que se había impuesto con respecto a su padre estaba empezando a derretirse.

No tenía ni idea de cómo decirle la verdad, si es que iba a saberla alguna vez.

Acababa de colgar cuando mi teléfono volvió a sonar. En la pantalla leí «Colin casa». Iba a colgar cuando me di cuenta de que tenía muchas ganas de oír su voz.

—Hola.

—Tenemos que hablar... —La voz no era la de Colin. Por supuesto, Jason había ido a casa de su mejor amigo.

—He dicho que necesito tiempo. Una hora no es tiempo.

—Angela...

—No me llames. Yo te llamaré cuando esté lista. Si me llamas antes de que yo lo haga, sabré que no respetas mis deseos.

Pensé en la mirada que me había lanzado Colin unas pocas horas atrás, cuando le dije justo antes de que se fuera que no quería que hablara de lo ocurrido a no ser que yo lo sacara antes. Era una mirada de aceptación. Colin entendía que había partes de mí misma que él ignoraba. Acababa de hacerle una petición similar a Jason.

Apagué mi teléfono y después apagué el suyo, que estaba en la mesilla de noche, por si acaso.

269

42

*C*orrine volvió a aporrear la puerta de los Powell. ¿Qué clase de gente no tiene timbre ni tampoco aldaba para una casa tan grande? Se puso cómoda en los escalones de la entrada y quitó la goma del ejemplar del *New York Times* que había en el felpudo. Eran casi las tres. Alguien acabaría por aparecer.

Había repasado los titulares de la portada cuando oyó los cerrojos detrás de ella. Se puso de pie, se dio la vuelta y vio a Angela Powell con pantalones de pijama a cuadros y una sudadera de Stanford.

—Perdón, imaginaba que ya estaría despierta.

—Tengo migraña.

—Uf, lo peor. Vinagre de sidra y miel. A mí me funciona. He intentado llamar antes de venir.

Angela no se molestó en ocultar su desinterés.

—¿Así que, si no contesto, se planta usted aquí en vez de llamar a nuestra abogada?

—Ya se lo he dicho, Olivia Randall no es su abogada. Es la de Jason.

—Bueno, por si no lo sabe, el proceso penal está parado.

Angela empezó a cerrar la puerta, pero Corrine alargó el brazo.

—Eso es la demanda, señora Powell. La policía sigue investigando casos. Sobre todo, casos nuevos.

Angela abrió un poco más la puerta, pero seguía sin permitir que Corrine entrara.

—¿Está su marido en casa?

—No. Está trabajando para conservar a sus clientes, a pesar de que le hayan acusado de un crimen horrible.

—¿Anoche estuvo trabajando?

—Estuvo aquí.

—¿Estuvo con usted?

—¿Cómo iba a saberlo si no hubiera estado con él? —Angela se mostraba orgullosa, como si hubiera superado a un adversario—. Un amigo trajo a casa una bolsa enorme de comida para el día. Gracias a vosotros, ya no podemos salir por Nueva York.

—¿Qué amigo?

—Colin Harris. Trajo comida para llevar de Gotham. Llame al restaurante si hace falta. Había de sobra para la comida y la cena. ¿De qué va todo esto?

—Kerry Lynch ha desaparecido.

Por primera vez desde que había abierto la puerta, Angela hizo una pausa, dejando que las palabras quedaran registradas antes de pronunciar una respuesta.

—Quizá se haya dado cuenta de que iba a quedar como una mentirosa que intenta tender una trampa a un hombre inocente para encubrir a una empresa que negocia con señores de la guerra.

—Esa alegación es un poco dura para hablar de una mujer desaparecida.

—Lo siento si no soy capaz de compadecerla.

—¿El señor Harris estuvo anoche también aquí?

—No, solo nosotros. No podíamos dormir, así que vimos *La La Land* en la cama.

—¿En la televisión?

—La vimos en línea.

—¿Dónde está su hijo?

271

—En un campamento. Al norte del estado. Llamó ayer —añadió—. A mi móvil, sobre las siete y media. Puede verificarlo también.

Corrine asintió. Conseguiría el registro telefónico y se aseguraría de que la información coincidía.

—¿Habló con los dos?

—Sí, claro. Ahora, si hemos terminado, le recomiendo que le preste más atención a la señorita Lynch.

—Querrá decir que busque a la señorita Lynch.

—No, digo que se fije en ella. Porque le garantizo que, sea lo que sea que está haciendo, tiene que ver con su chanchullo con su jefe. —Angela dio un paso a un lado e indicó a Corrine que pasara—. Eche un vistazo si quiere. Le aseguro que ella no está aquí.

Corrine apretó los labios y asintió, entendiendo que no iba a conseguir la respuesta que esperaba.

272

—Sé que no me creyó cuando se lo dije, Angela, pero estoy de su parte. ¿Cuánto sabe de su marido?

—Sé que es inocente.

Si no supiera del pasado de esta mujer, Corrine habría insistido más.

—En algún momento dejará de ser una espectadora. Le está encubriendo. Y, cuando eso pase, ya no podré ayudarla. No deje que Jason les hunda a usted y a su hijo.

43

*E*n cuanto cerré la puerta, empecé a temblar. Me calmé a mí misma obligándome a pensar en todas las tareas que tenía que realizar en un orden muy preciso.

Esperé a que se fuera el Impala, después encendí mi teléfono y esperé a que estuviera operativo. Fui al buzón de voz. El único mensaje aparte del de la inspectora era de Susanna, que me preguntaba si estaba enfadada con ella. Jason había respetado mi petición de espacio.

Primero llamé a Olivia Randall. Le dejé un mensaje diciendo que la policía había venido a mi casa preguntando dónde había estado Jason la noche anterior y que había dicho que había estado conmigo todo el tiempo. Después llamé a Colin.

—Hola. —Su voz era amable.

Quería decirle muchas cosas, pero en lo único en que podía pensar era en que acababa de mentirle a una inspectora.

—¿Dónde estás?

—En la conclusión de un juicio en Midtown. —Parecía preocupado—. ¿Estás bien?

—¿Jason estuvo en tu apartamento anoche?

—Sí. Me dijo que habíais tenido una discusión. De las malas. —Bajó la voz todavía más—. Al principio me preocupé cuando vino por lo que había ocurrido entre nosotros ayer. Pero me dijo que quería pasar la noche. ¿Qué ocurre?

—Kerry Lynch ha desaparecido.

—¿Cómo? ¿Desde cuándo?

—No lo sé, pero una inspectora ha venido a preguntar dónde estaba Jason anoche y también ha dicho que Kerry ha desaparecido.

—Si es desde anoche, no se puede decir que esté desaparecida.

—Iba a decir que estaba en tu apartamento —dije— y luego me di cuenta de que eso tenía mala pinta. Anoche estaba harta de él, pero cuando ella ha empezado a preguntarme con ese tono acusador, he actuado por instinto. Estoy tan acostumbrada a saltar en su defensa que ha saltado el piloto automático. ¿Debería llamarla y decirle la verdad? Tengo su teléfono.

Él hizo una pausa, sin duda sopesando las opciones.

—No, está bien. Que estuviera contigo o conmigo es irrelevante. Cambiar la historia ahora solo empeoraría las cosas, y podrían acabar arremetiendo contra ti por no decir la verdad desde el principio.

—Pero ¿qué pasa si descubren que he mentido?

—No lo harán. Solo ocurriría si Jason hubiera estado en otro sitio que no fuera mi casa, y no fue así. Tu versión está bien.

—De acuerdo, pero Jason estuvo realmente contigo, ¿verdad? ¿Todo el tiempo?

Me apreté los ojos con la palma de la mano, preguntándome si me estaba dando una migraña de verdad.

—Sí. Por supuesto. No te preocupes. Teniendo en cuenta el historial de Kerry, lo más seguro es que se haya liado con alguien y que vuelva esta noche.

Al colgar, me di cuenta de que, al igual que yo me había acostumbrado a encubrir a Jason, Colin podría estar haciendo lo mismo, sobre todo después de lo ocurrido entre nosotros el día anterior. Colin casi nunca estaba en casa. ¿Se había quedado de verdad en el apartamento toda la noche con Jason?

Y pensé en Spencer. Había conseguido meterle en mi mentira. Si le llamaba ahora, me acusarían de pedirle que apoyara mi falsa coartada.

Intenté imaginar lo que diría Spencer si la policía se pusiera en contacto con él. Supuse que diría que no hablaría sin su madre. Así le había educado. Yo era la persona en quien confiaba. Por otro lado, si no viera el peligro —y no lo veía, porque le había mandado al campamento para que se olvidara de lo que estaba ocurriendo aquí—, repetiría la tontería que le había dicho de que su padre estaba comprando un aguacate. Y, entonces, ¿qué?

Estaba reflexionando sobre estas cosas cuando sonó el teléfono. Con el prefijo regional 914, de Westchester. La orientadora del campamento de Spencer.

—Hola, Kate. ¿Va todo bien?

—Spencer está bien, pero quería que supieras que ha pasado por la enfermería… Se metió en una zona con hiedra venenosa.

—¿Puedo hablar con él?

—Sí, seguro que se alegra.

—Hola, chaval. ¿Estás bien?

—Quiero cortarme el brazo izquierdo, pero sobreviviré. Pica muchísimo.

—¿Te han dado algo?

—Una pomada apestosa y Benadryl, pero ¡no me quieren dar nada fuerte! —Lo dijo gritando para que Kate oyera la parte final.

—Bien. Oye, Spencer, necesito pedirte algo, ¿vale? Si alguien, quien sea, te pregunta por la llamada de anoche, necesito que les digas que hablaste conmigo y con papá, ¿de acuerdo?

—Mamá, ¿qué ocurre?

—Necesito que hagas eso, ¿vale? —Intenté que no me fallara la voz. Estaba pidiendo a la persona más sincera del mundo que mintiera.

—Sí, vale.

Spencer haría lo que yo le pidiera, en parte porque yo nunca había abusado de ese privilegio. Había visto como otras madres soltaban órdenes a sus hijos. Yo nunca le pedía a Spencer que hiciera algo a ciegas, sin explicaciones, ni siquiera le pedía que hablara con su propio padre cuando estaba enfadado con él.

Colgué, avergonzada de que la lealtad de mi hijo proporcionara una solución a mi problema, pero aliviada. Tenía que haber una razón para que todo ocurriera a la vez, ¿verdad? Lo vi como una señal de que los dioses querían ayudar.

La última llamada que hice fue a la oficina de Jason. Me había dicho que tenía una reunión tras otra con sus clientes para intentar salvar parte del negocio. No las habría cancelado.

—FSS, al habla Zack. —Jason había desviado su línea a la extensión de Zack.

—Hola, Zack, soy Angela.

—Ah, sí. Jason está reunido, pero me dijo que le interrumpiera si llamabas.

La breve espera pareció una eternidad. Había dejado que las alegaciones de otras mujeres se me metieran en la cabeza. Cuando vi a Jason el día anterior, me había convencido de que era culpable de haberme victimizado a mí y de victimizarlas a ellas. Ahora sabía que me había equivocado por completo. Él no era perfecto, pero no era un depredador.

—Me alegra mucho tu llamada. —Aunque yo le hubiera echado de su propia casa, parecía realmente contento de oír mi voz.

—Jason, Kerry Lynch ha desaparecido. Por favor, dime que no lo has hecho por mí.

44

De: Jason Powell
Para: Olivia.Randall@ellisonrandall.com
Re: Pruebas de policía/fiscal
Fecha: 7 de junio

Hola, Olivia. Siento el retraso. No hace falta que te diga que han pasado muchas cosas desde que me mandaste las pruebas del fiscal ayer. (Yo también te he dejado un mensaje en el buzón de voz sobre la inspectora Duncan, que ha ido a casa a cuestionar a Angela. Al parecer, ella también te ha dejado un mensaje.)

Resulta que Kerry ha «desaparecido», y no sé qué significa. Como podrás suponer, me preocupa mucho que la primera reacción de la policía haya sido aparecer por mi casa. Asegúrate de averiguar hasta el más mínimo detalle al respecto.

En respuesta a las preguntas de tu *e-mail* anterior, aquí tienes mis pensamientos, seguidos por —algo más importante— los últimos cambios:

1. En cuanto a nuestra discusión la noche del W, tenemos que hablar más, porque las dinámicas son complicadas. La versión resumida es esta: después de cenar el 10 de abril, intimamos en su habitación. Quería que me quedara a pasar la noche pero, por supuesto, no podía (eso no le impedía preguntar). Eligiendo muy mal el momento, decidí volver a ha-

blar con ella antes de irme de mis preocupaciones respecto a Oasis. Ella sabía que yo estaba en una posición conflictiva, no solo porque tenía inversores con ellos, sino porque ella me importaba y además trabajaba en esa empresa. Le había pedido que fuera la delatora, y volví a sacar el tema. En ese punto, pensé que los problemas se limitaban a los proyectos de Tanzania y Mozambique, lo cual podría implicar que algún encargado de las operaciones en África era el responsable. Pero esa noche me dijo que mis preocupaciones arrojaban nueva luz sobre varias circulares internas que le habían reenviado. Ella me hizo sospechar que la corrupción podría ser parte del recorrido de Oasis. Le pedí más detalles, pero se cerró en banda. Desde ese momento, empezó a prometer que sería «la delatora» y me enviaría los documentos que necesitaba si dejaba a Angela por ella para demostrar que podía cumplir promesas que nunca tenía que haber hecho. Si salimos peleando en el vídeo es porque le estaba diciendo que no podía ser cómplice si sabía que Oasis estaba compinchada con dictadores y señores de la guerra. Recuerdo pensar cuando me subí al ascensor: «¿Qué he hecho?». Sabía que había cometido un error al relacionarme con Oasis.

2. En cuanto a la ropa de Kerry, suele llevar falditas negras por la rodilla y casi siempre tangas negros de encaje (que yo sepa). Imagino que las prendas que llevaba la última noche en su casa coincidirán con las que llevaba en el vídeo. No es tonta.

3. En cuanto a las «lesiones» de sus muñecas: sí. Hemos hecho esa práctica muchas veces. La última vez que estuvimos juntos me pidió específicamente que usara el cinturón. Recuerdo que me dijo «Más fuerte» dos veces. Me preocupaba que fuera demasiado fuerte, pero ella me animó a seguir. Ahora entiendo por qué. Soy un idiota. No me cabe duda de que esas fotos son del 19 de mayo en su casa, no del 10 de abril en el W.

4. En cuanto a tu (nuevo) intento de poner a Angela en la primera línea, ya lo hemos hablado y no es negociable. Angela ya ha sufrido bastante. Si vuelves a mencionarlo, tendré que buscarme otro abogado. Ayer afirmaste que Martinez estaba abierta a un acuerdo. Si así dejamos todo esto atrás, pagaré. Tú dime el importe.

*****IMPORTANTE: Mientras estaba en el trabajo hoy, la inspectora Duncan se ha plantado en nuestra casa y le ha preguntado a Angela (sin tener un abogado presente) dónde estaba yo anoche (supongo que para entonces Kerry ya había «desaparecido»). Tal y como ella le ha explicado, estábamos en casa juntos desde la hora que salí de las reuniones con clientes (llegué a casa sobre las 17.15) hasta que nos dormimos. Nuestro hijo llamó del campamento poco antes de las 19.30. Cenamos comida de Gotham, después nos quedamos hasta tarde viendo *La La Land*. Adjunto los siguientes documentos, quizá resulten útiles: (1) fotografía del teléfono de Angela (como sabes, no tenemos fijo) mostrando la llamada del campamento de Spencer (terminada a las 19.23); (2) recibo de Gotham (Colin nos trajo comida para el día entero); (3) impresión del alquiler de la película de Amazon Prime, que muestra la hora en la que empezó la descarga (a las 23.02). ¿Qué más pueden querer de mí aparte de que ponga *webcams* en mi casa (a lo que habría accedido de saber que esta tontería iba a ocurrir)?

No tengo ni idea de lo que pretende Kerry, pero créeme: es por dinero y por vengarse de mí. ¿Has visto la película de **Perdida**? Está igual de loca conmigo por no dejar a Angela y no irme con ella. Es verdad, soy un gilipollas, pero no me merezco esto. Llámame y hablamos. Gracias, de todas formas, por todo. Todavía no me creo que esto esté ocurriendo.

45

*C*orrine descubrió que Kerry Lynch había desaparecido por la llamada de un sargento del Departamento de Policía de Port Washington. Según dijo, la paseadora del perro de Kerry Lynch se presentó en casa de Kerry para sacar a Copito de Nieve, su bichón frisé.

El policía de Long Island debía de ser un amante de los perros, porque no se limitó a decir «perro». Se sabía al dedillo tanto la raza como el nombre. La paseadora de perros hizo su habitual recorrido con Copito de Nieve, pero al volver y colgar la correa en su gancho del vestíbulo se dio cuenta de que en el banco todavía estaban tanto el bolso como el maletín de Kerry. La llamó a voces, después miró en el garaje adyacente, donde estaba el coche. Al entrar en la cocina, vio recipientes de comida a domicilio en la encimera y platos en el fregadero. Nunca había visto ni una mota de polvo en la cocina de Kerry.

Preocupada, la paseadora la llamó al móvil para asegurarse de que todo iba bien y oyó su propia llamada en un móvil abandonado en el sofá del salón. Cuando probó a llamar a la oficina de Kerry, le dijeron que no había aparecido por allí y que habían intentado contactar con ella. La siguiente llamada de la paseadora fue al 911.

Cuando el sargento que tenía que hacer la visita a domicilio se dio cuenta de que Kerry era la mujer que había acusado a Jason Powell de agresión sexual, se puso en contacto con Corrine.

La primera llamada de Corrine había sido a Brian King. La segunda, a Janice Martinez, que no se había molestado en responder hasta ahora, después de que hubiera pasado un día entero.

—Lo siento, inspectora. Estaba hasta arriba de trabajo.

—Me bastaba con una llamada telefónica para saber la última vez que habló con Kerry Lynch.

—Mis comunicaciones con mi cliente son...

—Pare el carro. No quiero saber de qué hablan. Cuando le llamé la primera vez, Kerry ya había faltado un día al trabajo. Ahora estamos en el segundo día. Se había dejado la cartera, el móvil, el documento de identidad, el coche y el perro. No tiene buena pinta.

La policía de la zona había llamado a Grapevine, el restaurante italiano cuyos recipientes de comida para llevar habían aparecido en la cocina de Kerry. Según el restaurante, su pedido —parmesana de berenjena y ensalada César con pollo— salió a las seis y media de la tarde del día antes de que la paseadora de perros encontrara la casa vacía.

—Vale —dijo Martinez—. No he hablado con ella desde el miércoles.

Habían pasado dos días desde la última vez que fue vista.

—¿A qué hora?

—Espere. —Después de una breve pausa, dijo—: De las tres en punto a las tres y cuarto.

—¿Fue una llamada telefónica? —Corrine imaginó que habría sido una llamada de ocho minutos redondeada al cuarto de hora más cercano por cuestión de facturación.

—Sí, la llamé. En cierto momento la oí decirle a alguien que estaba al teléfono. Me dio la impresión de que estaba en la oficina.

Así que Kerry había estado en el trabajo hasta al menos

las 15.15. Seguramente llegó a las 18.30 a casa y pidió comida a domicilio. Después, nada.

—¿Hablaron de algo que pudiera explicar su desaparición? —preguntó Corrine.

—No, de eso no puedo hablar.

—Hay excepciones al privilegio —dijo Corrine—. Su cliente podría estar en peligro.

—La clave está en las palabras «podría estar». Tengo que hablar con el consejo del Colegio de Abogados para que me asesore. No sé muy bien qué hacer en estas circunstancias, y eso no es algo que se me oye decir a menudo.

—A mí me parece que está confirmando que el miércoles ocurrió algo que podría ser relevante.

—En absoluto. Porque no puedo. Deje que averigüe qué opciones hay y me pondré en contacto con usted. Se lo prometo.

Corrine colgó y volvió a llamar al sargento de Port Washington. Se llamaba Mike Netter. Se preguntó si se burlaban tanto de su apellido como del de ella.

Empezó la conversación contándole que Janice Martinez la había llamado por fin. Este, al fin y al cabo, era el caso de él, no de ella.

—No ha hablado con Kerry desde las quince el miércoles. ¿Ha averiguado alguna cosa más?

—He hablado con una amiga suya del trabajo... Una chica llamada Samantha Hicks. Dice que Kerry fue a trabajar el miércoles pero no apareció ni ayer ni hoy. No sabía mucho más. Ha dicho que no podía imaginar nada que justifique su ausencia, salvo el estrés de todo lo que está ocurriendo... Primero los problemas de trabajo, luego la violación, después la atención mediática, por no hablar de una ruptura. De verdad que me tienen agotado.

La mente de Corrine estaba llena de preguntas. Garabateó palabras clave en su cuaderno para no olvidarlas.

—¿Le contó a su amiga Samantha lo de la violación después de que ocurriera? —Según Kerry, no había hablado con nadie del tema hasta después de denunciarlo ante Corrine.

—No, lo siento. No pretendía sugerir tal cosa. Samantha se enteró cuando todos, durante la espectacular rueda de prensa de la abogada.

—¿Dijo qué problemas tenía en el trabajo?

—No, fue muy ambigua. Dijo algo de que Kerry estuvo «castigada», palabras textuales, durante los últimos años.

Esa cronología coincidía con lo que Kerry le había contado a Corrine de su relación con el director ejecutivo de la empresa, Tom Fisher.

—¿Y qué hay de la ruptura? ¿También fue hace unos años?

—Dijo que Kerry empezó a hablar del tipo hará unos cinco meses. Lo llamaba Jay, pero nunca dijo su apellido y siempre le daba largas a Samantha cuando proponía conocerle. Una vez llegó a preguntarle a Kerry, sin tapujos, si el tipo estaba casado. Me ha contado lo lista que es Kerry en todo, excepto que cae de cabeza por los hombres equivocados y que su vida gira en torno a ellos. Yo tengo una hermana así... El caso es que Kerry dejó de hablar del tipo más o menos en la misma época en la que apareció en las noticias la primera denuncia contra Powell. Ahora tengo que averiguar quién será Jay. No he encontrado ningún contacto en el móvil con ese nombre, y eso es extraño. Le voy a pedir al informático que compruebe que no lo han borrado. Y, mierda... Todavía tengo que dar con el repartidor del restaurante.

Corrine colgó, intentando reprimir la preocupación que crecía en lo más profundo de su mente. Kerry era una mujer soltera, guapa y exitosa. Por supuesto que tendría novio. No había ninguna razón por la que ese tema hubiera tenido que salir en las conversaciones con Corrine. Quizá Kerry hubiera mantenido en secreto su relación porque ya había sido la comidilla por su aventura con Tom Fisher.

Pero no podía pasar por alto las señales de aviso. Si Jason Powell decía la verdad sobre su aventura con Kerry, podría haberle llamado «Jay» en la oficina para ser discreta con respecto a su relación.

Le había dicho a Brian King que en realidad no importaba si había tenido o no una aventura con Jason, pero ahora que las pruebas estaban ahí mismo, quería saber la verdad. Aunque el caso de desaparición fuera de la policía de Port Washington y su caso contra Powell estuviera parado. A Corrine le faltaba información para trabajar.

Corrine recorrió los veinte pasos que llevaban a la oficina de su lugarteniente y llamó a la puerta, que estaba abierta. Después de ponerle al día sobre lo que sabía de la desaparición de Kerry, él dijo lo que ella se esperaba: que los de Port Washington se encarguen de la investigación, y, mientras, esperemos que la encuentren sana y salva.

No podía contradecir su lógica, pero se quedó en la puerta.

—Maldita sea, Duncan. Normalmente tengo que gritar para que los inspectores se pongan a trabajar y a ti te tengo que gritar para que te des un descanso. Vete a casa.

—Son solo las dos.

—No me seas tan literal. Quiero decir… que te largues ahora mismo de aquí. Si no aparece mañana o pasado, volvemos a hablar. Hasta entonces, es un problema para los de Long Island.

Corrine estaba en su mesa una hora después cuando apareció un número de la centralita del fiscal del distrito en su pantalla del móvil.

—Duncan.

—Soy King. —Volvía a ser King, no Brian. Mejor así.

Ella se puso a contarle su conversación con el sargento Netter, pero él la interrumpió.

—Las fotos de las muñecas de Kerry... ¿Cómo las conseguiste?

—¿A qué te refieres?

—Quiero decir que cómo las hemos conseguido físicamente. Se hizo las fotos ella misma, ¿verdad?

—Sí.

—¿Cómo te las mandó? ¿Por *e-mail*? ¿Mensaje de móvil? ¿Conectaste el teléfono? O sea, desde el punto de vista técnico, ¿cómo nos han llegado? Me las pasaste en formato de archivo jpg.

Corrine activó el ordenador y buscó entre los correos antiguos para activar la memoria.

—Sí, me las envió como archivos adjuntos.

—¿Directamente desde el móvil? ¿Delante de ti?

—No. Me las enseñó en el móvil y luego me las envió cuando llegó a casa. ¿Por?

—Porque la cabrona de Olivia Randall asegura que no están bien, pero no me dice cómo lo sabe. En concreto quiere confirmar la fecha en la que se hicieron.

—Estoy viendo los archivos en el ordenador. La fecha es el 19 de mayo, pero es de cuando me las envió.

—Bueno, un empollón que tengo aquí me ha contado mucho más de lo que quisiera saber sobre fotografía digital. Parece que Kerry convirtió a jpg la fotografía original antes de enviártela, y por eso la fecha es del día en que hizo la denuncia. Pero si echas un vistazo a las propiedades del archivo, verás que dice que la imagen es del 10 de abril, que es la noche de la agresión en el W. No hay problema, ¿verdad? Excepto que, según Olivia, eso se puede cambiar sin dificultad con un Mac. Está pidiendo que presentemos el aparato utilizado para hacer las fotografías para que pueda examinar los microdatos y comprobar si han cambiado las fechas.

—Cree que Kerry se sacó las fotos *a posteriori* y las hizo coincidir con las fechas del vídeo del hotel.

285

—Eso creo. Por favor, dime que viste las muñecas de Kerry cuando hizo la denuncia.

Corrine cerró los ojos.

—Claro que no. Me dijo que habían pasado seis semanas desde la agresión. Y, antes de que insistas, llevaba un vestido de manga larga. No habría podido ver si todavía tenía las marcas.

—Me cago en todo.

—He averiguado otra cosa que tampoco te va a gustar. —Le resumió las razones por las que creía que el novio de Kerry, «Jay», era Jason Powell.

—Y tú dijiste que no importaba.

—Antes no pensaba que pudiera estar mintiendo sobre las fechas de las fotos. El de la policía de Port Washington mencionó que estaba viendo los contactos en el teléfono de Kerry, así que imagino que ha conseguido una orden para desbloquearlo. Voy a llamarle.

Netter contestó de inmediato.

—¿Todavía tiene ahí el teléfono de Kerry?

Dijo que sí.

—¿Puede hacerme un favor y echarles un vistazo a las fotos? Me interesa el 10 de abril.

—No veo nada.

—¿Nada?

—No, tengo una foto de una pizza de albóndigas el 8 de abril y una de Copito de Nieve cuatro días después. ¿Qué estamos buscando?

—Tres fotos de lesiones en las muñecas. Avance a ver si encuentra algo. Quizá esté más cerca del 19 de mayo.

—No, nada.

—¿Seguro?

—¿Quiere venir a verlo? Le digo que no hay nada. —Kerry debió de eliminar las fotos después de enviárselas a Corrine—. Por cierto, ya he dado con el tipo del restaurante. Hoy ha salido a hacer surf a Montauk, pero vuelve mañana a hacer su turno. He quedado para hablar con él a las cuatro.

Mañana era sábado, su día libre. A tomar por culo. ¿Qué otra cosa iba a hacer?

—¿Le importa que me acerque a conocerle?

—Por mí, estupendo.

287

46

—*E*l jurado me perdonaría por dejarte en coma ahora mismo. —Lo bueno de Susanna era que nunca tenía que estar preguntándome lo que estaba pensando—. No te enfades, pero hasta que vuelvas a entrar en razón, tu vida la dirijo yo.

Estábamos en su apartamento en Central Park South. Era sábado, el único día que se libraba de ir al estudio. Cuando llegué a las once, tenía en el aparador una jarra de Bloody Mary, vodka, salmón ahumado, panecillos, caviar, blinis y una botella de champán muy fría y muy cara. Me explicó que el derroche se debía a que yo llevaba un mes viviendo como una ermitaña. Nos habíamos acabado ya el caviar y los blinis, y yo estaba picoteando los restos de salmón y de alcaparras mientras ella amenazaba con dejarme sin sentido por proteger a Jason.

—Lo mismo ha aparecido ya —dije—. A ver, se ha acostado con mi marido. Podría estar por ahí pasando una o dos noches con cualquiera.

—¿Aparecido? No creo que la inspectora del Departamento de Policía de Nueva York se presente en tu casa si piensa que se trata de una escapada romántica.

Le había contado a Susanna la visita a mi casa de la inspectora Duncan, así como la coartada que le había proporcionado a Jason. Él ya había vuelto a casa conmigo, y entre él, Colin y yo habíamos afinado nuestra historia. Incluso imprimimos la prueba de la llamada de Spencer a mi teléfono y el recibo del alquiler de la película para dárselo a Olivia.

Susanna parecía una fiscal cuando describía los motivos de Jason para matar a Kerry Lynch. Su caso penal solo se había retrasado un mes. La mujer esa había realizado una denuncia por lo civil buscando sacar una indemnización millonaria. La carrera, la reputación y el futuro de Jason estaban en juego.

—No me puedo creer que estemos hablando de esto. Te estás refiriendo a Jason. No ha matado a nadie.

—La gente, cuando se siente al límite, actúa de forma inesperada. A ver, yo nunca hubiera pensado que tú le mentirías a la policía. Pero no solo has mentido por él, sino que has arrastrado contigo a Spencer. Y lo has complicado todavía más al darle la documentación a la abogada de Jason. Una cosa es apoyar a tu marido, Angela, pero esto es obstrucción a la justicia. Estás ofreciendo algo falso para encubrirle.

—No le estoy encubriendo, porque estaba en casa de Colin. Que estuviera en mi casa o en la de Colin es irrelevante. Lo importante es que no estaba cerca de la casa de Kerry Lynch.

—¿Por qué estás tan segura? Ya conoces a Colin. Está convencido de que Jason es inocente. Si cree que apoyando su historia te tranquiliza, te va a mentir por él.

Si tuviera que apostar dinero, diría que Colin decía la verdad sobre estar con Jason. Pero ¿si tuviera que apostar mi brazo? No me arriesgaría. No sabía estrictamente dónde había estado Jason el miércoles por la noche.

—No puedo explicarlo, Susanna. Cuando tienes a una poli ahí mismo preguntándote: «¿Dónde estaba su marido?», te pones a hablar y punto. En realidad, me siento orgullosa por mentir de forma tan estratégica. Podría haberla cagado a lo grande.

—Eso me tranquiliza. Si todo se va a la mierda, quizá puedas montar un chanchullo desde la cárcel.

—No voy a ir a la cárcel.

—Has mentido a una inspectora. ¿Cuántas veces te lo tengo que decir para que te entre en la cabeza?

—Si lo que querías era que prestara atención a la realidad, quizá tendrías que haber comprado menos bebida. —Me rellené la flauta, aunque todavía no estaba vacía.

—Hablo en serio, Angela. La última vez que hablamos parecía que estabas empezando a darte cuenta de que Jason podría tener un lado oscuro que incluye también la forma en que te trata. Ahora has vuelto a ser su mayor defensora.

Dejé la copa y miré a Susanna a los ojos.

—Confía en mí. Ahora mismo no soy su admiradora, precisamente. Lo que me ha hecho está mal. Muy mal. Y no es un ángel. Pero no voy a usar la palabra que quieres que use para describir lo que pasó entre nosotros esa noche. Y no es para nada un asesino. Solo pensarlo me parece ridículo. ¿Me estás diciendo que te imaginas a Jason, nuestro Jason, yendo en coche a casa de esa mujer, matándola como sea y ocultando su cadáver en alguna parte del bosque? —Oí que me temblaba la voz. No quería que mi mente recreara esa imagen.

Ella aguantó la mirada y luego apartó los ojos meneando la cabeza.

—Bueno, genial —proseguí—. Al menos estamos de acuerdo en eso. Mi marido no es un asesino. ¡Chin, chin!

—Solo estoy preocupada por ti.

—¡No jodas, Susanna, que ya lo sé!

Susanna se encogió. Nunca le había contestado así. Alargué la mano y le di un rápido apretón en el hombro.

—Lo siento. Es que quiero que esto se acabe.

—Bueno, pero ¿qué pasa si no se acaba?

—Acabará tarde o temprano.

—Tienes que protegerte antes de que eso ocurra. Dime una cosa: si el fiscal te convoca a presentarte ante un gran jurado y te pregunta dónde estaba Jason, ¿qué contestarías?

Siguió insistiendo hasta que obtuvo una respuesta.

—No mentiría bajo juramento.

—¿Estás segura? ¿Lo prometes?

—Sí. No iría tan lejos. Pero no va a pasar. Así que deja de preocuparte. La chica esa… la mujer, la tal Kerry… acabará apareciendo dentro de nada.

Me esforzaba todo lo posible por parecer segura, y el alcohol ayudaba. Sabía que mi vida estaba a punto de cambiar. Tenía que cambiar.

Después de dos tazas de café y un frenesí de limpieza, estaba casi sobria cuando Jason llegó a casa. El contenido entero de la despensa estaba desperdigado sobre la mesa de la cocina, la encimera y el suelo. Había tirado una bolsa entera de basura llena de paquetes medio comidos de nueces, patatas fritas, panecillos salados, espaguetis, cacao en polvo, avena —cosas que había que tirar— y tenía un plan para organizar lo que quedaba. Había dejado a un lado, junto a la entrada, dos cajas de Nicorette.

—¿Estamos haciendo una colecta de alimentos?

—¿No has recibido mi mensaje?

Miró el móvil.

—Lo tenía apagado.

Siempre lo tenía apagado.

—Quiero que vayas a casa de Colin. Dice que te espera allí. —Acabé de limpiar el último estante. No había ni una miga de pan ni un grano de arroz a la vista.

—¿Nos estamos peleando otra vez? Pensé que estábamos bien. —Habían cambiado muchas cosas desde hacía tres días, cuando le había echado a pasar la noche a casa de Colin.

—Ve a hablar con Colin. Yo no quiero tener esta conversación. Que te lo explique él.

—¿Es otra vez por Kerry? No puedes pensar en serio que le he podido hacer daño…

Mi atención estaba puesta en mis reservas de caldo de pollo ecológico bajo en sodio, como si estuviera construyendo un puente trascendental.

—Por favor, todo tendrá sentido cuando hables con Colin. Si no estás de acuerdo conmigo, vuelve y lo hablamos.

—Angela…

—Vete. Te lo prometo. Ponte el sombrero de economista. Ya verás, objetivamente es lo correcto.

Me había echado a llorar para cuando oí que se cerraba la puerta de entrada. Me imaginaba la escena que se produciría cuando Jason llegara al apartamento de Colin.

Había llamado a Colin nada más volver de casa de Susanna. Me lo volvió a explicar: si pedía el divorcio antes de que concluyera el juicio civil de Jason, el proceso sería como si fuéramos una pareja cualquiera que se separa. El problema lo tendría cualquier acreedor de Jason que viniera a por mí con el argumento de que me había divorciado para blindar bienes de cualquier responsabilidad. Podría utilizar el comodín de la esposa-que-está-hasta-el-moño. Total, la versión más amable de los hechos era que Jason había sido un adúltero en serie. En esas circunstancias, ¿quién si no yo iba a aguantar todo esto hasta ese punto?

Para alguien de fuera, sonaría cruel pedirle al mejor amigo de mi marido, el hombre con el que le había engañado tres días antes, que le entregase los papeles de divorcio. Pero después de mis descubrimientos sobre la vida de Jason en el último mes, ya no sabía qué considerar un proceso «normal» para nosotros. Colin era el mensajero perfecto porque nos quería a los dos.

No tenía ni idea de lo que iba a pasar con Jason, ni en el proceso penal ni en el civil. Lo único que sabía era que tenía que protegerme a mí misma y, sobre todo, que tenía que proteger a Spencer. Me llevaría la mitad de nuestros bienes y me llevaría a mi hijo.

Y, si Jason preguntaba por «nosotros», le aseguraría que había sido el padre de Spencer todos estos años sin documentación legal. Podríamos ser lo que nos diera la gana el uno para el otro sin necesidad de un papel.

Había amontonado la mitad de las cosas de la alacena cuando sonó el teléfono. Era la agente inmobiliaria que nos había vendido la casa hacía dos años, que me devolvía la llamada. Vendría al día siguiente a echar un vistazo y a fijar un precio.

293

47

*C*orrine salió de Harlem exactamente a las 14.31 del sábado rumbo a Port Washington dispuesta a cronometrar el trayecto. Llegó a casa de Kerry Lynch a las 15.12. De haber salido de Greenwich Village habría tardado más. Supuso que el tráfico del sábado por la tarde era peor que el del miércoles por la noche. Por tanto, se podría estimar que Jason Powell habría tardado como mínimo cuarenta minutos desde su casa hasta allí, si había viajado en coche.

Ya había buscado datos de los lectores de matrícula de puentes y túneles en busca de alguna prueba de que el Audi de Powell saliera de Manhattan el miércoles. Pero no encontró nada. En teoría, podría haber ido en tren o en otro vehículo, pero el instinto de Corrine lo descartó.

La primera vez que estuvo en casa de Kerry no se había percatado de lo aislada que estaba. Ahora que Kerry había desaparecido, estaba segura de que alguien podría haber ido y venido sin que ningún vecino se diera cuenta.

Un vehículo de la policía de Port Washington aparcó junto a la acera detrás de ella pocos minutos después de que Corrine llegara. El hombre que bajó era más joven de lo que se esperaba por las llamadas telefónicas. Todavía no tendría cuarenta años, con el pelo marrón oscuro y una barba bien recortada.

—He traído Duncan Donuts. —Alargó una caja de media docena de dónuts marca Krispy Kremes y los dos cogieron uno—. Venga, ríase, dígame que soy la primera persona que le hace esa broma.

Corrine acabó de tragar antes de responder.

—Que sepa que odio las coñas, pero me encantan los dónuts, Netter, así que le perdono.

—Me parece bien.

Le hizo de guía hasta la parte trasera de la casa, quitó dos cintas de escena del crimen y abrió la puerta de atrás. Alzó el brazo para evitar que ella entrara más allá de la mitad de la cocina.

—¿Ha hablado con su familia? —preguntó Corrine.

—Su madre falleció y su padre vive en Indiana, pero tiene alzhéimer. Allí también tiene un hermano, del que se ha distanciado. Según hemos deducido, era una mujer dedicada al trabajo. Tenía algunas amigas en la empresa, como Samantha, pero socializaba de forma informal fuera de la oficina. Sin amigos cercanos.

—¿Dónde está Copito de Nieve?

—Tenía que preguntarme eso, ¿verdad? —Su sonrisa avergonzada resultó tierna.

—¿En serio? ¿Se lo ha quedado?

—Es que es monísima.

—Es macho. —Corrine se acordó de que Kerry la había corregido en su anterior visita.

—Técnicamente, pero Copito de Nieve va más allá de las etiquetas. El hermano de Kerry no ha querido ocuparse de la criaturita. Y Samantha dice que le da alergia, a pesar de que le he explicado que los bichones son hipoalergénicos.

—Estamos en el tercer día. ¿No cree que ya es hora de tratarlo como una escena del crimen?

—Bueno, nuestra regla es a partir de las setenta y dos horas, pero ha habido una novedad. Cuando buscaba en el teléfono a nuestro hombre misterioso, el tal Jay. Descubrí llamadas telefónicas a agentes inmobiliarios. Al parecer quería tasar la casa, y rápido. Les dijo que quería tasarla para venderla.

295

—Eso podría no significar nada.

—Quizá haya ido unos días adondequiera que se vaya a mudar. Dejó el comedero y el bebedero automático de Copito de Nieve a rebosar.

—¿Sin el bolso ni el móvil?

Netter se encogió de hombros.

—Ya. Pero las llamadas a las inmobiliarias tienen que estar relacionadas. No puede ser una coincidencia.

—Ella misma me dijo que era una dueña muy mala del perro, pues dejaba a Copito de Nieve solo todo el tiempo. Lo mismo dejó así el comedero y el bebedero por eso. Yo diría que los tenía llenos siempre. ¿Te importa si echo un vistazo?

Estaba claro que no sabía qué estaba permitido en estas circunstancias.

—Quisiera ver el salón. Es la única parte de la casa que vi cuando estuve la otra vez. —Avanzó hasta el umbral de la entrada de la cocina y se quedó mirando desde allí cinco minutos completos, repasando toda la estancia por secciones pequeñas. Solo le llamó la atención una cosa que estaba fuera de lugar, pero era importante. Cuando se lo dijera a Netter, cambiaría su forma de ver el caso.

Le preguntó qué plan tenían para la entrevista a la persona que le había entregado comida a Kerry la última noche que fue vista.

Netter miró su reloj.

—Justo a tiempo. Se supone que hemos quedado con él dentro de diez minutos en el restaurante.

Corrine se subió en su propio coche, dio un giro de ciento ochenta grados y siguió a Netter.

Por lo que había deducido sobre el repartidor, Corrine se esperaba a alguien de unos treinta años, surfero de día, repartidor de comida italiana por la noche. En vez de eso, en el restaurante frente al que aparcaron, llamado Grapevine, encontraron a un tipo mayor que ellos dos, quizá de cincuenta años, que llevaba todavía la tabla de surf amarrada en lo alto de su Honda Prius.

Se presentó como Nick Lowe.

—No, no soy el músico, si es que lo conocen. Legalmente me llamo Dominick. Mis padres me llamaban Nick, y pensé que me gustaba así. —Corrine se fijó en el ambientador que colgaba del retrovisor de Nick.

Dejó que Netter tomara la delantera. Nick no tardó en confirmar lo que ya sabían: había llevado el pedido a casa de Kerry el miércoles por la noche. Si en el recibo ponía que el pedido había salido a las seis y media, Nick estimó que debió de llegar a las seis y cuarenta y cinco. Quizá a las siete o siete y cuarto.

—Hay un montón de pedidos, y las casas están muy separadas en esta zona. La huella de carbono es enorme por aquí.

—¿Recuerda algo de su apariencia? —preguntó Netter.

—No lo sé. Cogió la bolsa de comida, me dio cinco dólares de propina y punto. Escuchen, es una buena mujer. Se pasa el día trabajando y come en casa. Es un poco triste. ¿Por qué preguntan por ella?

Corrine se dio cuenta de por qué habían tardado tanto tiempo en interrogar a Nick. Netter no le había explicado que estuvieran preocupados por Kerry. Sin duda, Nick pensaba que ella era una sospechosa.

Netter parecía un buen tipo, pero Corrine estaba cansada de dejarle llevar las riendas.

—¿Le hacía entregas con frecuencia? —preguntó.

—Oh, sí, claro. Cada dos semanas más o menos, diría yo.

—Nick, que sepamos, eres la última persona que ha visto a la señorita Lynch —prosiguió Corrine, pasando al tuteo—. No la encontramos y estamos preocupados por ella.

Nick frunció el ceño.

—¿Te diste cuenta de algo más esa noche? —insistió ella.

—Bueno, estaba su novio. —Su voz se había vuelto más seria, más concentrada—. Eso era algo distinto.

Joder. Podían haber averiguado esto dos días antes. Se sacó el móvil del bolsillo y buscó una foto de Jason Powell.

—¿Era este tipo?

—No, él no.

Había algo en la forma en que había respondido.

—Pero ¿le has visto antes?

—Sí. Creo que sí. Bueno, ¿no es el que sale en las noticias?

—Sí, por varias razones, pero ¿le has visto con Kerry Lynch?

—Pues sí. Quizá una vez. Como mucho dos. Me resulta familiar. Parece británico o algo así. No por el acento ni nada. No he hablado nunca con él. Es más bien su rollo. Creo que estuvo allí lo mismo hace tres o cuatro meses.

Netter le interrumpió.

—Dices que había un hombre allí el miércoles. ¿Se llamaba Jay?

Nick se encogió de hombros.

—No sé más nombres que los que aparecen en los pedidos. Los clientes también se inventan gilipolleces. Debora Melo. Dolores Delano. La gente es imbécil.

—Pero has dicho que su novio estaba en casa —insistió Corrine, tratando de que Nick no se fuera por las ramas.

—Sí. O al menos lo era. Pero eso fue hace mucho… Hará ya más de un año. Dos, incluso tres. Estaba mucho por ahí. Abría la puerta, me daba propina y todo. Pensaba que vivía allí. Un día metí la pata y pregunté: «Oye, ¿dónde está tu marido?». Me contestó que era un capullo. Y, de repente, ahí estaba el miércoles otra vez. El mismo tipo.

Corrine buscó en Google «Tom Fisher Oasis» en el teléfono y pulsó «Imágenes». Pinchó en la primera foto de los resultados.

—¿Te suena este hombre?

—Sí, es él. Es el que estaba ahí el miércoles. Ella está bien, ¿verdad? Es una buena mujer.

Corrine y Netter volvieron juntos hasta la esquina opuesta del aparcamiento, donde habían dejado los coches aparcados juntos.

—¿Quién es el tipo de la foto? —preguntó él.

—Su jefe. Tuvieron una aventura hace tres años. Ella me dijo que no acabó bien. Él se quedó con su mujer.

—Qué putada. ¿Y ella ha seguido trabajando para él?

—Sí, pero no estaba cómoda, al menos eso dijo. Tuvo que amenazar con denunciarle para conservar su puesto.

—Como un poli que se libra de un marrón enseñando la placa. Nunca vuelve a ser lo mismo. Este podría ser el problema de trabajo del que hablaba su amiga.

—Y la razón por la que dijo que Kerry tenía debilidad por los hombres equivocados —añadió Corrine.

—¿Esto podría no tener nada que ver con el caso que la ha traído hasta aquí? —La forma en que lo dijo Netter casi no parecía una pregunta.

—Es algo difícil de decir, pero no creo que se fuera voluntariamente. En la casa me di cuenta de algo. La primera vez que vine había un huevo de cristal grande en la mesa de centro. Imagino que de unos siete kilos. Ya no está.

—La paseadora de perros no se dio cuenta.

—La paseadora de perros no tiene por qué darse cuenta. —Corrine ya se lo imaginaba. La mesa del salón recogida, los recipientes de comida en la encimera de la cocina. El huevo de cristal contra la cabeza de Kerry. Sangre en su pelo negro. Alguien se habría llevado el cadáver sin que lo vieran los vecinos. Habría limpiado la sangre del suelo de madera del salón o de las baldosas de terracota de la cocina. Quizá también hubiera dejado la comida y el agua para Copito de Nieve.

—Voy a declarar la escena del crimen —repitió Netter—. ¿Por qué no me ha dicho nada en la casa?

—No estaba segura de cómo interpretarlo hasta que habláramos con el repartidor.

— O quería quedarse de espectadora mientras yo daba por hecho que iba a volver.

—Debería llamar, Netter.

Corrine tardó casi dos horas en contarle a Netter todo lo que sabía sobre Kerry Lynch, incluidas las sospechas de Jason Powell de que Kerry podría saber más de lo que reconocía sobre los tratos internacionales de Oasis. Se pasó otra hora dándole consejos sobre los pasos que tendría que dar para seguir con el caso, puesto que ya quedaba claro que la investigación entraba en la jurisdicción de Long Island.

Acababa de tomar la autovía cuando le sonó el móvil. No reconocía el número, pero tenía el código de Manhattan.

—Al habla Duncan.

—Hola, soy Brian.

Volvía a ser Brian.

—Desde tu teléfono particular, un sábado. No, no voy a salir contigo.

—Tú te lo pierdes. ¿Alguna novedad sobre Kerry?

No había hablado con King desde el martes, cuando descubrió que Kerry había desaparecido. Le contó que estaba volviendo de Port Washington y le hizo un resumen de lo que había descubierto.

—O sea, ¿crees que Jason Powell es el novio al que llamaba Jay? ¿El surfero los vio juntos?

—No está claro. Hay algún Jay que podría o no ser Powell. Pero no le confiaría mi vida al surfero como testigo.

—Sin embargo, le crees cuando dice que vio a Tom Fisher allí el miércoles por la noche.

Ella se dio cuenta de la incoherencia.

—Parecía seguro de lo de Fisher. De lo de Powell, no tanto.

—¿Vas a hablar con Fisher?

—¿Cómo? Ya estaba forzándolo cuando dije que quizá Powell se hubiera ido de la ciudad para buscarla, al menos teníamos una base para reclamar la jurisdicción. Pero ¿con Fisher? Su relación entera tuvo lugar en la isla. Si mis sospechas sobre el huevo de cristal son ciertas, el suceso se ha producido en Long Island. Por no hablar de que ni siquiera estoy de servicio.

—Como si eso pudiera detenerte. Puedo detectar cuando un compañero es un fanático de la verdad y la justicia.

Ella quería interrogar a Fisher en persona, pero sabía que ya había agotado la bienvenida que le había dado Netter. En cuanto le dijo lo del huevo que faltaba, él había cambiado de marcha.

King se quedó en silencio al otro lado del teléfono, pensando.

301

—No le cuentes a nadie que yo he dicho esto, porque es infernalmente frío...

—El infierno no es frío.

—No me toques las pelotas, ¿vale? Espero que Kerry esté bien, pero, joder, cómo me alegro de que el caso esté parado. Me da una salida fácil a la llamada que tengo que devolver.

—¿Qué llamada?

—He escuchado el buzón de voz de mi oficina... lo cual no debería hacer nunca en fin de semana, nota mental. Tenía un mensaje de Eric Jordan. Dice que Kerry Lynch ha desaparecido y se pregunta si hemos convocado un gran jurado para investigar.

Corrine dejó que la información calara en ella. Eric Jordan trabajaba en *New Day*. Su copresentadora, Susanna Coleman, era la mejor amiga de Angela Powell. No podía ser una coincidencia. Si alguien de Long Island fuera a filtrar la noticia de la desaparición de Kerry, se imaginaba que habría sido a algún medio regional, no al programa de la mañana de un canal nacional.

—Viene de la esposa. —Corrine explicó el nexo que unía a Angela Powell y a Eric Jordan—. ¿Ha preguntado en concreto por un gran jurado? Es un poco raro. Tenía que haber sospechado cuando me abrió la puerta en pijama.

—Tengo la sensación de que en algún momento has empezado a hablar de algo totalmente distinto.

—Perdón, estoy pensando en voz alta. La primera vez que fui a casa de los Powell, Angela estaba impertérrita, incluso cuando le dije que su marido había contratado a una prostituta. Tiene un punto que recuerda a las esposas de Stepford. La vivienda está impecable, a pesar de que haya un adolescente en casa y al marido lo estén investigando. Cuando fui el jueves, abrió la puerta en pijama a media tarde.

Cuantas más vueltas le daba, más convencida estaba Corrine de que Angela Powell había estado «rara» ese día. Había explicado su apariencia alegando tener una migraña, pero Angela no parecía ser de esas que cuentan sus cosas personales —ni sus debilidades— a una desconocida, y menos a una policía que investiga a su marido.

—Hace un segundo parecías pensar que Kerry y Tom Fisher estaban intentando inculpar a Powell desde el principio, como sostiene él. Ahora pareces pensar que la esposa de Powell está mintiendo sobre su coartada.

—No estoy segura de qué está pasando ahora mismo, salvo que la llamada que te ha hecho Eric Jordan no es una coincidencia. ¿Ha mencionado un gran jurado? Casi parece una propuesta. Quizá Angela tiene algo que decir y su amiga Susanna sabe que hará falta una citación a un gran jurado para que lo cuente. —Corrine se había estado diciendo a sí misma que el pasado de Angela no tenía nada que ver con el caso de Jason, pero ahora se preguntaba si Angela era incluso más sumisa de lo que parecía.

Pasó dos salidas antes de que King volviera a hablar.

—Por lo que a mí respecta, el caso está en espera. Con suerte, para cuando no lo esté tendremos respuestas, lleguen de donde lleguen.

—¿Qué pasa si Powell lleva diciendo la verdad desde el principio?

—¿Estás de coña o qué? Acabas de sugerirme que convoque un gran jurado para interrogar a su mujer.

—Porque sé que se nos está escapando algo. Lo que pasa es que todavía no sé de qué se trata.

—Ponte con tus demás casos, Duncan. ¿De verdad te has ido a Long Island en tu día libre?

—Port Washington. Está nada más salir de Queens.

—Me sigo sintiendo mal. Voy a beberme una botella de vino mientras me digo a mí mismo que Kerry está en alguna isla leyendo un libro.

48

*P*ara el domingo, la agente inmobiliaria había tasado la casa con cochera por un valor de 7,5 millones de dólares, medio millón más de lo que nos costó. Saldríamos perdiendo, por la comisión de la agente, los gastos legales y los impuestos, pero, si todo salía bien, tendríamos un total de 1,7 millones de dólares —la suma del dinero del libro de Jason, y un poco más—, la mitad del cual sería mía, al menos legalmente.

Jason había recibido la noticia tal y como yo esperaba: de un modo objetivo y racional. Nos divorciábamos solo en papel. Desde que me contó que su ADN coincidiría con las pruebas que Kerry Lynch había proporcionado a la policía, dije que me quedaría a su lado, y luego ya veríamos dónde estábamos él y yo. Esto, desde un punto de vista objetivo y racional, era coherente con el plan.

En mi nombre, Colin le entregó a Jason los impresos del divorcio en su apartamento el sábado. Yo misma había impreso los documentos que había encontrado en Internet, procurando restringir el papel de Colin al de mensajero. Resultó que Nueva York acababa de adoptar una forma de divorcio no contencioso, pero, a pesar de ello, no se podía decir que fuera sencillo. Requería que al menos una de las dos partes alegara que el matrimonio «llevaba roto irreparablemente» durante al menos seis meses. Estaba segura de que no cumplíamos ese requisito, hasta que seguí leyendo. La ausencia de cualquier intimidad física contaba como «roto irreparablemente». Llevábamos rotos, según la ley, tres años, y yo ni siquiera me había dado cuenta.

Mis documentos básicos no eran suficientes para que nos divorciáramos. El proceso requería que dividiéramos nuestra propiedad marital y alcanzáramos un acuerdo de apoyo conyugal. Spencer ponía las cosas fáciles. Era mi hijo, no el de Jason, al menos según la ley, y este acuerdo era una cuestión de cumplir a rajatabla la ley.

Solo dos horas después de que Colin le diera la noticia, Jason había vuelto a casa. Repasamos nuestro estado financiero y cumplimentamos las declaraciones juradas que tendríamos que dar al abogado matrimonial que Colin nos había recomendado. Me recordaba al papeleo que rellenamos cuando conseguimos el préstamo para la casa que ahora íbamos a vender.

Me abrazó toda la noche, mientras dormíamos, pero estuvimos casi en silencio cuando le ayudé a recoger las cosas que iba a necesitar a corto plazo, así como cuando le llevé en coche al apartamento de Colin. Fue a abrir la puerta pero se paró.

—Solo es un papel, ¿verdad?

—Jason, ya lo hemos hablado...

—Lo sé. Necesitas tiempo. Te he hecho daño. Pero, Angela, te quiero. Siempre te he querido, y eso no va a cambiar. La he cagado de verdad. No sé cómo decirte cuánto siento por lo que estamos viviendo ahora. Pero lo eres todo para mí. Siempre. Si esta es tu forma de decirme...

—No. Es lo que te he dicho, lo hacemos por nosotros, Jason. Por los tres. —Tenía una posibilidad muy buena de proteger al menos la mitad del dinero de Jason en caso de que le cayera una importante indemnización por perjuicios. Colin había dicho que el caso de Kerry se despacharía si seguía desaparecida, pero no teníamos garantías. Yo estaba siendo pragmática.

—Eres sorprendentemente fuerte, ¿lo sabes?

Le di una sonrisa triste.

—Un poco.

Me besó en la mejilla. Mientras hacía tres viajes al edificio de Colin, yo me quedé sentada al volante, helada.

49

Corrine observó desde su coche en Union Square West cómo Jason Powell hacía un segundo viaje del Audi al elegante edificio de cristal en la esquina con la calle Quince. Angela permanecía inmóvil en el asiento del conductor, con el maletero abierto y el motor en reposo. Desde el punto de observación de Corrine, parecía que Angela miraba hacia delante con las dos manos puestas al volante.

El Audi de los Powell estaba saliendo del acceso de su casa cuando ella estaba a una manzana de allí y lo divisó. Tenía la esperanza de encontrarse a solas con Angela, pero decidió seguirles. El traslado de cajas a unas manzanas de distancia podría no significar nada, pero la mirada perdida de Angela le dijo a Corrine que las cajas no eran lo único que se iba a quedar allí.

Cuando Powell hacía el tercer viaje al edificio, se detuvo y se volvió hacia el bordillo. Corrine no pudo distinguir su expresión, pero el momento le pareció triste. Angela se fue sola.

Gracias a que estaban en una calle de una sola dirección, Corrine tenía ventaja. Cuando Angela llegó al acceso de su casa, Corrine ya estaba en frente de la puerta del garaje.

En vez de pedirle a Corrine que se apartara, Angela aparcó el coche en frente y salió.

—No es buen momento, inspectora.

—Seré rápida. ¿Se ha recuperado de la migraña?

—Sí, gracias. De hecho, probé con vinagre y miel. Creo que ayudó.

Fue una buena respuesta, pero Corrine percibió una pausa justo después de preguntar.

Corrine ya estaba segura. Angela Powell no había tenido una migraña ni era el tipo de mujer que se quedaba en pijama todo el día sin un motivo. ¿Sobre qué más había mentido?

—¿Tiene todavía mi tarjeta de visita? —preguntó Corrine, acompañando a Angela hacia la escalera de entrada—. Le dije que podía llamarme a cualquier hora y por la razón que fuera.

—Lo sé, y no he llamado. Pero aquí está usted un domingo por la tarde. ¿Qué me he perdido, inspectora?

—Si un gran jurado la convoca y le pregunta lo que sabe de su marido, ¿qué va a contestar, Angela?

—Qué pregunta tan rara.

—¿Quiere que le mandemos una citación? Sé que no me cree, pero de verdad que intento ayudarla.

—¿Preguntándome si quiero testificar sobre mi marido ante un gran jurado? Qué forma tan rara de ayudar.

—Sé que ha pedido a su amiga Susanna que le insinúe esto a la oficina del fiscal. Si tiene algo que decir y quiere la protección de un gran jurado, puedo arreglarlo. Si tiene miedo de Jason…

—No le tengo miedo a mi marido.

—Puede que ahora no. Ahora que se ha mudado.

La cara de Angela se descompuso al darse cuenta de lo que implicaban las palabras de Corrine.

—¿Nos ha estado vigilando?

—Quizá crea que esto se ha acabado, pero en realidad acaba de empezar. Kerry Lynch lleva ya desaparecida cuatro días. Se ha dejado el perro, el documento de identidad, las tarjetas de crédito… todo. A partir de las pruebas halladas en su casa, no creo que se haya ido por su propio pie. Si Jason no estuvo aquí el miércoles por la noche, necesitamos saberlo.

—No tengo nada que decirle, inspectora.

—Me dijo que estuvo en casa cenando y que vieron una película por la noche, como cualquier pareja normal. Pero ahora se ha mudado. Algo no cuadra.

—Váyase, inspectora, o la denunciaré por acoso.

—De acuerdo, pero, como ya le he dicho, llámeme cuando quiera.

$\mathcal{N}$i me molesté en decir hola.

—¿Qué has hecho?

Cuando Susanna preguntó de qué estaba hablando, me di cuenta de inmediato de que estaba fingiendo confusión.

—Eres la única amiga en quien puedo confiar ahora mismo y me estás mintiendo. Déjalo ya. La inspectora ha vuelto por aquí diciendo que le has insinuado algo al fiscal del distrito. Algo de que yo testifique ante un gran jurado. ¿Qué has hecho?

—Estoy intentando protegerte, Angela.

—¿Mandándome a la policía a casa? ¿Obligándome a ir a juicio?

—Te pregunté a bocajarro ayer si mentirías por Jason en caso de que te citaran. Prometiste que no lo harías.

Había albergado esperanzas de que mis sospechas fueran falsas.

—Y entonces vas e intentas que pase. No me puedo creer que hagas algo así contra mí.

—No es contra ti, Angela. Es por ti, no contra ti. Lo único que he hecho ha sido decirle a Eric que llame para ver si están abiertos a un gran jurado. La verdad es que me ha costado bastante pedirle al cretino ese un favor.

—No lo cuentes como si tuviera que estar agradecida. Me has dado una puñalada por la espalda. No tienes ni idea del peligro en el que me estás poniendo.

—¿Peligro? ¿Estás de broma? ¿Sabes cuántas concesiones éticas he hecho una y otra vez desde que esto ha ocurrido exclusivamente por lealtad a ti? Trabajo para el departamento de noticias de un canal de televisión nacional, y estoy conservando mi amistad con un acusado de violación cuya carrera ayudé a lanzar. Y luego tú le das una coartada ante la policía. Ni una sola vez te has parado a pensar en la posición en la que me pone todo esto.

Estaba furiosa con ella por intentar manipular la situación, pero hasta yo podía ver que tenía algo de razón. Todo este tiempo me había apoyado en Susanna a sabiendas de que ella pondría nuestra amistad por encima de su trabajo. Intenté apartar mis propias emociones para darle las gracias por sus esfuerzos. También le pedí perdón por pensar solo en mí misma.

—No estaría disgustada si estuvieras ocupándote de lo más importante —dijo ella—, pero no lo estás haciendo. Estás protegiendo a Jason y poniéndote a ti misma en peligro. Y a Spencer. Pues sí, estaba intentando que volvieras al buen camino con esa llamada a la oficina del fiscal. Pensé que, si te ponían ante un gran jurado para investigar la desaparición de Kerry, tendrías la oportunidad de decir la verdad.

—Se ha mudado hoy —la corté de pronto—. Jason. Se ha ido a casa de Colin. Y anoche le entregué los papeles del divorcio. Así que puedes dejar de intentar ayudarnos. Estoy haciendo lo que tengo que hacer. Tomé la decisión ayer cuando volvía de tu casa, así que ya habías ayudado, Susanna.

—¿Por qué no me lo has dicho?

—No estaba preparada para decirlo en voz alta, y todo está pasando muy rápido. Se ha llevado lo que necesita por ahora. Vamos a vender la casa. —Todavía no me creía la situación en la que estaba y los pasos drásticos que tenía que dar para salir.

—Estás haciendo lo correcto.

—Lo sé —contesté en voz baja.

—Siento haber llamado al fiscal. Es que me quedé muy frustrada cuando te fuiste ayer.

—No pasa nada, Susanna. Lo entiendo.

—No pienso dejar de ayudarte a vivir tu vida, y lo sabes. —Su voz se había suavizado—. ¿Estamos bien?

—Por supuesto.

—Bueno, a riesgo de entrometerme demasiado pronto, ¿es una ruptura de verdad o solo en papel? —Ella había sido la primera en proponer el divorcio técnico, aunque solo fuera para protegernos económicamente.

—Él le dijo a la mujer esa que me dejaría por ella. —Esas palabras me sorprendieron al pronunciarlas.

—¿Lo ha reconocido?

—A mí no, a su abogada. —Ahora que había abierto esa puerta, le debía una explicación más detallada—. He estado leyendo sus *e-mails*. ¿Las tonterías esas de los sobornos de la empresa y tal? Pues le dijo a Olivia que pensaba que Kerry estaba enfadada porque todavía no me había dejado.

—¿Y por eso le acusa de agresión sexual?

—Eso parece.

—¿Todavía crees que es inocente?

—¿De eso? Sí. —Cuando leí los informes policiales que Olivia le había enviado a Jason, creí que era culpable. Las fotos de sus muñecas me convencieron. Y la descripción de cómo de pronto dejó de parecer el mismo. Bastó ese correo electrónico para convencerme de que le había hecho a ella lo mismo que a mí, pero ella estaba dispuesta a describirlo como violación, igual que había argüido Susanna. Por eso le eché de la casa aquella noche.

—¿Cómo puedes estar tan segura? —preguntó Susanna.

—Porque he leído la explicación que le dio a su abogada. Créeme, Susanna. Todo tiene sentido. Ella le ha tendido una trampa. Estoy segura.

Por lo general, me habría insistido para averiguar más cosas, pero me dejó en paz, sin duda presintiendo que ya me había apretado bastante por un día.

—¿Estás bien? ¿Quieres que vaya a verte?

—No, estoy bien. De hecho, tengo ganas de quedarme sola. ¿Sabes que nunca he vivido sola? Jamás. Quizá me siente bien.

Spencer llamó esa misma noche. Me costaba creer lo mucho que habían cambiado las cosas en las dos semanas transcurridas desde que le dejé en el campamento.

—¿Qué tal el brazo? ¿Sigue en su sitio?

—Sí. Ya está mucho mejor, pero no se lo digas a Kate. Ha sido muy amable conmigo. En realidad, es culpa de ella que me pasara. Estaba en plan «esto parece hiedra venenosa, pero no lo es». Eso es peor que no darse cuenta a la primera, ¿verdad?

—Y, aparte de eso, ¿va todo bien por allí?

—¿Aparte de que me envenenara la naturaleza bajo la atenta mirada de una orientadora? Sí, estoy bien. Me lo estoy pasando guay.

—Solo queda una semana más, ¿verdad?

—¿Sí? Dijiste que podrían ser seis semanas en vez de tres.

Cerré los ojos y me tomé otro trago de vino. Me costaba creer que hubiera pensado que para entonces todo habría acabado.

—No, a no ser que quieras quedarte. —Tendría que cargar los demás gastos en una tarjeta de crédito.

—La verdad es que tengo ganas de volver a casa, pero también me gusta estar aquí. Mamá, ¿qué pasa? ¿El tema de papá está solucionado? ¿Ha terminado ya?

Cerré los ojos y pensé en una respuesta sincera.

—Va a durar más de lo que pensábamos, y papá va a pasar una temporada en casa de Colin. Después de todo lo que ha pasado, hemos pensado que tenemos más posibilidades de que las cosas funcionen si vivimos separados un tiempo.

—Le has echado.

—No…

—Mamá, te ha engañado y necesitas un descanso. Me lo puedes decir.

—Es más complicado, pero sí, estamos dándonos un descanso.

—Bien.

—Sigue siendo tu padre. —Habían hablado por fin el viernes por la noche cuando Spencer había llamado, por primera vez desde que Jason le contó lo de la aventura.

—Lo sé, y algún día estaré bien con él. Pero la ha cagado él, tú no. Puedes dejar de protegerme.

—No quería que te pasaras el verano oyendo cosas horribles de tu familia.

—Bueno, las cosas que me he estado imaginando deben de ser mucho peores que las que han pasado de verdad.

Me costaba creer lo listo que era mi hijo.

—Mamá…

—Dime…

—¿Quieres que vuelva a casa? No me importa. Te lo prometo.

Contuve el aliento. Me había estado convenciendo de que me vendría bien vivir sola. De que no necesitaba a Jason. De que no necesitaba a nadie.

—¿De verdad no te importa?

—Para nada. Aquí la gente empieza a apestar. Por mucho que nos duchemos, olemos cada día peor.

Mi carcajada fue más bien un resoplido. Echaba de menos a mi hijo. Le dije a Kate que iría a recoger a Spencer al día siguiente.

51

Corrine se despertó el lunes por la mañana al recibir una llamada de la Universidad de Columbia. Para ella era primera hora de la mañana, pero para un estudiante de la universidad era todavía de noche. Por muchos titulares que hubiera sobre las respuestas ante las agresiones sexuales en las universidades, las cosas parecían empeorar, no mejorar, en sus procedimientos. Para cuando Corrine llegó, la víctima ya había hablado con tres amigas, una consejera de la residencia de estudiantes, un mentor de la universidad, un orientador de los servicios al alumno y una enfermera de la clínica universitaria. Solo la enfermera había animado a la mujer a llamar al departamento de policía. Por lo que pudo observar Corrine, el resto del equipo había pasado el rato intentando convencer a la mujer de que la policía la detendría por tomar éxtasis con el sospechoso la noche anterior, que podía presentar una queja a través del sistema universitario y que la denuncia podría arruinarle la vida al sospechoso.

Corrine llegó a la Unidad de Víctimas Especiales después del mediodía. Encontró un sobre grueso encima de su silla. Era del Departamento de Policía de Pittsburgh. Lo abrió y encontró los informes que había solicitado al descubrir que Angela Powell había sido anteriormente Angela Mullen, la chica rescatada después de que la policía abatiera a Charles Franklin cerca de la frontera con Canadá.

Corrine fue pasando páginas. Había fotos de la casa en la que Angela Powell había sido prisionera durante tres años, incluida una de dos camas gemelas deshechas y una cuna con sábanas manchadas de excrementos. Un informe médico describía el rechazo de Angela a que alguien le quitara al niño hasta que apareció su madre. Un informe de un agente del FBI detallaba las amenazas de denuncia pronunciadas por Daniel y Virginia Mullen si no permitían que su hija y su nieto volvieran a casa de inmediato. Historial de Charles Franklin: una detención por exhibicionismo en el exterior de unos baños públicos, pero sin condena; pornografía infantil hallada en su casa; las típicas declaraciones de los vecinos diciendo que parecía «normal». Una fotocopia de una foto de Franklin en una camilla con la cara gris e hinchada y con sangre coagulada en el pelo castaño oscuro.

Incluso muerto, Charles Franklin tenía los mismos rasgos físicos que Corrine había observado en las fotografías del hijo de Angela, Spencer: el pelo oscuro, la nariz ancha, la frente baja. Deseó que una parte del cerebro de Angela la protegiera de ver los parecidos.

Al final del montón, encontró documentos que describían el hallazgo de la segunda víctima, a la que Angela tenía que llamar Sarah cuando Franklin la trajo a casa dos años antes. Franklin le había dicho a Angela que por fin había tenido suerte en un viaje a Cleveland cuando una chica «todavía más tonta que tú» aceptó que la llevaran a casa mientras esperaba el autobús en una parada en frente de un centro comercial. Amenazó con matarlas a las dos si en su casa se decían una palabra sobre su existencia anterior, pero Angela recordó que en una ocasión Sarah le había contado que lo único que valía la pena ver en donde había crecido era el Salón de la Fama del Rock and Roll. Tenía catorce años cuando Franklin la secuestró, así que tendría dieciséis años cuando acabó todo.

El agua arrastró el cuerpo descompuesto de la chica hasta

las inmediaciones de la frontera entre Pensilvania y Ohio casi dos semanas después de que Franklin la tirara en el lago Erie. Tenía dos heridas de bala en la base del cráneo. La putrefacción había hecho mella en su cuerpo. Estaba irreconocible. Tenía un tatuaje de unos ocho por cinco centímetros en la cadera derecha, pero tampoco era identificable, solo se podía comprobar su existencia.

El documento más reciente del montón estaba fechado casi un año y medio después de la muerte de Franklin durante el rescate. La policía y el FBI habían buscado todos los casos de personas desaparecidas de Ohio y de los estados colindantes pero no habían encontrado ninguna coincidencia en las descripciones que tenían de «Sarah». El caso, a todos los efectos prácticos, estaba cerrado. Por lo que Corrine pudo observar, nadie había reclamado a Sarah como su hija. Unos padres que permitían que una niña de catorce años se hiciera un tatuaje no debieron de preocuparse demasiado cuando desapareció.

Corrine se sintió vacía al acabar de leer todo aquello. La muerte no era castigo suficiente para un salvaje como Charles Franklin.

Se dispuso a llevar el montón a la trituradora de papel, pero se detuvo. Encontró espacio al fondo del último cajón de su mesa. De momento, lo guardaría allí, por si acaso lo necesitaba.

52

Dos días después

—*L*a historia la tiene *The Long Island Press.* —Era Brian King al teléfono. Corrine no necesitaba preguntar de qué historia estaba hablando—. Me han llamado para saber si consideraba a Powell sospechoso de la desaparición de Kerry.

—¿Y qué has dicho?

—Que cualquier pregunta relacionada con la señorita Lynch debería dirigirla al departamento de policía donde vive.

—Muy diplomático.

—Pero la periodista no es idiota. Su siguiente pregunta ha sido si todavía estábamos procesando a Powell.

—¿Y?

—He dicho que el caso está parado en espera de una orden del tribunal.

—Y entonces, ¿por qué me llamas?

—¿Con quién me voy a desahogar? ¿No quieres saber qué más he descubierto?

Por supuesto que quería.

—El tipo al que conociste en tu excursión, el tal Netter, es el encargado de la investigación. Dice que Tom Fisher se niega a contestar a sus preguntas, ya sea sobre su aventura, su paradero el miércoles por la noche, el trabajo de Kerry en la empresa o las operaciones internacionales de Oasis. Se escuda invocando la quinta enmienda. Y el agente inmobiliario que iba a tasar la casa de Kerry dijo que ella no tenía previsto buscar otra casa. Quería, y cito textualmente, «sacar su dinero y largarse cuanto antes».

—¿Por qué se iría sin sus cosas y sin su perro? ¿Y qué oculta Fisher? —Kerry llevaba desaparecida la semana entera.

—Exacto. He llamado a Janice Martinez, que dice que iba a contactar conmigo porque la misma periodista le ha hecho algunas preguntas. No me ha querido dar datos concretos de sus conversaciones con Kerry, pero me ha dicho que lleva desaparecida mucho tiempo y que está dispuesta a proporcionar información que cree que puedo necesitar. Al parecer, Martinez informó a Olivia Randall el miércoles de que Kerry estaba dispuesta a un acuerdo en el caso civil, y que tenía intención de desestimar el caso penal si el precio era justo.

—Estaba dispuesta a aceptar una indemnización, tal y como sospechábamos.

—Exacto. Pero Martinez también trabajaba en un acuerdo con Oasis, negociando directamente con Tom Fisher, no con su consejo. En teoría, pretendía llegar a un acuerdo por posibles reclamaciones de discriminación derivadas de la aventura de Kerry con Fisher, pero el acuerdo incluiría un pacto de confidencialidad total respecto a todas las cuestiones relacionadas con su trabajo en Oasis. Según Martinez, le daba la impresión de que tanto en Kerry como en Fisher había algo implícito que ella no entendía.

Corrine llenó los espacios vacíos.

—Kerry tendría que guardar silencio sobre los sobornos de la empresa. Básicamente, estaba desplumando a dos hombres: a uno por agresión sexual, a otro por lo que sea que está pasando en esa empresa.

—Pero es que ahora uno de los dos hombres empieza a parecer inocente. Jason Powell lleva todo el tiempo intentando

319

convencernos: nos ha hablado de Fisher, incluso nos ha dado recibos de alquiler de películas. Fisher, en cambio, invoca la quinta enmienda. Si uno de ellos es responsable de lo que le ha pasado a Kerry, ya sé por quién apostar. Quizá Fisher pensó que el precio era demasiado elevado, o que Kerry volvería a por más.

—¿Cuándo van a publicar la noticia?

—En cualquier momento. Primero lo harán en la versión electrónica. Mañana en la portada en papel. Los demás noticiarios seguirán sus pasos. Me he sentado a revisarlo todo. El caso es que, de haber sabido cómo iban a evolucionar las cosas, no habría demandado a Powell.

—¿Qué hacemos al respecto?

—Yo sé lo que debería hacer: cancelar el proceso de inmediato, al menos hasta que encuentren a Kerry. Lo que mi jefe me deje hacer es otra cuestión.

320

Corrine acabó el siguiente párrafo del informe suplementario que estaba escribiendo, pero no podía dejar de pensar en lo que acababa de descubrir sobre Tom Fisher. Nick Lowe, el repartidor del restaurante, dijo que había visto a Jason y a Kerry juntos en casa de ella hacía meses, en cuyo caso, Powell decía la verdad sobre su aventura, pero no había mensajes ni correos electrónicos que demostraran la conexión romántica. Según él, Kerry estaba preocupada por el uso de su teléfono y de su ordenador porque pensaba que la empresa estaba buscando una excusa para despedirla. Pero ¿podría tener otras razones para preocuparse?

Abrió el buscador y escribió «Oasis agua África». Descubrió en varios comunicados de prensa de la página de la empresa que Oasis había conseguido contratos en Tanzania y Mozambique hacía poco más de tres años, lo cual habría sido la época en la que Kerry salía con su jefe.

Corrine buscó el teléfono y llamó a Netter.

—Me imaginaba que era usted al ver el número —dijo cuando ella se identificó—. He hablado con el fiscal de su distrito hará menos de una hora.

—Parece que está progresando con Fisher.

—Eso es mucho decir. No quiere hablar.

—Imagino que ya tiene los datos económicos de Kerry.

—Sí. No hay grandes retiradas de dinero recientes. Cada vez parece menos probable que se haya ido voluntariamente.

—¿Y depósitos?

—Solo depósitos directos del trabajo. ¿Habla de los acuerdos a los que quería llegar su abogada con Powell y Fisher? Según dice, no habían hablado aún de cifras.

—Pero Nick Lowe dice que Fisher estaba en casa de Kerry esa noche. Dada su historia, quizá estuvieran intentando pactar algo entre ellos, sin los abogados.

—Estamos considerando la misma teoría. Lo único raro es que él es un hombre rico. Sobornar a una examante no debería costarle mucho.

—A no ser que ella estuviera en una posición que pudiera hacerle mucho menos rico... o buscarle problemas con los federales.

—¿Se refiere a las actividades de la empresa en otros países?

—Según asegura Powell, Kerry le había prometido que le ayudaría a demostrar sus sospechas. Pero quizá no estaba fisgoneando para ayudarle. Se acostaba con el jefe cuando la empresa consiguió esos contratos en África.

—¿Crees que podría haber sabido lo de los sobornos?

—Incluso podría estar implicada. Por eso preguntaba por los datos bancarios. Mencionó que sus nóminas se realizaban mediante depósitos directos. ¿Podría retroceder varios años para ver si hay algo inusual?

—Sí... Tengo la información bancaria aquí mismo. No debería llevarme mucho tiempo.

321

Corrine escribió otra sección de su informe con el teléfono sujeto entre el hombro y la oreja mientras Netter investigaba.

—Parece que tenía razón. Le aumentaron mucho el sueldo hace tres años y medio. —Mientras recitaba las cifras, Corrine calculó que era un aumento del veinte por ciento, hecho efectivo solo un mes antes de que Oasis anunciara nuevos proyectos en África. Corrine abrió el perfil de LinkedIn de Kerry.

—No veo en su currículo ninguna promoción que se corresponda con esto —explicó Corrine—. Ha sido la vicepresidenta encargada del marketing global desde hace cinco años.

—Y, además, su bonificación de fin de año es una cifra redonda de cien mil dólares, mientras que los dos años anteriores fue de veinte mil.

—¿Y después?

—Cincuenta.

La información financiera no era una prueba irrefutable, pero coincidía con la actual teoría de Corrine. Si los proyectos internacionales de Oasis estaban corruptos, Kerry Lynch podría haber sido cómplice. Le había dicho al agente inmobiliario que quería vender la casa y marcharse. Corrine tenía la impresión de que el dinero que la abogada de Kerry quería conseguir de la denuncia de discriminación sexual no era nada comparado con lo que Kerry podría haber intentado sacarle a Tom Fisher directamente cuando este fue a su casa.

Las imágenes que Corrine había estado viendo desde hacía días se le aparecieron de golpe en la mente, pero esta vez veía la cara del hombre que golpeaba la cabeza de Kerry con el huevo de cristal. Era la de Tom Fisher, no la de Jason Powell.

Le dijo a Netter que pensaba que iba por buen camino y terminó la llamada. Marcó de inmediato el número de Brian King. Tardó solo un par de minutos en presentar los nuevos descubrimientos.

—Ahora me siento mejor con mi decisión —dijo.

—¿Qué decisión?

—Tengo que cancelar el caso contra Powell. Puede que lo hiciera, puede que no. Pero tengo demasiadas dudas como para seguir con la acusación.

Cuando Corrine colgó el teléfono, rezó brevemente por Angela Powell y Kerry Lynch.

323

53

—*S*pencer, tenías razón. Esta ropa huele a pescado podrido. —Acababa de sacar de la secadora la ropa del campamento de Spencer y todas y cada una de las prendas seguían teniendo ese olor infecto—. En serio, ¿cómo es posible? —Volví a meterlo todo en la lavadora para lavarlo de nuevo y añadí otro tapón entero de detergente.

Spencer llevaba dos días de vuelta del campamento. Su presencia, más que nada, hacía que la casa recobrara una normalidad que no había tenido en todo un mes. Le dije que a Jason le habían denunciado por un delito, pero que el caso se había parado en espera de un acuerdo. Lo hice parecer claro y sencillo, como una transacción ordinaria que se resuelve con un contrato.

Por seguridad, mencioné que «la mujer» se había «esfumado» y que la policía «había pasado por aquí» para preguntar dónde estaba Jason la noche de su desaparición.

—Tu padre y yo discutimos el jueves y pasó la noche en casa del tío Colin. No quería que la policía se metiera, así que dije que estaba en casa cuando llamaste. Pero estaba con Colin, así que da lo mismo.

Spencer parecía adaptarse al ritmo de todo. Lo que más le disgustaba era tener que mudarse, pero le había encargado que buscara en las webs de Zillow y StreetEasy algún apartamento de alquiler que le gustara.

—Se tiene que poder llegar andando al colegio. Y lo mismo deberíamos buscar algún sitio donde se puedan tener mascotas. Quizá vaya siendo hora de tener un perro.

Ya sé que es un cliché ofrecer a mi hijo un perrito para compensarle por el divorcio, pero estaba dispuesta a probar lo que fuera.

Cuando me preguntó por el tamaño del apartamento, me di cuenta de que seguía imaginando un despacho en casa para Jason y espacio suficiente en los armarios para los dos.

—Busquemos uno de dos dormitorios, al fin y al cabo es temporal.

Spencer se ofreció voluntariamente a cambiarse a un colegio público si teníamos que ahorrar. Le dije una mentirijilla: íbamos a gastar poco en el alquiler porque un alquiler es «dinero desperdiciado». Cuando estuviéramos listos para comprar, le aseguré, buscaríamos algo mejor.

Acababa de presionar el botón de encendido en la lava-325dora cuando Spencer vino corriendo de su cuarto con el iPad en la mano.

—Mamá, la mujer esa está desaparecida.

—Ya te lo he dicho, Spencer. Con toda la atención mediática, lo más seguro es que se haya ido a darse un respiro. —Dios, si hasta yo había pensado varias veces en huir a una playa al otro lado del mundo hasta que pasara todo esto...

—No, es que está ahora en las noticias. Tienes que leer esto.

—Es mejor no prestar atención a estas cosas. —En realidad, estaba casi segura de haber leído todos y cada uno de los artículos, tuits, publicaciones y comentarios escritos en Internet sobre Jason desde que oí por primera vez el nombre de Rachel Sutton. Pero, como resultado, mi piel no se había endurecido—. No saben de qué están hablando.

—Que no, que sí saben. Escucha esto: «A pesar del papel de Lynch como denunciante en un caso abierto de agresión sexual contra el conocido economista y escritor Jason Powell, fuentes policiales sugieren que la actual investigación no implica a Powell como sospechoso en la desaparición de Lynch. De hecho, la investigación en curso ha levantado dudas sobre la veracidad de la denuncia de Lynch contra Powell».

—¿Qué? —Me puse a su lado y leí el artículo yo misma. Se creía que la última persona en haberla visto era un antiguo novio de Lynch, el cual se había acogido a su derecho a guardar silencio en vez de contestar a las preguntas de la policía. El artículo cerraba señalando que la Oficina del Fiscal del Distrito de Nueva York tenía un caso abierto contra Jason Powell, pero, según palabras del fiscal Brian King, «estamos pendientes de varios hechos que se están desarrollando y que pueden afectar en nuestra toma de decisiones. Por ahora queremos dejar absolutamente claro que el doctor Powell no es sospechoso en la investigación en curso en Long Island. Hay datos que demuestran dónde se hallaba la noche de la desaparición».

«Proporcionados por mí», pensé, para completar la frase. Spencer corrió a su cuarto.

—Voy a llamar a papá para asegurarme de que lo sabe.

Me vino a la cabeza que mi hijo no se había preocupado, ni siquiera un segundo, por lo que le había ocurrido a Kerry Lynch. ¿La empatía nace o se hace? Reprimí ese pensamiento. A pesar de sus genes, Spencer no tenía nada que ver con Charles Franklin.

Pocos minutos después, había vuelto al cuarto de la lavadora con el móvil en la mano.

—Papá quiere hablar contigo.

—Hola. ¿Lo has visto? —pregunté.

—Olivia me ha escrito al respecto justo antes de que sonara el teléfono. La han llamado antes para que hiciera alguna declaración sobre la desaparición de Kerry, pero ha pensado que lo mejor era no decir nada. Pensó que el viento era favorable para nosotros.

«Nosotros.» Ya no sabía a qué se refería.

—Enhorabuena. —Fue una respuesta extraña.

—No quiero llenarme de esperanzas, pero quizá esto se acabe pronto. Puede que chantajeara a su jefe y consiguiera suficiente dinero para empezar de cero en otra parte.

—¿Sin decírselo a nadie? —Spencer no parecía preocuparse por Kerry, pero Jason sí, obviamente—. ¿Estás bien?

—Sí. —Sonaba triste—. Pero te echo de menos. Spencer ha dicho que quiere verme, eso es bueno.

Toqué el patrón de espinapez del suelo de roble con el pulgar del pie y me pregunté cuánto tiempo nos quedaba en esta maravillosa casa.

—¿Quieres venir a cenar a casa? Cocino yo.

—¿De verdad? Me encantaría.

—Estaría bien, ¿verdad? Para que vieras a Spencer.

—Que dos padres separados se reúnan a comer con su hijo es lo más normal del mundo, diría yo.

—Bien. Aquí estaremos.

Fui a Agata & Valentina y compré chuletas de cordero, su comida favorita. De vuelta, llamé a Susanna para cancelar nuestros planes de cenar comida a domicilio y ver dos episodios de *Billions*. La estábamos viendo juntas. Ella apoyaba a AXE, mientras que yo estaba del lado del Gobierno.

—¿Esto no tendrá nada que ver con el artículo de *The Long Island Press*? —preguntó.

No había forma de ocultarle nada a Susanna.

—Jason viene de visita. Para que lo sepas, el que le ha invitado es Spencer. No ha visto a su padre desde hace más de dos meses. Creo que quiere perdonarle.

—¿Él quiere perdonarle o quieres perdonarle tú? Angela, por favor, dime que no te estás replanteando las cosas.

—Ya te lo he dicho, hemos hecho todo el papeleo y hemos bosquejado un acuerdo. El abogado se está encargando de las cifras. Querías que nos protegiera a Spencer y a mí, y lo estoy haciendo. Nos vamos a divorciar. La casa está en venta. Y no he olvidado lo que me ha hecho Jason. Pero no he dicho que no le quiera.

Mientras se asaba el cordero, me puse el vestido de lino amarillo pálido que Jason me había comprado el verano anterior como regalo de aniversario con la esperanza de que lo reconociera.

Le había dicho a la mujer esa —la mujer horrible que quería destruir su vida y la mía— que me iba a dejar por ella. Quizá fuera cruel, pero quería que él me deseara.

Para cuando llegó para cenar, traía otra buena noticia: la oficina del fiscal del distrito iba a retirar la acusación contra él.

IV

Angela

54

Cinco semanas después

*L*a reunión de ese día con el doctor Boyle era conjunta, sin Spencer. Teníamos sesiones individuales, además de la terapia de pareja, además de las discusiones en familia. Básicamente, llevábamos el último mes viviendo en la consulta del doctor Boyle.

También estábamos viviendo en dos apartamentos en torres adyacentes en Mercer Street. Él en un apartamento de dos habitaciones en el número 250, yo en el 300. Spencer tenía un dormitorio en cada uno.

Nuestra última sesión en pareja había tratado sobre finanzas. Si todo iba según lo planeado, venderíamos la casa la semana siguiente. El comprador era un treintañero que iba a pagar con el dinero de su fondo de cobertura, y Jason se refería a él con el apelativo de Satanás. A mí lo que me importaba era que, después de una acalorada subasta, iba a pagar doscientos cincuenta mil dólares más de lo que habíamos pedido. Íbamos a salir con casi dos millones de dólares en efectivo, después de la hipoteca y los impuestos.

Para maximizar la cantidad de dinero que me llevaría, no solo iba a quedarme con mi mitad, sino también recibiría una pensión conyugal en un solo pago, lo cual significaba que me corresponderían casi todos los ingresos de la casa. La sentencia de divorcio también me daba la mitad de la cuenta de jubilación de Jason.

Estábamos de nuevo con Boyle.

—Estáis a punto de dar término a vuestro matrimonio —dijo el doctor—. ¿Cómo te hace sentir, Jason?

—Fatal. Obvio. Sé que es culpa mía. No iba a dejarte, Angela.

Bajé la mirada hacia mi regazo para no llorar.

—Lo sé.

—Angela, has sido muy clara al expresar que iniciaste el proceso de divorcio por razones más prácticas que emocionales. Pero las circunstancias han cambiado desde que tomaste esta decisión, ¿verdad? Y, a pesar de todo, sigues adelante con el divorcio. ¿Quieres contarnos por qué?

Después de que se retirara el juicio penal contra Jason, Olivia consiguió que también se retirara la denuncia civil de Kerry en base a su falta de disponibilidad. Rachel Sutton había aceptado siete mil quinientos dólares a cambio de retirar su denuncia y de firmar un acuerdo de confidencialidad mutuo sobre lo que yo todavía creo que fue un auténtico malentendido en la oficina de Jason: una mezcla de un cambio de ropa en el peor momento y del hábito que Jason había debido de adquirir de hacerse el gracioso delante de mujeres atractivas.

—Quizá sea por haber pasado todas estas semanas en el punto de mira —dije—, pero todavía no sabemos cómo acabará el tema. Kerry todavía sigue desaparecida. —La retirada del caso había sido «sin efecto de cosa juzgada», es decir, que se podía volver a establecer—. A Tom Fisher todavía no se le considera sospechoso. Desde cualquier perspectiva, es lo más sensato.

Jason seguía en la facultad de la Universidad de Nueva York; había aceptado un permiso de investigación para el siguiente curso con la mitad de sueldo. Seguía teniendo FSS, donde había perdido algunos clientes, pero estaba consiguiendo otros. Una semana antes, FSS y dos clientes de inversión de Jason presentaron una demanda contra Oasis por fraude, arguyendo que esta empresa había ocultado información material sobre acuerdos relacionados con proyectos de agua que Oasis había cerrado en África. La decisión de Jason de apoyar una empresa a la que ahora acusaba de ser corrupta era una mella pequeña en su reputación, pero era insignificante comparada con las acusaciones anteriores. Mientras, las noticias sobre su demanda contra Oasis alimentaban las especulaciones de los medios sobre que la desaparición de Kerry, así como su acusación aparentemente falsa contra Jason, estaba relacionada con su trabajo con Tom Fisher. Jason también vendía muchos libros. *Igualitarionomía* había vuelto a la lista del *New York Times*.

Yo me estaba quedando con la mayor parte de nuestro dinero —al menos, desde un punto de vista técnico—, pero Jason no tardaría nada en recuperarse. Olivia Randall estaba convencida de que la oficina del fiscal no estaría dispuesta a reactivar las denuncias contra Jason cuando (y en caso de que) Kerry reapareciera. En cuanto a la denuncia civil de Kerry, prescribiría al cabo de un año. Si no se volvía a presentar, no tendríamos que preocuparnos de que quisiera sacarnos más dinero, y Jason podría volver a casarse.

—¿Le habéis dicho a Spencer que firmáis hoy? —preguntó Boyle.

Spencer estaba pasando la semana con mi madre en East Hampton, donde asistía a un campamento deportivo.

—Se lo diremos en persona esta semana. Vamos juntos a buscarle.

—Tengo que preguntarte algo, Angela: ¿crees que es posible que estés utilizando este acuerdo para evitar decir que lo que realmente quieres es acabar tu relación con Jason?

Hice un gesto negativo.

—Jason sabe lo que siento por él.

Antes de que saliéramos de su oficina, el doctor Boyle llamó a su recepcionista, que actuó como testigo de nuestras firmas. Cuando el abogado archivara los documentos, sería oficial: estaríamos divorciados.

Fuimos andando juntos las seis manzanas que nos separaban de nuestros bloques. Llegamos al suyo primero.

—¿Quieres subir? —preguntó.

No tenía a Spencer como excusa para volver a mi apartamento. Casi sentía los papeles metidos dentro del bolso presionándome el costado. Todavía no estaban archivados.

—Sí, suena bien.

—¿Segura?

—Sí. Y si alguna vez no estoy segura, te lo voy a decir.

334   La primera vez había sido justo después de aceptar la oferta de la casa, cuando quedó claro que íbamos a divorciarnos. Vino a despedirse de nuestra casa. Me abrazó mientras los dos llorábamos, me besó, y supe lo que iba a pasar. Cuando di un paso atrás, empezó a pedir disculpas, pero yo le dije que no parara. Antes de conducirle a nuestro cuarto, le pedí que me dejara a mí controlar el ritmo. A cambio, él me pidió que le prometiera que, si me sentía incómoda, parara.

Esta iba a ser mi tercera visita a su apartamento desde entonces.

Al acabar, me preguntó qué había cambiado.

—Tenemos que volver con Boyle para hablar de eso.

—Por favor, no digas su nombre cuando todavía estoy desnudo.

—Venga, Jason, ¿qué dices? Todo ha cambiado.

—Ya lo sé. —Tiró de mí hacia el ángulo de su brazo y yo me acurruqué junto a él—. A ver, ¿qué ha cambiado de esto? Antes no eras así.

¿No? Supongo que no. Quizá había sido el día con Colin, pero de eso nunca hablaría con nadie.

—Sí, lo era —dije—. Pero tú no te acuerdas.

—Me alegro mucho de que volvamos a estar juntos.

Sentí una ola de náusea... no como los *flashbacks*. Para mi sorpresa, no había experimentado nada parecido a esos episodios. Me sentí asqueada, no tanto por el pasado, sino por el presente. Jason creía que «volvíamos a estar juntos» apenas un rato después de firmar los papeles del divorcio, y todo porque me había acostado con él varias veces. ¿Los tres años que habíamos dejado de hacer esto... no habíamos estado juntos?

—Yo también —dije—. El próximo año se va a hacer eterno.

—Hay algo que no te he contado y no quiero que haya más secretos entre nosotros.

Tragué saliva, a sabiendas de que las mentiras no tendrían fin.

—Le conté lo tuyo —dijo en voz baja y mirando al techo—. Lo que te ocurrió en Pittsburgh. No todo. No le conté lo de Spencer, pero sí sabe lo de Charles Franklin.

Apreté los ojos con fuerza. No quería procesar las implicaciones de sus palabras.

—Lo siento, Angela. Ella te estaba pintando como una esposa horrible, y sencillamente se me escapó. No sé en qué estaba pensando. Pero te debo la verdad. Kerry sigue por ahí y lo sabe.

Me puse a temblar de la cabeza a los pies. En ese momento no quería pensar en dónde estaba Kerry. El aire acondicionado del apartamento a duras penas combatía el calor de fuera, pero yo me sentía como si estuviera metida en un congelador. Me tapé con la sábana hasta el cuello y me obligué a recuperar el control.

—¿No le contaste lo de Spencer? ¿Solo lo mío?

A Jason no le habría contado la verdad sobre Spencer de no ser por mis problemas para concebir después de nuestra

335

boda. Mi condición no era temporal. Era estructural, según los médicos. Una anomalía del útero. No insalvable, pero ¿cómo iba a explicar mis dificultades para tener un hijo en las mejores condiciones médicas del planeta cuando, supuestamente, había tenido un hijo en cautiverio siendo la víctima de un criminal? Él no habría entendido por qué tiraba la toalla.

Se lo tenía que contar a Jason. Un año después de que Charlie me secuestrara, Sarah apareció. Spencer nació un año más tarde. Cuando Charlie tuvo que salir de su casa tras la llegada de la policía, decidió que dos chicas y un bebé era una descripción demasiado específica. Mató a Sarah y se quedó con Spencer y conmigo.

La mayoría de lo que le había contado a la policía era verdad, le expliqué, pero quien se había quedado embarazada era Sarah, no yo. Ella era más joven, y estaba un poco ida, y yo había cuidado del niño casi tanto como ella. Al menos esa había sido la lógica de Charlie.

Cuando el equipo de rescate vino a Niagara Falls, mi único objetivo era proteger a Spencer y que se quedara conmigo. Dije que era mi hijo. Por eso mi madre amenazó con denunciar a cualquiera que nos quisiera hacer un examen físico. Spencer no tenía mi sangre, pero yo era la única familia que le quedaba.

—Te juro por mi vida —me prometía ahora Jason— que me llevaré la verdad de nuestro hijo a la tumba. Pero haberle dicho a ella una sola palabra de tu pasado ha sido una traición horrible. No tenía derecho a contarlo.

Asentí, imaginando su conversación: Kerry criticándome, intentando convencer a Jason de que se casara con ella. Jason explicando que había cosas que ella no entendía.

Pero no había llegado a contárselo todo.

—Bueno, supongo que ahora no podemos hacer nada. —Las palabras despreocupadas eran para compensar las emociones que estaba intentando controlar en mi interior—. Quizá tenga un mínimo de decencia y se lo guarde para sus adentros.

—Haría lo que fuera por dar marcha atrás y cambiar esto —dijo.

Ni se imaginaba lo mucho que me hubiera gustado lo mismo.

El dormitorio quedó en silencio, y yo me levanté a vestirme.

—Lo que he dicho antes iba en serio —susurró—. No te habría dejado nunca.

«Quizá no —pensé—, pero eso no es lo que le dijiste a Kerry.»

Al salir del edificio, crucé la calle Octava. En la tienda de teléfonos compré un móvil de prepago, de esos que compraría un turista europeo al visitar Nueva York. «De usar y tirar», como quien dice. Me iba a hacer falta. Había tomado una decisión varias semanas antes. No volvería a ser la esposa de Jason, así que necesitaba un plan a largo plazo.

55

Tres días después

Recuerdo cuando pensaba que los vagones reservados en la parte delantera del tren Cannonball eran el equivalente al *jet* privado, la forma en que los ricos llegaban a los Hamptons en verano. Varias veces a la semana, un tren directo comunicaba Manhattan con los Hamptons en un trayecto de unas dos horas. El gran despilfarro era reservar plazas en temporada alta, que costaban el doble, y que incluían servicio de bebidas y la tranquilidad de tener sitio en un tren que llevaba el doble de pasajeros de lo que le correspondía.

Ahora, nuestros billetes de cincuenta y un dólares nos parecían tercermundistas. Habíamos vendido el Audi, así como la casa, por lo que conducir no era una opción. El verano pasado habíamos empezado a usar el servicio de helicóptero para ahorrar tiempo, porque en el mundo de Jason el tiempo era oro. Ahora éramos el tipo de gente que viajaba en tren y que pagaba por tener asientos reservados.

—¿De verdad que a tu madre no le importa que me quede en su casa? Susanna me ha ofrecido un cuarto de invitados.

Estaba demasiado ocupada parando un taxi entre la multitud como para volver a discutir con él de este tema.

—Lo hemos hablado cien veces. Si pudiera quedarme en casa de Susanna en vez de en la de mi madre, lo haría encantada, pero mi madre me mataría. Y Spencer quiere que estés en casa con nosotros.

El plan era que Jason y yo durmiéramos en las camas gemelas de mi dormitorio de la infancia, porque Spencer había pedido dormir en el salón, donde yo sabía que se pasaría las noches viendo YouTube. Este iba a ser nuestro primer fin de semana en familia bajo el mismo techo desde hacía un mes.

—¿Angela?

El taxista me estaba mirando por el retrovisor.

—Hola, sí. Perdón, no te veo desde aquí.

Me incliné por el respaldo del asiento delantero para ver mejor al conductor. Era un hombre que debía de tener mi edad, pero que no tenía buen aspecto. Había algo en él que me resultaba familiar.

—Soy Steve.

Steve. Eso es, Steve.

—Sí, claro, me alegro de verte. —Busqué a los Steves de la zona en los recovecos de mi memoria. El dependiente en el supermercado IGA. El camarero de Wolfie's. El primo de Trisha. Sí, el primo de Trisha. Era él—. ¿Qué tal tus padres?

El padre de Steve era el hermano menos horrible de los varones de la familia Faulkner. Era mecánico en el taller de Springs Fireplace. Su madre cosía manteles y servilletas para venderlos en el mercadillo.

—Mi padre falleció el año pasado. Un infarto. Igual que el tuyo, ¿eh?

—Sí, hace cinco años. Lo siento mucho.

—Mi madre está bien. Ya necesita un andador por la hinchazón de las piernas, pero, aparte de eso, le va bien.

Jason me miraba, sin duda deseando que hubiéramos aceptado que mi madre nos viniera a recoger a la estación de tren.

—Bueno, me alegro de verte. Hemos venido a pasar el fin de semana. —Por alguna razón, necesitaba que supiera que no teníamos una casa en la zona—. Mi hijo ha estado por aquí, en casa de la abuela. Venimos a recogerle.

—¿No habrás tenido noticias de Trisha este verano?

Hice un gesto negativo con la cabeza.

—No he hablado con ella desde… Vaya, creo que desde el instituto.

—Me lo imaginaba. Pensé que, quizá, con eso de que salías en las noticias y tal, pues lo mismo se había puesto en contacto contigo…

Estaba mirando a Jason, no a mí, por el retrovisor.

—Pues no —dije—. Puede que no sepa ni siquiera que estoy casada. ¿Qué tal le va?

—Nadie lo sabe. Siempre decía que se iba a largar de aquí y que no volvería a hablar con ningún miembro de la familia. Supongo que hablaba en serio.

—Siento oír eso.

—Las dos erais iguales: queríais iros lo más lejos posible de aquí. Anda que, si se hubiese quedado por aquí, ni la mirarías, visto lo bien que te lo has montado.

A mi lado, Jason me dio en la pierna con la rodilla. Pero, en vez de acabar la conversación, me incliné hacia delante para que Steve pudiera oírme.

—Eso no es verdad.

—Sí, bueno, supongo que nunca lo sabremos.

Jason puso los ojos en blanco y empezó a indicar el camino para ir a casa de mi madre y llenar así el silencio.

La casa estaba vacía, y en la superficie laminada de la mesa de desayuno había una nota que decía: «Hemos ido a comprar al IGA. Volvemos pronto. ¡Cocino yo!».

—Pensé que le habías dicho que la íbamos a llevar a cenar al Grill.

Se lo había dicho. Su respuesta había sido que prefería

comer copos de trigo que aguantar «a la multitud que traían las cloacas veraniegas».

—Pensé que no me cantaría las cuarenta en público —dijo Jason.

Esta iba a ser la primera vez que mi madre vería a Jason desde que se enteró de su aventura.

—Ha prometido que se va a comportar. —Lo único que me había asegurado era que no se metería con Jason delante de Spencer—. ¿Sigues pensando en ella? —pregunté.

—¿En tu madre?

—No. En ella. —«En Kerry», pensé—. Una vez, en nuestra habitación, te pregunté si la querías. No llegaste a contestar.

La cocina estaba en silencio. No quería ni respirar. El único sonido que había era un cortacésped lejano.

—Sí, pero no como te quiero a ti. Y ella a mí no me quería, o no habría hecho lo que hizo.

341

A la mañana siguiente, me desperté porque me pareció oír un teléfono.

Abrí los ojos y vi a Jason en la cama gemela a un metro de la mía con el teléfono puesto ya en la oreja. Oí voces lejanas y ruidos de platos en la cocina. Busqué mi teléfono, que estaba entre las sábanas que tenía envolviéndome las piernas. Eran casi las nueve. Jason no solía dormir hasta tan tarde. Sospeché que estaba esperando a que me levantara para no encontrarse a solas con mi madre.

Escuché mientras decía varios «ajá», un «¿dónde?» y un «¿saben algo más?» antes de que colgara.

Estaba mirando el techo, totalmente inmóvil.

—¿Va todo bien?

—Era Olivia. Un policía conocido suyo la ha llamado. Han encontrado a Kerry.

—¿Dónde estaba…? —No llegué a terminar la pregunta.
Él se estaba tapando la cara con las manos.

—Está muerta. Kerry está muerta.

Fui con mi madre y con mi hijo a la cocina; dejé a Jason
solo para que llorara por la mujer a la que había querido.

Después de desayunar, pregunté si alguien se venía a dar
un paseo conmigo hasta Gerard Point, a sabiendas de que Jason
querría salir a correr y que Spencer compartía la opinión de mi
madre de que caminar era para gente que no tenía coche.

Esperé a pasar la curva desde Springs Fireplace Road a
Gerard Drive para sacar mi teléfono de prepago y una nota
en un *post-it* del bolsillo de mi falda. Me senté en mi roca
favorita, a unos metros del agua, y llamé a un número internacional, después usé el teclado digital para seguir las instrucciones automáticas. En el último paso, introduje el PIN
de ocho dígitos que ya había memorizado.

El sistema informatizado al otro lado del teléfono confirmó que tenía un saldo de cien dólares. Ya era oficial: tenía una
cuenta en un paraíso fiscal. El martes firmaríamos la venta
de la casa. Nuestro abogado tenía previsto encargarse de los
cheques de la pensión conyugal y de la mitad de la cuenta de
jubilación de Jason a la vez.

Miré hacia Gardiners Bay y comprendí que esta podría ser
la última vez que viera este paisaje. Realmente iba a echarlo
de menos.

56

Corrine se acercó mucho al espejo del baño para darse otra capa de rímel y luego se alejó para ver si era demasiado. Como revisión final, usó el espejito de su polvera para inspeccionar la parte de atrás del pelo, que a veces descuidaba un poco. No lo llevaba demasiado mal. Esa noche tenía la séptima cita con un productor deportivo llamado Andrew que hacía especiales para el grupo ESPN. Era el primer hombre al que estaba dispuesta a ver tantas veces desde que se había divorciado. Lo más sorprendente era que él le había preguntado si quería acompañarle el fin de semana siguiente a una boda en Carolina del Sur y ella ni siquiera había dudado. Cayó en la cuenta de que ella —que presumía de ir siempre por delante de los demás— podía haberse echado un novio sin siquiera pensarlo.

Se estaba ajustando las sandalias de tacón alto de las que ya sabía que se arrepentiría más tarde cuando sonó su teléfono. Aparecía el código regional 516. Condado de Nassau. Algo en lo más profundo de su cerebro le dijo lo que iba a pasar.

Era Netter. Dos adolescentes que se habían alejado de una fiesta en la playa buscando intimidad habían encontrado el cadáver la noche anterior.

—Siento haber tardado tanto en llamar. No he parado de trabajar. Todavía no hemos realizado la autopsia, obviamente, pero sin duda es una lesión en la cabeza. Tenía razón con lo del huevo de cristal que faltaba.

Había sabido que tenía razón desde que inspeccionó el salón de Kerry.

—¿Qué playa?

—Ocean Beach. El cuerpo especial está en ello, pero yo sigo siendo el inspector principal. —Ocean Beach estaba a al menos una hora de la casa de Kerry, en el condado de Suffolk, a dos horas de Manhattan si no había tráfico.

—¿Alguna novedad con respecto a Tom Fisher?

—Su mujer y sus hijos estaban de visita en casa de los abuelos en Cape la noche que Kerry fue vista por última vez, así que, si tiene coartada, aún no nos la ha dicho. El trayecto de casa de Kerry al lugar donde fue abandonada y vuelta a su casa es de casi ciento cincuenta kilómetros. Creemos que tuvo que parar a repostar, así que estamos comprobando todas las gasolineras de Meadowbrook. Y hemos pedido una orden para registrar su casa, su coche y su oficina.

344

«Exnovio casado al que está intentando desplumar es visto en casa de ella la última vez que se la ve con vida.» A Corrine no le costaba imaginar que el juez firmara esa orden.

—Si necesita algo del Departamento de Nueva York, avíseme, ¿de acuerdo?

—De acuerdo.

—Y, por cierto, gracias por llamar. De verdad.

Corrine consiguió llegar al postre antes de hablar del caso con Andrew. Por la forma en la que él miraba su servilleta, se dio cuenta de que habría preferido hablar de cualquier otra cosa, y supo que Andrew encontraría alguna razón por la que quizá no debería acompañarle a Carolina del Sur.

57

*S*eis días después, volvió a empezar la pesadilla. Regresaba a casa de la oficina del doctor Boyle cuando sonó el teléfono. Era Susanna.

—¿Estás bien? —Parecía apresurada.

—Sí, estoy bien. ¿Qué pasa?

—¿No lo sabes?

—¿Qué ocurre?

—Siéntate primero.

—Estoy en la calle empapada de sudor. —La semana anterior, en casa de mi madre, había sido un descanso del calor de la ciudad. Estaba contando los días para volver a sentarme en una playa—. Dime qué pasa.

—Acabo de recibir una llamada de nuestro encargado de asuntos criminales. Jason está detenido. Fueron a buscarle a su apartamento.

Volví la cara hacia el edificio de Jason, en la esquina entre la calle Octava y Mercer, y recordé ver tres coches de policía aparcados en la acera cuando iba de camino a terapia. No le había dado ninguna importancia.

—¿Es por otra mujer?

—No. Es por Kerry. Le han acusado de asesinato, Angela.

Busqué algo a lo que agarrarme. Me apoyé en una papelera.

—No tiene sentido. La encontraron muy lejos, en Ocean

Beach. Eso está al menos a dos horas, y tenemos coartada para toda la noche.

—¿Estás oyendo tus propias palabras, Angela? ¿Se te ha olvidado que Jason no estuvo realmente contigo? Si le han arrestado es porque tienen pruebas. Y saben que mentiste a la policía sobre su coartada. Te dije que tenías que decir la verdad.

Sus palabras todavía sonaban en mis oídos cuando entré en el vestíbulo. Tardé un instante en darme cuenta de que el portero estaba hablando conmigo. Un agente de policía quería verme. Señaló a un hombre de uniforme sentado en el banco junto al ascensor.

Técnicamente era un ayudante de *sheriff*, no un policía, y estaba allí para entregarme unos documentos. Estaba ocurriendo: era una citación para presentarme ante un gran jurado en el condado de Nassau.

58

*N*etter por fin se dignó a contestar al teléfono la tercera vez que Corrine intentó hablar con él. Estaba claro que sabía por qué llamaba.

—Lo siento, quería haber avisado, pero la fiscal del distrito está en guerra abierta contra todas las filtraciones que se producen.

—Yo podría haberos ayudado aunque sea a buscarle. —Se había enterado de la detención de Jason Powell a través de un noticiario de la radio del coche hacía unos veinte minutos. Al parecer, Netter había pedido asistencia al escuadrón de homicidios de Manhattan Sur y no a Corrine.

—Creo que mi fiscal está enfadada con el suyo por haber hecho declaraciones a favor de Powell antes de que se aclararan los hechos.

—¿Y qué hechos son esos? Lo último que tenía entendido era que sospechaba de Fisher.

—Esto tampoco le va a gustar, pero comparamos una prueba física hallada junto al cuerpo con la muestra de ADN que tomó de Powell. Lo siento.

La muestra de ella; el caso de él.

—¿Qué tipo de prueba física? —preguntó.

Hubo una pausa larga, seguida por una disculpa.

—Vaya, así están las cosas —dijo Corrine—. De acuerdo. Parece ser que la mujer me mintió sobre su coartada.

—Eso parece. La fiscal le ha mandado una citación. A ver si eso la amedrenta un poco.

—En caso de que mintiera, ¿cómo habría llegado a Long Island esa noche?

—Creemos que fue en tren hasta casa de Kerry y que después llevó el cadáver hasta el condado de Suffolk y volvió en el coche de Kerry. En fin, tengo que irme.

Corrine oyó voces de fondo.

—Espere. ¿Había sangre en el maletero? ¿O alguna grabación de vídeo en la estación?

—No se preocupe por eso. Tenemos ADN. Está todo listo.

Ese era el problema del ADN. Hacía que las fuerzas de la ley se volvieran perezosas. Si habían condenado a la persona equivocada hacía años, esperaban que el ADN lo solucionara. ¿Y si no tenían resultados? Pasando de todo; iban listos.

Mientras seguía avanzando trabajosamente por culpa del tráfico, pensó que el transporte era lo único que igualaba a la gente en Nueva York. A no ser que viajaras en helicóptero o en *hovercraft*, tenías que sufrir la mierda de la circulación de un modo u otro.

¿Cómo coño había llegado Jason Powell a Long Island esa noche?

Netter no parecía preocuparse por este agujero en el caso, pero Corrine se imaginaba a una abogada como Olivia Randall metiendo en ese hueco un camión con carga y todo.

Sentada al volante de su propio coche, empezó a pensar en las distintas posibilidades de hacer una ida y vuelta a Port Washington. El tren, el taxi, las empresas habituales de alquiler de coches, Zipcar, Uber, Lyft, Juno. Cuantas más opciones pensaba, más inútil le parecía la búsqueda.

«Olvida el tren: seguro que usó el coche.» Y usaría su propio coche, aunque fuera por evitar dejar rastro en papel. Su matrícula no había aparecido en los lectores de puentes y túneles, pero muchos conductores compraban dispositivos para protegerse de las cámaras de tráfico.

Kerry Lynch ya no era su caso, pero Corrine no era el tipo de persona que aceptaba cabos sueltos. Lo mismo indagaba un poco en sus ratos libres.

59

Cinco días después

Jason parecía diez años más viejo y dos kilos más ligero. Por primera vez desde que le negaron salir bajo fianza, Olivia había conseguido que yo le visitara. Observé un moretón en su pómulo izquierdo, pero juró que me lo estaba imaginando por la preocupación.

—¿Cómo lo lleváis Spencer y tú?

Me encogí de hombros.

—Bueno, supongo que bien, dadas las circunstancias. Estoy haciendo lo posible por decirle que esto acabará bien, pero se pasa el día pegado al ordenador, intentando entender por qué su padre está aquí.

—Cree que soy culpable.

—No, por supuesto que no. —Me era imposible mirarle a los ojos. Si no fuera porque yo le apaciguaba, Spencer estaría en las noticias contándole a quien quisiera escucharle que Jason había matado a Kerry Lynch, que era un padre horrible o incluso que había estado compinchado con Lee Harvey Oswald. El doctor Boyle me había avisado de que tendría este tipo de cambios de fidelidades en el futuro próximo.

—Quería comentarte algo —dije, como si se me acabara de ocurrir—. Una periodista de la revista *New York* me llamó anoche. La busqué en Internet. No es solo una bloguera ni mucho menos. Escribe artículos largos e intensos. También le dejó un mensaje a mi madre. Justo cuando estaba entrando aquí, mi madre me ha escrito un mensaje al móvil. Tres personas más de East End han recibido otras llamadas, incluido mi antiguo jefe de Blue Heron.

—¿Qué has dicho?

—Sin comentarios, por supuesto, pero no sé cuánto tiempo voy a poder seguir así. Está indagando, está claro. Cuando llamó a mi madre, incluso habló de aquella vez en la que Trisha y yo estuvimos en el accidente de coche con el tipo del BMW.

—¿Y cómo te hace sentir?

Me gustaba cuando esa pregunta me la hacía el doctor Boyle, pero, viniendo de Jason, me molestaba.

—Asustada. Aterrada. Es cuestión de tiempo que salga a la luz.

La expresión de Jason estaba vacía.

—Dios mío, lo siento —dije—. Estoy hablando de mí misma cuando… Estaré bien. Ya pensaré en algo.

Me esforcé por sonar optimista mientras Jason me resumía la estrategia de Olivia de culpar a Tom Fisher del asesinato de Kerry. Ella ya había confirmado que el departamento de marketing de Oasis —bajo la supervisión de Kerry— se había gastado muchos más millones en África para cerrar acuerdos allí que en ningún otro mercado internacional. Además de las nóminas de Kerry, Olivia tenía previsto argüir que Kerry era cómplice en el plan de sobornos de Oasis, que había inculpado a Jason para silenciar sus preocupaciones por las irregularidades financieras y que al final la asesinaron cuando intentaba chantajear a Fisher para ganar más dinero.

Pero con cada punto táctico que planteaba, me decía a mí misma que la tarea de Olivia era exculpar a su cliente, aunque fuera culpable. La policía no había detenido a Tom Fisher, sino a Jason, lo cual significaba que tenían pruebas, y yo llevaba cinco días devanándome los sesos y preguntándome qué podría ser.

—Según Olivia, no habrá juicio al menos hasta noviembre —explicó Jason—. Para entonces Spencer estará en clase. Será una locura mediática. Deberíais iros.

—¿Adónde? ¿A casa de mi madre? No, gracias. Y no podemos mandar a Spencer a más campamentos.

—No, lo que quiero decir es que os vayáis de verdad. Tenéis bastante dinero. Buscad algún sitio donde podáis encontrar paz y tranquilidad.

—Tenemos que quedarnos contigo.

—¿Por qué? Por si no te has dado cuenta, estoy en la cárcel. —Bajó la vista hacia su mono naranja—. No quiero que tengas miedo de contestar al teléfono porque alguna reportera quiera entrevistarte. Todo va a empeorar cuando se acerque la fecha del juicio. En serio… Insisto. Voy a llamar a Colin y le voy a pedir, literalmente, que os busque un sitio donde podáis quedaros hasta el juicio.

Hice un gesto negativo con la cabeza.

—Prométeme al menos que te lo vas a pensar.

—De acuerdo. Lo pensaré, pero no lo haré. Me tengo que ir.

Fue un final abrupto para la visita, pero los dos sabíamos que yo tenía que estar en otra parte. Tenía que testificar ante un gran jurado.

60

Repasé la sala a toda prisa. Dieciocho miembros del gran jurado sentados en dos filas. No había juez, tal y como me esperaba a partir de lo que me había contado Olivia Randall. La única otra persona que había en la sala, además del secretario judicial, era la fiscal, una mujer llamada Heather Rocco.

La información de mi historia fue rápida: las fechas del matrimonio, de separación, de divorcio y la denuncia de violación de Kerry Lynch. Desde la perspectiva de alguien de fuera, mi vida entera se reducía a esas cuatro fechas.

Una vez hechas las presentaciones, la fiscal Rocco me preguntó si entendía las condiciones en las que estaba testificando. Me explicó lo que Olivia Randall ya me había dicho: que cualquier testigo como yo, citado a comparecer ante un gran jurado, recibía inmunidad automáticamente a cambio de su testimonio. Esa explicación bastaba para los fines de la fiscal, pero yo sabía mejor que los miembros del jurado lo que significaba. A diferencia de otros estados, en Nueva York, la decisión del estado de obligarme a comparecer allí me daba derecho a algo llamado «inmunidad transaccional». Olivia lo llamaba «la carta blanca» para los acuerdos con el Gobierno. En resumen, la policía podría encontrar una cinta de vídeo en la que saliera yo ayudando a Jason en el traslado del cadáver de Kerry a Ocean Beach y no podrían procesarme. Tenía inmunidad para cualquier cosa que concerniera a Kerry Lynch.

Por otro lado, no podía acogerme a la Quinta Enmienda. Tenía inmunidad, nada podía «incriminarme» de verdad. Lo único que podía utilizar para negarme a responder a una pregunta era el privilegio marital. Olivia quería que contratara a un abogado que estuviera en la sala en caso de que necesitara preguntarle a alguien si podía o no contestar, pero yo no estaba dispuesta a firmar cheques para otro abogado.

Después de que la fiscal Rocco asegurara a los miembros del jurado que yo entendía las normas básicas, se lanzó de inmediato al tema de la relación de Jason con Kerry.

—¿No es verdad que, según Jason, él tenía una relación consentida y que la señorita Lynch había inventado su denuncia como un acto de venganza?

—Disculpe si me equivoco, pero tenía entendido que no tengo por qué hablar de lo que Jason me dijera mientras estábamos casados.

354 —Muy bien. —Rocco hizo una pausa para recordar a los miembros del jurado que ya tenían declaraciones de un testigo anterior respecto a la defensa de Jason. Supuse que la inspectora Duncan o Brian King, o los dos, ya habrían testificado sobre los hechos que originaron el caso contra Jason—. Además del caso penal, la señorita Lynch había presentado una demanda civil exigiendo cinco millones de dólares de indemnización. ¿Es eso correcto?

—Sí, según tengo entendido.

—¿Y tanto la demanda civil como la penal se desestimaron cuando desapareció Kerry Lynch?

—Eso me dijeron después de que ocurriera.

—¿Por qué se ha divorciado, señorita Powell?

—Creo que la terminología exacta es que nuestro matrimonio estaba «roto irreparablemente».

—¿Su marido le era infiel?

—Sí.

—¿Presuntamente con Kerry Lynch?

—Sí, entre otras. —Observé que dos miembros del tribunal, las dos mujeres, se movían inquietas en su asiento. Presentí que no les gustaba la idea de que yo estuviera allí, obligada a hablar de las infidelidades de mi marido.

—Pero ¿seguía casada con el señor Powell cuando la inspectora Corrine Duncan se presentó en su domicilio el 7 de junio para informarle de que Kerry Lynch había desaparecido?

—Sí.

—¿Le preguntó dónde había estado su marido Jason la noche anterior?

—Sí. —Olivia me había indicado que solo contestara a las preguntas que me hicieran. Si Rocco me preguntaba si sabía a qué hora, la respuesta correcta era «sí». No era responsabilidad mía facilitarle la tarea.

—¿Y qué le dijo?

—Que Jason había estado en casa conmigo. —Era una respuesta sincera a la pregunta que me había hecho.

—¿Qué le dijo en concreto sobre sus actividades de aquella noche?

—Bueno, que cenamos. Que recibimos una llamada de nuestro hijo. Que vimos *La La Land* antes de dormir.

—¿Eso fue verdad?

Me detuve y me concentré en las palabras exactas.

—Sí.

—Le recuerdo, señorita Powell, que está bajo juramento, bajo pena de cometer perjurio.

—Lo entiendo.

—Si lo prefiere, puedo preguntarle a su hijo bajo juramento acerca de la llamada que les hizo.

—He contestado a su pregunta, señorita Rocco.

Una mujer corpulenta hacia el final de la segunda fila —una de las mujeres que se había mostrado incómoda cuando hablábamos de las aventuras de Jason— alzó la mano con timidez.

355

—Es por la forma en la que lo ha presentado —dijo—. Ha preguntado por sus actividades y luego si eso fue verdad.

La cara de la fiscal primero mostró confusión y después vergüenza.

—No sabía que estuviéramos haciendo juegos semánticos, señorita Powell.

—Estoy contestando a sus preguntas.

—¿Estuvo su exmarido, Jason Powell, con usted toda la noche durante esas actividades?

—No.

Lo dije tan de pasada que Rocco caminó hacia mí pronunciando las primeras palabras de su siguiente pregunta antes de darse cuenta de mi respuesta. La sala entera se quedó en silencio hasta que un miembro del tribunal tosió. Rocco se me quedó mirando, como si esperara que me retractara de mi respuesta. Le devolví la mirada, pero no dije nada.

356 —Entonces, ¿no le dijo la verdad a la inspectora Duncan cuando dijo que el señor Powell estaba con usted en casa?

—No, no lo hice. —Había pedido a Colin que llamara a otros dos abogados defensores para asegurarse de que tenía inmunidad. La ley era clarísima: puesto que me habían citado como testigo en un gran jurado, no podían acusarme, ni siquiera por mi falta de sinceridad con la inspectora Duncan respecto a la coartada de Jason. Sin embargo, sí podían acusarme de mentir a un gran jurado, así que estaba decidida a decir la verdad.

—¿Sabe dónde estuvo el señor Powell esa noche?

La respuesta técnica a esa pregunta era que no, pero todavía quería proteger a Jason.

—Estaba con Colin Harris.

De nuevo, pillé por sorpresa a Rocco.

—Si sabía dónde había estado su marido aquella noche, ¿por qué mintió a la inspectora Duncan diciéndole que había estado con usted?

Me esforcé por hacer contacto visual con todos los miembros del jurado mientras les contaba el estrés al que estábamos sometidos desde que la amante de Jason le acusó de agresión sexual como castigo por no dejar a su familia para irse con ella y para ganarse el favor de su corrupto jefe. Rocco intentó cortarme, pero le recordé que solo estaba contestando a su pregunta. La misma mujer que había señalado la imprecisión de Rocco dijo que quería oír mi explicación.

—Llevábamos semanas con la sensación de que todo lo que hacíamos se retorcía hasta tal punto que nadie se creía lo que decíamos. Ese mismo día, Jason y yo nos peleamos porque al fin había entendido la extensión de sus infidelidades. No era un criminal, pero tampoco es que estuviera feliz con él. No quería explicarle todo eso a la inspectora Duncan… De hecho, todavía hoy me resulta duro, pero no tengo otra opción… Así que le dije que había estado en casa conmigo.

—Pero no sabe con seguridad que estuviera con Colin Harris esa noche, ¿verdad?

—Sé que Colin me dijo que estaba con él, y Colin Harris es la persona más sincera que conozco. Estoy segura de que la policía tiene nuestro registro telefónico. Encontrará una llamada desde la casa de Colin a mi móvil esa tarde. Era Jason justo después de marcharse de nuestra casa.

—Por favor, conteste a la pregunta: ¿no sabe de primera mano dónde pasó el resto de la noche?

—No, de primera mano, no.

No tenía ni idea de qué pruebas había usado la policía para conseguir la orden de detención de Jason, pero este cambio repentino en su supuesta coartada, cortesía de su propia esposa, no iba a ayudar.

Sabía que, mientras hablaba, Olivia Randall estaba llevando a Colin al fiscal King para que pudiera hacer una declaración jurada sobre dónde había estado Jason, pero no teníamos manera de demostrar realmente dónde había estado Jason esa

357

noche. Olivia había enviado a un detective al edificio de Colin. No había grabaciones de vigilancia que establecieran que hubiera permanecido en el apartamento toda la noche. Pero, por otro lado, tampoco había grabaciones que demostraran que no hubiera estado allí.

—Por favor, no castiguen a Jason por esto —dije—. Me puse nerviosa por la presión y solté que había estado conmigo. Pero se había quedado con Colin. El caso es que se encontraba lejos de Long Island.

Volví a mirar a los miembros del gran jurado en busca de muestras de apoyo, pero no vi más que ojos evitando cruzarse con mi mirada. No solo no tenía una coartada para Jason, el hecho de que hubiera mentido por él le hacía parecer más culpable.

—Ya basta —dijo Rocco—. Creo que su testimonio habla por sí solo.

«Si le han detenido es porque tienen pruebas.» Esta gente había oído las pruebas y había concluido que Jason era un asesino, y yo era la idiota que intentaba protegerle.

Pensaba que me iba a pedir que abandonara la sala cuando me hizo otra pregunta.

—¿Su exmarido fuma, señorita Powell?

—No. Lo dejó en Año Nuevo.

—¿Consume algo para controlar la adicción?

—Chicles Nicorette.

—Muy bien. Gracias.

Todavía sentía mi corazón palpitando contra mi pecho al salir del ascensor.

Tenía previsto subirme al tren de Long Island de vuelta a la ciudad después de testificar, pero decidí tomar un tren hacia el este. Llegaría a East Hampton en noventa minutos más o menos.

61

Mi madre llegó aproximadamente media hora después de que yo entrara en casa. Abrió los ojos mucho cuando me vio sentada en el sofá.

—Por Dios, qué susto. ¿Has llamado? —Se puso a rebuscar el móvil en el bolso.

—No, he tenido el gran jurado en Mineola. Pensé que ya estaba a medio camino.

—Supongo que no hay mal que por bien no venga. ¿Dónde está Spencer?

—Se queda esta noche con un amigo.

—¿Alguien a quien le daría el visto bueno?

—Tiene dos canguros y un chófer —contesté.

Puso los ojos en blanco y señaló una botella de vino blanco que tenía ya abierta en la mesa de centro.

Fue a la cocina a buscar dos copas y las llenó hasta la mitad.

—¿Me vas a decir por qué estás aquí de verdad?

—¿Qué has hecho, mamá?

Dejó la copa en la mesilla y se puso de pie, preparada para pelear. Yo hice un gesto negativo con la cabeza, demasiado cansada para discutir.

—No tenías que haberlo hecho —dije.

—Por supuesto que sí. Alguien tenía que protegerte. Era obvio que estabas fuera de tus cabales.

—Ya me habías protegido, mamá, pero Jason no se merece esto.

—Las cosas no funcionan así, cariño. Los asesinatos no se quedan sin resolver. Y si alguien va a cargar con la culpa, por supuesto que debería ser él.

—¿De dónde has sacado el chicle? —La pregunta de la fiscal sobre el consumo de Nicorette de Jason había sido la pista. Solo había una razón para preguntar. Al menos ahora ya conocía la prueba más importante en el caso contra mi marido.

—El coche de alquiler.

Hice memoria. Jason había ido a dejar el Audi en el concesionario después de que yo llevara a Spencer al campamento. Llevó el coche de repuesto a la cochera de la casa. Seguramente se dejó un chicle en el cenicero. Ni me había dado cuenta.

—Tiene a una de las mejores abogadas de toda la ciudad —dijo—. Y tu marido escupe esos chicles asquerosos allá donde va. La abogada podrá alegar que cualquiera podría haber colocado la prueba allí, incluido Tom Fisher. Solo necesita generar una duda razonable. A Jason le irá bien. Se merece pasar un mal rato. Lo mismo no le contó a la mujer esa todo lo tuyo, pero sigue siendo culpa suya.

—De verdad que no tenías que haberlo hecho.

—Bueno, ahora es demasiado tarde. ¿Le dijiste lo de la periodista?

Asentí, y me di cuenta de que mi madre tenía razón. Ya no podía ayudar a Jason.

—Sí, ha insistido en que me lleve a Spencer hasta que todo esto acabe. —Era la respuesta que me esperaba. A fin de cuentas, cuando dijo que nos querría para siempre, lo decía en serio.

62

Un mes despúes

El momento del traslado no podía ser mejor. En agosto casi nadie se iba a fijar en la joven viuda que se acababa de mudar a la isla con su madre y su hijo de trece años.

Oí el motor de la verja principal cuando empezó a moverse, y después el sonido del motor del Jeep que recorría el acceso. Era muy propio de mi madre y de mi hijo ir en coche hasta el mar, aunque solo estuviera a cinco manzanas de casa.

Spencer todavía tenía arena pegada a la piel cuando entró corriendo por la puerta.

—¡Ducha fuera, por favor! —Me reuní con él en el exterior y encendí la barbacoa mientras él se aclaraba. Cuando volví a la cocina, mi madre estaba inspeccionando el pescado que había dejado marinando en la nevera.

—No entiendo por qué tienes que hacer cosas tan sofisticadas. Spencer y yo estaríamos encantados con perritos calientes y patatas fritas.

—Bueno, yo no. Y ahora es Spence, mamá.

—Porque esa diferencia va a engañar a alguien...

La historia de Susanna del verano pasado sobre el mercado negro de documentos de identidad me había venido muy bien. Mi nombre, según mi pasaporte británico, era Susan

Martin. Mamá era Rosemary Parker. Y Spencer ahora era Spence, de apellido Martin, igual que el mío.

Me había cortado el pelo y lo había teñido casi blanco. Algunas veces me costaba reconocerme en el espejo. Spence decía que tenía pinta de «punk-rock».

Susanna entendió mi decisión de irme, pero pensó que mi negativa a decirle mi destino era una exageración. Al final se relajó cuando me eché a llorar y le expliqué lo preocupada que estaba de que la periodista de la revista *New York* descubriera mi pasado.

—Piensa en Spencer —le supliqué—. No quiero que el mundo entero le mire y vea a Charles Franklin. No puedo arriesgarme a eso. Prefiero prevenir que curar.

La reportera de la revista no existía. Bueno, sí existía, pero no me había llamado nunca y, que yo supiera, ningún otro periodista quería escribir una biografía de la exmujer de Jason Powell, o, al menos, todavía no.

Le había prometido a Susanna que cuando me asentara en algún sitio le daría mi dirección para que viniera de visita. Todavía no le había escrito, y dudaba que llegara a hacerlo. Había aprendido la lección. Había sido una buena amiga, pero la amistad tenía sus límites. A partir de ahora, solo confiaría en mi familia: en mi madre, en Spence y en mí. Spence había cooperado muchísimo, porque seguía convencido de que Jason era culpable, y que nos iría mejor si nos alejábamos de él. Pero, al final, tendría que decidir cuánto contarle sobre la verdadera razón por la que habíamos venido hasta aquí.

Me pareció justo dejar que eligiera su nombre de pila, dado todo lo que le estaba haciendo pasar. Con un apellido diferente, me daba un poco igual.

—Puede que no te guste mi comida —dije—, pero a alguien le gusta.

—¿Te ha ido bien? —preguntó mi madre.

Le había preguntado a la corredora de bolsa que nos había

encontrado la casa si conocía a alguien que pudiera necesitar servicios de *catering*. Al parecer, conocía al propietario de un pequeño restaurante modesto en primera línea de playa con catorce mesas cuyo chef se había marchado para abrir su propio negocio en Anguilla. Las valoraciones en TripAdvisor habían empezado a caer, incluso en temporada baja.

—Estás hablando con la nueva chef del Margo's.

Mi madre me abrazó y me dijo que estaba muy orgullosa de mí.

Cuando me acosté esa noche, cogí mi cuaderno de la mesilla de noche. Cuando le dije que Spencer y yo nos íbamos de Nueva York una temporada, el doctor Boyle me sugirió escribir un diario. No sustituía las sesiones regulares, me advirtió, pero podría resultar terapéutico.

Todavía no estaba segura de si me ayudaba o de si realmente necesitaba ayuda. Pero aun así intenté escribir una o dos veces a la semana, y quemaba las hojas después cuando encendía la barbacoa, por si acaso.

¿Y si…?

¿Y si no hubiera ido a aquella fiesta en la playa? ¿Y si no hubiera aceptado que Charles Franklin me llevara a casa? ¿Y si hubiera ido a la puerta principal en vez de ir al garaje a ver si podía irme? ¿Y si no hubiera ido a casa de Kerry Lynch aquella noche?

Cuando siento que mis pensamientos van en esa dirección, los corto, porque ese tipo de preguntas puede llevar al remordimiento, y el remordimiento es peligroso. Puedes tomar la mejor decisión en un momento dado y después seguir hacia delante. Así es el instinto. Así es la supervivencia.

Me metí en el coche de Charles Franklin porque me pareció más seguro que andar sola por una carretera oscura.

Después de un año aprendiendo a sobrevivir en aquella

casa —ganando pequeños privilegios como el tiempo fuera de mi habitación, o el uso del baño, o el zumo recién exprimido cuando me portaba realmente bien—, me dijo que se aburría. Necesitaba a otra chica. Se había ofrecido a llevar a chicas en coche igual que había hecho conmigo, pero no funcionaba. Me dejó claras mis opciones: o le ayudaba a traer a otra chica o me mataba. ¿Qué otra cosa podía hacer?

Lo intentamos varias veces. Una vez en un centro comercial en Cleveland, otra vez en Filadelfia. En una ocasión fuimos hasta Búfalo. Resultaba que no era tan común ser tan confiada como yo cuando volvía de aquella fiesta de la hoguera, ni siquiera cuando había una chica adorable en el asiento del copiloto.

Algunas veces pensaba en esas chicas; me preguntaba cómo habrían sido sus vidas. No tenían forma de saber que su futuro entero dependía de la decisión de rechazar la propuesta de una pareja joven y de buen ver que se ofrecía a llevarlas a alguna parte en un utilitario blanco. La chica de Cleveland había sido la base para «Sarah» cuando la policía me preguntó qué sabía de ella. Recuerdo pasar en la autopista junto a carteles del Salón de la Fama del Rock and Roll, y añadí ese detalle.

Charlie no estaba de acuerdo con sacar a dos chicas del mismo sitio, pero su deseo de tener a una persona nueva se había convertido en una obsesión y me culpaba de nuestros fracasos a mí. Le rogué que me diera una oportunidad más, pero según mis reglas.

Volvimos al pueblo, a mi pueblo, en East Hampton. Le dije que conocía a una chica que confiaría en mí.

No esperaba encontrarla, la verdad es que no. Crucé los dedos debajo de las piernas con la esperanza de que se hubiera ido en una de sus excursiones. Resultaba muy irreal volver. La farmacia que estaba en obras y de cuya construcción se quejaban mis padres ya estaba abierta en Main Street. Pasamos junto a la parada de autobús a la que me dirigía la noche que me secuestró. Junto al molino miré con anhelo la curva que llevaba a mi casa. Mis esperanzas se vinieron abajo cuando llegamos a correos. Habíamos recorrido todo East Hampton —donde había nacido y crecido— y nadie me había reconocido. Mi plan había fracasado.

Sentí que ganábamos velocidad con cada manzana que pasábamos hasta que su utilitario tomó la autopista 27 hacia el este. No tardamos en llegar a Montauk más o menos al anochecer. Llevábamos tres horas dando vueltas por la zona, por no hablar del viaje desde Pittsburgh. Dijo que si llegábamos al faro y no encontrábamos a otra chica, me ahogaría en la bahía de Napeague. Pensé en tocar el claxon, en tirar del volante y hacer que nos estrelláramos contra un árbol.

Entonces vi a Trisha. Estaba haciendo autoestop, andando de espaldas por la 27. Imaginé que había estado bebiendo en Fort Pond. Tomé una decisión en una fracción de segundo. La justifiqué diciéndome que juntas seríamos más fuertes. Con ayuda de Trisha, encontraría el modo de huir.

Lo que más me turba todavía hoy es lo contenta que estaba de verme.

Le pedí a Charlie que parara y después me bajé del asiento del acompañante. Trisha corrió con tanta energía hacia mí que me tiró al suelo. Parecíamos dos cachorros peleando en la arena a un lado del camino.

—¿Qué haces aquí, tía? ¿Dónde has estado?

—Pasa —dije, señalando al utilitario blanco—. Vamos de fiesta.

Charlie le puso el paño en la cara, lo mismo que me hizo a mí un año antes. Es la segunda peor cosa que he hecho en mi vida.

Quizá penséis que matar a Kerry ha sido lo peor que he hecho. Pero no es verdad. Aun así, también procuro evitar las preguntas sobre lo que hubiera podido pasar aquella noche.

¿Y si no hubiera leído el correo de mi marido? No habría visto esas fotos minutos antes de que volviera a casa con la «buena noticia» de que la abogada de Kerry estaba dispuesta a negociar.

¿Y si hubiera reconocido a Tom Fisher cuando salió de casa de Kerry? De haber sabido quién era, habría sabido que había algo que no encajaba en la historia de Kerry. Habría recuperado la cabeza y habría vuelto a casa.

En vez de eso, le observé mientras se alejaba y luego llamé a la puerta de ella. Quería averiguar la verdad sobre mi marido de una vez por todas, así que había ido directamente a la fuente. Casi no me dejó entrar, pero le dije que había visto las fotos de sus muñecas. Durante toda aquella ordalía —las visitas policiales, la detención, el acuerdo, la demanda— nadie me había contado los datos de la supuesta agresión. Hasta que leí el correo electrónico de Olivia, no supe, o creí saber, la verdad.

—A mí me hizo lo mismo —dije—. Yo te creo.

Cuando me dejó entrar, le pedí que me contara todo lo ocurrido.

Ella tenía una copa de vino tino. Era muy raro estar allí en su salón: dos mujeres de pie a cada lado de la mesita de centro, con nada en común excepto lo que Jason nos había hecho.

Entonces se rio de mí.

—Estás más loca de lo que cuenta Jason.

—He venido a apoyarte, Kerry. He leído los informes policiales. —Pensaba que estaba actuando con nobleza.

—No lo pillas, ¿verdad? Me ató porque le pedí que lo hiciera, y más de una vez, y me encantaba cada segundo que lo hacía. No todas tenemos tus complejos.

Sentí que mi boca se movía, pero no salían las palabras.

—Dios. Ponte al día, guapa. —Chascó los dedos para dar énfasis—. Me sé tu historia entera. Y sé que por eso no te va a dejar nunca. Jason me quería. No… me sigue queriendo. Pero se quiere más a sí mismo. No puede ser el bueno, el salvador del planeta, el futuro alcalde de Nueva York, si abandona a su señorita Perfecta con el pasado trágico.

—Eres… un monstruo. ¿Por qué me dices todo esto? —Ella ni siquiera sabía si la estaba grabando. Podría testificar contra ella hasta la última palabra—. Has admitido que mientes. Voy a llamar al fiscal.

Ella me agarró del brazo.

—Ni se te ocurra. Si lo haces, le diré a todo el mundo lo que sé. Que eres la chica de la casa de Pittsburgh. ¿Quién es el monstruo, Angela? ¿Yo o la mujer que hace que un hombre se quede a su lado por compasión? Ni siquiera le has dejado adoptar a Spencer, así no tiene opción. Está atascado contigo. Si se va, pierde al niño. Lo sé todo de ti…

El huevo de cristal pesaba mucho, al menos siete kilos. Oí cómo crujía su cráneo la primera vez que la golpeé. Cayó al suelo y luchaba por incorporarse. La volví a golpear, y otra vez, hasta que dejó de moverse.

¿Y si la hubiera dejado terminar la frase? Quizá habría escuchado su historia, habría sabido que Jason le había contado solo mi parte a Kerry, pero no que Spencer no fuera mío. Pero oír el nombre de mi hijo en la boca de la mujer esa me dio la seguridad de que sabía toda la historia.

¿Y si le hubiera dicho a mi madre menos de lo ocurrido aquella noche? Podría haberla llamado desde la cabina telefónica de la gasolinera para decirle que estaba en apuros y darle la dirección. Había demostrado una y otra vez —la primera ocasión cuando desaparecí, y después cuando volví a aparecer, y después— que andaría sobre brasas ardiendo para protegerme. Quizá por eso le confié, como siempre, toda la verdad.

Tardó poco más de una hora en llegar a la casa. Igual que cuando la inspectora Duncan apareció en la escalera de mi casa al día siguiente, mi instinto se puso en marcha y vi las partes de un plan. Limpié la casa. Fregué todo lo que había tocado. Me deshice del huevo de cristal.

367

Lo único que me hizo perder los nervios fue el perro. Utilicé de guante un trapo de cocina para llenarle los cuencos, dando por hecho que la ausencia de Kerry llamaría la atención cuando faltara al trabajo al día siguiente. Pensé que, si pasaban dos días, haría una llamada anónima desde una cabina telefónica para preguntar por ella. Lo gracioso de todo era que no la consideré una persona de verdad hasta que miré al perro y me pregunté cómo se sentiría cuando se diera cuenta de que su mejor amiga no iba a volver.

Mamá se llevaría el cadáver de Kerry hasta el East End. Si alguien sospechaba de mí, tenía una coartada perfecta: la llamada de Spencer, además de la película que descargué en cuanto llegué a casa tres horas y media más tarde. Cuando la inspectora apareció en la puerta de casa preguntando por Jason, dije que había estado en casa conmigo, y así los dos teníamos una excusa.

Era un buen plan, pero, al parecer, no lo suficiente para mi madre, que añadió su toque personal consiguiendo un chicle de Jason del coche y dejándolo en la arena a medio metro del cadáver de Kerry, en Ocean Beach.

Ya estaba claro que Olivia Randall tenía pensado decir que Tom Fisher quería inculpar a Jason del asesinato. No sería difícil encontrar un testigo que asegurara que Jason no dejaba de comer esos chicles absurdos y que los iba dejando como miguitas de pan que marcaban dónde había estado. La propia abogada de Kerry testificaría para decir que su cliente había estado pidiendo cantidades desorbitadas de dinero, tanto a Jason como a Fisher. Combinando los documentos de FSS que había conseguido reunir sobre Oasis y sus negocios en África, sería fácil demostrar que Fisher tenía casi tanto que perder como Jason.

Colin mantenía su testimonio como coartada, y sería un buen testigo. Lo único que tenía el Estado era, literalmente, un motivo y un chicle. Olivia Randall llenaría el tribunal de «duda razonable». Tal y como dijo nuestro hijo cuando oyó el nombre de Rachel Sutton: Jason no acabaría en la cárcel; éramos ricos.

¿Aún no me odias?

Puede que no. Técnicamente, fui cómplice en el secuestro de Trisha, lo cual me hace —desde el punto de vista legal— tan culpable como Charlie Franklin. Pero también era una víctima. Me amenazó de muerte si no le encontraba otra chica. Me había vuelto aburrida.

La elegí a ella por una razón. Por lo que ella me había contado, supuse que su vida en casa no sería mucho mejor de lo que podríamos conseguir en casa de Charlie juntas.

Aun así, el primer mes fue espantoso. Me dejaba sola mientras ella sufría la peor parte de sus atenciones. Después de eso, las cosas se igualaron un poco. Cuando Charlie se iba a trabajar, Trisha y yo nos teníamos la una a la otra. De hecho, resultaba tolerable.

Entonces se empezó a notar que Trisha iba a tener un bebé.

Charlie le estuvo dando golpes en el estómago tres días seguidos para que lo perdiera. Trisha y yo le juramos que nos encargaríamos entre las dos de cuidar al bebé que crecía en su interior. Haríamos cualquier cosa, cumpliríamos cualquier deseo de Charlie para que nos dejara conservarlo. Le hicimos creer que le queríamos, todo por un niñito o una niñita a quien ni siquiera conocíamos.

Y ocurrió lo más extraño: Spencer nació, y aquel hombre horrible que disfrutaba tanto de hacernos daño quiso a su bebé. Volvía a casa corriendo para tener a su hijo en brazos. Se volvió amable con nosotras, si es que eso es imaginable. Trisha y yo nos turnábamos para ir a su dormitorio cada varios días. Empezó a dejarnos salir, siempre y cuando fuera de una en una, así cada una debía preocuparse por la otra cuando paseábamos en libertad. Les dijimos a los vecinos que éramos las sobrinas de Charlie.

Teniendo en cuenta lo que había sufrido los tres años anteriores, esa situación no era tan mala. Entonces un agente de policía llamó a la puerta principal y los cuatro nos metimos en el utilitario mientras la alerta AMBER sonaba una y otra vez y a todo volumen en las ondas del aire. Dicha alerta me obligó a hacer lo peor que he hecho en mi vida.

He repetido la historia oficial a las fuerzas del orden tantas veces que memoricé los espantosos hechos. Charlie mató a «Sarah» porque no quería que encajáramos con la descripción de dos chicas adolescentes y un bebé. Aparcó junto a un muelle a dos horas al norte de Pittsburgh. Me pidió que me quedara con el bebé y a Sarah le dijo que saliera. Tenía una pistola. Oí dos disparos. Volvió al coche solo y me dijo: «Hazte la mayor».

Se parecía mucho a la verdad.

Recuerdo el dolor de la astilla que atravesó mi piel cuando me arrodillé en el muelle. Cuando me despierto en mitad de la noche, todavía siento el frío metal del cañón de la pistola en la base del cuello y el calor de mi orina en los muslos. La historia coincidía con la que yo había contado, pero yo era la repudiada por Charlie. A mí me había dado la orden de bajar del coche y de avanzar hasta el final del muelle.

Y, de nuevo, elegí sobrevivir. Las palabras parecieron surgir de la nada cuando miré las oscuras aguas.

—Yo parezco mayor —balbuceé—. Yo podría hacerme pasar por tu mujer.

Era cierto. Siempre había sido la que podía comprar cerveza y convencer a quien fuera de que nos dejara entrar en una discoteca. Trisha era un año mayor que yo, pero yo parecía al menos tres años mayor que ella. Y yo le había ayudado a traer a Trisha a casa con nosotros. Yo no me había escapado. Yo era más lista, más astuta y me portaba mejor.

Yo era en quien más podía confiar.

Intento no pensar en la momentánea expresión de alivio que surgió en la cara de Trisha cuando volví al coche con Charlie. Oí los dos disparos mientras tenía a Spencer en mi regazo y le decía que todo iba a ir bien.

¿Que si tengo remordimientos? No. Las decisiones que tomé nos han traído aquí, a esta preciosa isla donde tengo a mi familia, un trabajo nuevo y dinero suficiente para que estemos a salvo. Pero a veces miro hacia el océano Atlántico y pienso en Trisha.

63

*L*a mujer que abrió la puerta principal de la casa de Virginia Mullen tendría unos cincuenta años. Tenía un corte de pelo pixie con mechas perfectas que no pegaba con su ropa: una camiseta demasiado grande de los Jets, unos pantalones vaqueros largos y unas Crocs.

—Estoy buscando a la propietaria de la vivienda —dijo Corrine, mostrando su placa para que pudiera verla más de cerca.

—Ahora mismo no está.

—¿Cuándo tiene previsto volver? Su teléfono está desconectado.

La mujer frunció el ceño. Como casi todo el mundo, se sentía incómoda ante una visita inesperada de la policía.

—No estoy segura. Su hija estaba pasando una mala racha, así que se han ido del pueblo una temporadita.

A través de la puerta abierta, Corrine vio que la televisión estaba encendida, pero en silencio. Había juguetes de bebé desperdigados por el suelo y un parque portátil desplegado en una esquina del salón. Había un bocadillo a medio comer en un plato sobre la mesilla de centro.

—¿Está usted viviendo aquí? —preguntó Corrine.

La mujer se frotó la mano en los pantalones y se la tendió a Corrine para presentarse.

—Perdón, me llamo Lucy. Lucy Carter. Ginny y yo trabajamos juntas desde hace años. Adelante, por favor. Cuidado, está todo muy desordenado. La abuela es la niñera cuando la madre va a trabajar a la peluquería. Mi nieto solo tiene nueve meses, pero puede hacerse con una casa en cuestión de minutos.

Ahora el peinado tenía más sentido.

—¿Están ustedes viviendo aquí? —insistió Corrine. Intentó sonar indiscreta, como si las dos mujeres hubieran roto algún tipo de código urbano o normativa impositiva por no informar del cambio de residencia.

—Nos estamos quedando aquí, nada más. Ginny me dio las llaves y me dijo que me ocupara de la casa como si fuera mía hasta que volviera. Dijo que era mejor que dejarla vacía.

—¿Qué hay de los impuestos de propiedad, los seguros y esas cosas?

Lucy se encogió de hombros.

—Todavía no han llegado. Supongo que volverá para entonces. ¿Viene por lo del yerno? Angela se ha divorciado de él, ya lo sabrá. Ya no tiene nada que ver con él. Por eso se han ido de aquí. Angela quería llevarse a su hijo fuera de la ciudad hasta que pasara el juicio.

—Oh, ya lo sé. —Era la misma historia que Angela le había contado al superior de Corrine cuando se mudó de repente el mes pasado. Corrine llevaba ya una semana buscándola. No había notificado su dirección. Las cuentas bancarias estaban cerradas. No había comprado billetes de avión, ni de tren, ni de autobús. Se había esfumado.

Y su madre también había desaparecido, tal y como se esperaba.

Corrine ya tenía una historia pensada.

—Resulta que a Angela le corresponde algún dinero de cuando pagó la fianza de su marido, puesto que ahora está detenido. ¿Le importa si echo un vistazo para ver si Ginny ha dejado alguna pista de adónde pueden haber ido?

—Por supuesto.

Corrine estaba rebuscando en lo que la gente llamaría un

cajón de sastre. Dos cuadernitos, pero sin anotaciones relevantes. Manuales de electrodomésticos, bolígrafos, un destornillador y un martillo, una llave Honda suelta.

—¿Ginny también le ha dejado el coche? —Los Powell habían vendido el Audi, según el Departamento de Vehículos a Motor, pero la madre de Angela todavía tenía un modelo de ese mismo año de Honda Pilot registrado a su nombre. Corrine no lo había visto en la entrada.

Lucy estaba acabándose el bocadillo en el sofá.

—Supongo que se lo ha llevado.

«O —pensó Corrine— le ha pagado a alguien para que lo convirtiera en chatarra y así no podamos encontrar la sangre de Kerry Lynch.»

Todo se reducía a la misma pregunta irritante: ¿cómo había ido Jason Powell a Long Island y había vuelto la noche del asesinato de Kerry?

Cada vez que Corrine se lo imaginaba, le veía en un coche. Hizo una lista de todas las posibilidades y fue comprobándolas en su tiempo libre. Cuando agotó los taxis, las empresas de alquiler de coches, los servicios de automóviles y cualquier otro medio para desplazarse desde la ciudad, estuvo dándole vueltas al Audi.

Llamó al distribuidor de Manhattan y le pidió que sacara la cuenta de Powell con la esperanza de que un mecánico pudiera ver algún dispositivo que evitara que las cámaras automáticas captaran las matrículas.

El gerente del taller le dijo que Marty había sido el último en trabajar con ese coche.

—Dudo que recuerde nada de un encargo del 6 de junio. No es un lumbreras precisamente.

Corrine se estiró al oír la fecha. Era el último día en el que Kerry había sido vista.

—¿Sabe si le dieron un coche de sustitución?

Oyó que tecleaba algo en el ordenador.

—Sí, el nuevo S6. Lo usaron tres días, doscientos dieciséis kilómetros.

No le costó mucho a Corrine encontrar un coche de sustitución en los datos del lector de matrícula de la noche del asesinato: salió por el puente de Williamsburg a las 19.41 y regresó a las 22.53. El tiempo y el kilometraje cubrirían el viaje de ida y vuelta desde la casa de los Powell hasta la de Kerry, pero no llevaba a Jason hasta el lugar donde apareció el cuerpo de Kerry.

Llamó a la fiscal del condado de Nassau para comunicarle la prueba, pero Rocco no se dejó persuadir. Tenía planeado argüir que Jason ocultó el cuerpo de Kerry en algún sitio cerca de la casa y luego volvió a Long Island para cambiarla de lugar. Corrine estaba convencida de que Rocco no quería ver la verdad porque la había cagado al citar a Angela a un gran jurado, otorgándole inmunidad automáticamente.

Corrine recordó lo que el inspector de East Hampton dijo de Angela: «Cuando las cosas se complican, confía en su madre más que en nadie». Angela debió de irse de casa poco después de la llamada de su hijo, y habría empezado a descargar la película nada más volver, mientras su madre se llevaba el cadáver de Kerry a Ocean Beach. Era la única explicación.

Angela tendría inmunidad, pero Ginny no, lo cual significaba que Corrine podría tener margen de maniobra, si es que las encontraba.

Había registrado todos los cajones de todas las habitaciones de la casita. Lo único prometedor que había visto procedía de las fotografías familiares de las paredes, casi todas tomadas en una playa... Pero había muchas playas en el mundo. Su último y desesperado paso fue rebuscar en todos los libros de la estantería empotrada del dormitorio que había pertenecido a Angela. Un libro ahuecado seguía siendo uno de los mejores escondites que uno podía fabricarse.

Una foto se cayó de un ejemplar polvoriento y con las esquinas dobladas de *Flores en el ático*. Dos chicas adolescentes estaban en la playa agarrándose por la cintura. El pelo rubio arenoso de Angela estaba recogido en una coleta en lo alto de la cabeza. Llevaba un bañador de talle alto que habría estado a la moda a finales de los noventa. Su amiga tenía una melena castaña oscura y recta, y llevaba el top de un bikini y unos vaqueros caídos recortados que dejaban ver un tatuaje de una rama de rosa en su cadera derecha.

Corrine estuvo a punto de devolverla a su sitio, pero volvió a mirarla. El lugar del tatuaje coincidía. Así como la estatura. Y había algo en la cara de la chica que le pareció remotamente familiar. Se parecía a alguien. Corrine repasó todas las posibilidades: Angela, Jason, Kerry, Rachel, Colin, Spencer. Spencer. Recordó que le había encontrado más similitudes con Charles Franklin que con su madre.

Acabó la búsqueda, fue al salón a buscar a Lucy y le mostró la foto.

—¿Sabe quién es la chica que está con Angela?

Lucy emitió un «chis».

—Es Trisha Faulkner. Esas dos eran inseparables en aquella época. —No parecía algo bueno.

—¿Sabe dónde está ahora?

—No. Iba y venía a voluntad, incluso de adolescente. Se fue definitivamente al acabar el instituto. No la culpo. Su familia está llena de delincuentes.

La mirada de Corrine volvió a la fotografía y se preguntó si sería posible. Repasó las fechas.

—O sea, que se fue hace unos catorce años.

—Bueno, tenía un año más que Angela, así que, sí, supongo que tiene razón. Cómo pasa el tiempo…

La coincidencia temporal no podía ser casualidad. Cuanto más se fijaba en los rasgos de Trisha, más le parecía a Corrine que veía a Spencer Powell.

Las distintas posibilidades tintineaban en su mente, pero estaba segura de una cosa: esta chica se merecía que la identificaran. Podía llamar a la policía de Pittsburgh para sugerir que comparara el ADN de la víctima sin identificar de Franklin con el de los miembros de la familia de Trisha. Dependiendo de lo que descubriera sobre los Faulkner, quizá se guardaría para sí las sospechas sobre la ascendencia biológica de Spencer, al menos por un tiempo.

Cuando llegó al coche, llamó al fiscal King.

—Quiero que me consigas una reunión con Olivia Randall.

King sabía que Corrine estaba disgustada porque la fiscal del condado de Nassau había desoído la información que le había dado sobre el kilometraje del coche de sustitución, pero él la había convencido de que no debía hablar directamente con la abogada de Powell.

—No vas a dejar el tema, ¿verdad?

—Ni en broma.

—Genial. Voy a llamar.

Corrine había preguntado a Angela cuánto sabía de su marido. Ahora iba a averiguar cuánto sabía Jason de su mujer.

377

Agradecimientos

$\mathcal{U}$na de las mayores ventajas de acabar un nuevo libro es la ocasión de dar las gracias a todas las personas generosas que han ayudado en el proceso.

Estoy agradecida por la valiosa experiencia y el sabio consejo de Matthew Connolly; Kenneth Crum; Roseanne De-Laglio; el doctor Jonathan Hayes, médico forense asociado del Distrito 20, Naples, Florida; la doctora Jill Hechtman, directora médica de Obstetricia de Tampa; Shannon Kircher; Michael Koryta; Lucas Miller, teniente del Departamento de Policía de Nueva York; Miriam Parker; Don Rees, fiscal del distrito del condado de Multnomah; Anne-Lise Spitzer; y la doctora Elayne Tobin, profesora asistente clínica de la Universidad de Nueva York.

Mi editora, Jennifer Barth, ha sido mi orientadora de confianza y mi mejor lectora desde que contrató mi primera novela hace más de quince años. Me siento afortunada de trabajar con alguien con tanto talento e integridad. Ella y el casamentero que nos presentó, Philip Spitzer, más conocido como el Jerry Maguire de los agentes literarios, siguen siendo mis campeones. No estoy de broma: si hablas mal de alguno de sus escritores delante de ellos, no podré ayudarte.

También estoy en deuda con Amy Baker, Jonathan Burnham, Heather Drucker, Jimmy Iacobelli, Doug Jones, Michael Morrison, Katie O'Callaghan, Mary Sasso, Leah Wasielewski,

Erin Wicks, y Lydia Weaver, de HarperCollins; Lukas Ortiz y Kim Lombardini, de Spitzer Agency; Angus Cargill, Lauren Nicoll y Sophie Portas, de Faber & Faber; Kate McLennan, de Abner Stein Ltd.; Giulia De Biase, de Edizioni Piemme; y Jody Hotchkiss.

A mis queridos amigos y a mi familia, en especial a mi extraordinario marido, Sean Simpson: gracias por creer que os merezco.

Por último, pero no por ello menos importante, gracias a mis maravillosos lectores, especialmente a la pandilla de «kitchen cabinet». Algunos días, saber que alguien aparte de mis padres disfruta de mi trabajo y espera mi próxima novela me mantiene pegada al teclado. Feliz lectura.

Este libro utiliza el tipo Aldus, que toma su nombre
del vanguardista impresor del Renacimiento
italiano, Aldus Manutius. Hermann Zapf
diseñó el tipo Aldus para la imprenta
Stempel en 1954, como una réplica
más ligera y elegante del
popular tipo
Palatino

La doble esposa
se acabó de imprimir
un día de invierno de 2020,
en los talleres gráficos de Egedsa
Roís de Corella 12-16, nave 1
Sabadell (Barcelona)